U0626187

向前——新锐军旅小说家丛书

朱向前◎主编

★

YINGMEN WANG

营门望

王棵

著

山西出版传媒集团　北岳文艺出版社

BEIYUE LITERATURE & ART PUBLISHING HOUSE

图书在版编目（CIP）数据

营门望 / 王棵著 . — 太原：北岳文艺出版社，2017.7
（向前——新锐军旅小说家丛书 / 朱向前主编）
ISBN 978-7-5378-5248-7

Ⅰ . ①营… Ⅱ . ①王… Ⅲ . ①短篇小说－小说集－
中国－当代 Ⅳ . ① I247.7

中国版本图书馆 CIP 数据核字 (2017) 第 135631 号

| 书名：营门望 | 出 品 人：续小强 | 书籍设计：张永文 |
| 著者：王棵 | 责任编辑：刘文飞 | 责任印制：巩 璠 |

出版发行：山西出版传媒集团·北岳文艺出版社
地址：山西省太原市并州南路 57 号 邮编：030012
电话：0351-5628696（发行部） 0351-5628688（总编办）
传真：0351-5628680
网址：http://www.bywy.com E-mail：bywycbs@163.com
经销商：新华书店 印刷装订：山西人民印刷有限责任公司

开本：890mm×1230mm 1/32 字数：210 千字 印张：7.875
版次：2017 年 7 月第 1 版 印次：2017 年 7 月山西第 1 次印刷
书号：ISBN 978-7-5378-5248-7
定价：36.00 元

新松千尺待来日　初心一寸看从头

——《向前——新锐军旅小说家丛书》序

进入二十一世纪以来，以王凯、西元、王棵、裴指海、卢一萍、朱旻鸢、王甜、曾皓、曾剑、李骏、魏远峰等人为代表的"新生代"军旅作家浮出水面，从业余走向专业，从青涩走向成熟，渐次成为军旅文学的希望和未来。他们之中的佼佼者已经在当代文坛初露峥嵘（如部分作品获"茅盾文学奖""鲁迅文学奖"提名，更多作品被《新华文摘》《小说选刊》等国家核心期刊转载）。

"新生代"作家的迅速成长缓解了二十一世纪军旅文学出现的"孤岛现象"（此一说法为朱向前在二十一世纪之初所提出，意指进入二十一世纪以后，军旅文学渐趋边缘化，只有少数执着的坚韧者在"商海横流"中彰显出英雄本色，有如"孤岛"耸峙一般），他们的创作成果大多体现在中短篇小说领域，数量可观，并在质量上葆有较高的艺术水准。"新生代"作家的成长环境决定了他们再难复制前辈们深切的战争经历和磅礴的集体疼痛，因此，他们的创作呈现的是从个体的角度切入生活，是对宏大叙事的消解，显示出迥异于老一代军旅作家的叙事范式和美学风貌，这既显露出二十一世纪军旅文学与其承接的"新时期"军旅文学之间创作生态环境、文学观念的代际差异，也彰显了"新生代"作家在二十一世纪语境下试图构建独立美学追求的创新精神和自觉意识。

显而易见，"新生代"作家大都有着扎实的基层部队生活经验，他们从熟稔的军旅生活出发，写下了一系列带有个人成长经历、富有个性化叙事风格的小说，营构出属于自己的一方"营盘"。然而，当"新生代"作家所描摹和绘制的"军营现实"进入一种过于私语化的境地而无法寻求突破时，他们笔下的军旅生活的面目就显得稍嫌狭窄了。作家们显然也意识到了这个问题，近几年，在完成了最初的对军营生活的回顾之后，部分"新生代"作家主动突围，在更为广阔的军旅文学土壤之中寻觅新的创作资源，他们的新作显示出积极向爱国主义和英雄主义等军旅文学核心价值靠拢的特征，并生发出独特的思考。

之所以在建军九十周年之际，把这样一个年轻方阵（作者年龄上限四十五周岁）的十一部中短篇小说集推荐给大家，也在于此。正所谓：新松千尺待来日，初心一寸看从头。

为了让大家对这个"新生代方阵"有更好的了解，下面将不揣冒昧、不计利钝，对十一位作者的创作特点做简要勾勒（按姓氏笔画排序），挂一漏万，自当难免，还望作者和读者们海涵。

王棵：王棵曾经去南沙体验过守礁生活，这使他有能力抵达守礁士兵的精神深处，这种能力给他带来自信，在早期的创作生涯中，他有意识地运用这种能力，密集地向文坛递交过一批以礁岛、军舰、海洋为背景的中短篇小说。这段写作经历多少影响了王棵后来的创作理念，王棵后来可谓点多面广的创作实践中，许多小说都与早期充满腥咸海味的小说在内部建有秘密通道，这个通道是由孤岛这一意象构成的。孤岛的意象，来自于弥漫在这些小说中的孤独感。

王凯：王凯将日常化和个人化的风格带入对军人形象的摹写之中，把真性情和真本色倾注到这些人物身上，层层剥除和消除了曾经强加到军人身上的那些虚假矫饰的东西，既还原了真实的军人形象和军人人性，又保持了理想主义的底色，让真正的军人精神和品格的光辉焕发出来。从王凯小说中那些遭遇理想与现实矛盾、身陷情感与道德困境、面临追寻与放弃抉择的普通军人身上，可以看出作家对于军人职业与生命本质的深切思考。

王甜：王甜笔下涵盖历史战争中小人物的命运、现实军旅中的个体成长、军人的情感与婚姻、退伍军人对军旅生涯的反思等多个方面，并在整体上呈现出相近的特色：一是主题思想融入哲理色彩，例如对历史真相的追问、个体的自我救赎等；二是轻情节重状态，摆脱对情节的过度依赖，强调对人物生存状态的描摹；三是艺术表现上采用"轻魔幻"手法，以超现实的情节或细节凸显主题。

西元：西元堪称二十一世纪军旅文坛的重量级"拳击手"，出拳频、力道大而且每每能击中要害。他喜欢直面战争的"战壕"描绘，无论是现实题材还是战争历史题材，都竭力表达一种充满激情的精神力量。他注重将人放置在社会、历史语境中进行打量，力求通过内外结合的方式，辩证地写出人物灵魂的深邃以及存在本身的复杂。他的作品还注重哲思和诗性的融合，语言往往带有诗性色彩，跳跃，灵动，所涉及的问题却又带有鲜明的哲思意味。

李骏：李骏的小说，多以边疆生活、故乡革命、机关生活为主题，坚持对日常生活的书写，充满了温暖阳光、深情厚谊。他写边防官兵的生活，细致入微、幽默风趣，将边关将士的战天斗地、喜乐悲欢，通过简洁明快的手法，写得栩栩如生，生动感人；他写故乡的革命英雄，均以独特视角，通过英雄的传奇经历、情感人生、命运吊诡，展现出一派风生水起、大波大折的景象，却又将英雄还原于人，不避历史得失，不讳尊者之荣，读后令人久久深思与叹息；他写机关生活，观照现实，追踪变化，既味道纯正，又起伏跌宕，既现实又充满温情。

朱旻鸢：相较于业已习见的军旅文学叙事，朱旻鸢的小说别具一种斑驳复杂、意绪苍茫的审美色彩。这部集子收录的五部作品都没有离开过"塞外"和"部队"，故事原型甚至都来自一个连队。这些中短篇小说以独特新颖的视角和幽默顽劣且活泼弹跳的个性化语言书写当下军人的生活，在滑稽变形中，是对现实基层的戏谑和调侃，使底层连队生活呈现为一种似真非真、似像不像的笑闹场景。青年人的活力与智慧，青春期的激动与狂想，无所顾忌地表达出来，为我们展现了部队生活的另一个截面。

卢一萍：作家在西部边疆地区生活了二十余年，对生活有着敏锐的观察力，注重对人性的挖掘，善于捕捉底层人物身上的光亮，通过他的文字，可以引导读者对纷繁的现实生活有更真切的理解。其丰富的生活阅历为小说带来了独特的审美体验，他善于营造大气悲壮的氛围，衬托出微小生命的丰富多彩和昂扬向上的精神。小说主人公形象塑造立体丰满，细致勾勒了现代军人丰富的内心世界，在当代军旅小说创作中颇具特点。

曾皓：曾皓发表于不同时间段的中短篇小说，在思想脉络上有着清晰的主线，都有着对现实的强烈关切和理性的批判，更重要的是有着对笔下人物生命状态的深切观照，抒写他们在时代缝隙中的尴尬、困惑和对终极理想的追求，敢于用小说去发现问题、思考问题并给予愿景。而他文字中表现出的"自由、轻盈、神秘"的审美特征，更让他的小说呈现出一种超越现实的灵动和向上飞升的状态。

曾剑：曾剑善用短句和比喻，所以他的中短篇军旅小说呈现出散文化的倾向，具有浓厚的抒情意味。他用舒缓的笔调，从容不迫地书写着普通士兵的故事，展现他们"怨而不怒"的情绪，情感质朴真实，让人感受到一种中国传统中特有的中和之美。曾剑的写作，也像他小说的叙事节奏一样，不急不缓、从容有度、踏踏实实，一边深情地回望故乡，一边走进军营、深入普通士兵的生活，用心感受，用笔书写，用春日般的人性美温暖着为生活奔波的人们。

裴指海：迄今为止，裴指海所创作的中短篇小说主要聚焦于两个题材领域——革命历史题材和现实题材。相对而言，革命历史题材小说是作者着力最深的一个领域。他创作了一系列革命历史题材的中短篇小说，充溢的旺盛的想象力与卓越的文本建构能力，尊重历史事实，表现了革命历史的纷纭复杂，力图以当代视野最大限度地还原革命历史的复杂性，发人深思。

魏远峰：魏远峰的军旅小说都放在三多塘，三多塘是他刚到新兵连的地方，他的三多塘是有气味、质感的——炮库中陈年水泥的味道，菜地施肥后的味道，小便池"童子尿"的味道。还有一尺多长老鼠的样子、凤凰树开花的样子、菜地边含羞草的样子。魏远峰的乡土小说，则总是在写黄河、黄河滩、武陟县，这是他的故土之地，也是他的血脉之源。这些，让人想起福克纳"邮票般大小的故土"及其虚构的杰佛生小镇。

说来也巧，以上十一位作者的单位或者曾经服役的部队，正好涵盖了海陆空三军和东西南北中各战区，以这么一套多姿多彩的小丛书，向中国人民解放军建军九十周年献礼，适得其所，恰逢其时。我想起二十年前——一九九七年，受邀为北岳文艺出版社主编了由陈怀国、石钟山等当年的新锐军旅作家担纲的长篇军旅小说"金戈"丛书，反响不俗。在此，我要对北岳文艺出版社具有的浓厚的军旅文学情结和持之以恒的品质致以深深的敬意。同时，感谢主编助理徐艺嘉为本丛书所付出的辛勤劳动。

最后，我要特别说明一下本丛书名"向前"——实非出自此"向前"而乃彼"向前"也——引自《中国人民解放军军歌》第一句："向前！向前！！向前……"

是为序。

朱向前

丁酉桃月谷旦改定于江右袁州昕松楼

目 录

长

音

1

酒已经喝得很到位了，不怀怀旧、抒抒情，恐怕不足以向"二十年后来相会"这样的聚会主题交差。舌头如卡碟的播放机一样不利索，但只要情绪在、嗓门儿大，就能占住话题。

他们抢着回顾过去时的某件趣事、糗事，说者眉飞色舞，听者耳聪目明。当然，能够让他们集体共鸣的过去时候，是特指二十年前他们在同一个新兵连的那三个月。

那时候，他们是被同一辆罩着绿色毡布的大卡车拉到部队来的巩县籍战士。现在呢，他们坐在巩县最有档次的酒楼里把酒话重逢。

有个人说到了每日清晨破空而起的起床号。那时他们都十七八、十八九，个个都是瞌睡机，所以现在一谈到起床号，座中人都免不了心有余悸。但回忆是属牛的，吃进去的是草，挤出来的是奶，曾经的曾经再不堪回首，如今拈到嘴里嚼一嚼，能感觉到的，也只剩下芬芳和养分。

"我怀念起床号！"有人迫不及待地感慨。

"比啥音乐听着都来感觉。"有人附和。

"真想再听一次。"有人作黛玉状。

有个笑面脸的胖子站了起来，噗地亮出手机，发出一声断喝："停!"他嘴角挂着一丝诡秘的笑，指挥最靠近他的那个人："打我手机。"那个人就拨这胖子的手机号。

霎时，一个让众人魂牵梦绕的乐音从胖子的手机里奔出，艳惊四座。

原来高人在此，此胖君才是真正的军号控。可看仔细了，胖君乃巩县商界名流，手里管着上万号人，日理万机，那么，他这一天到晚的，得接受起床号的洗礼多少回啊!

"我手机里有这个铃声的备份，谁要? ——都要是不是? 那我群发了。"

胖子故意把群发的动作弄得很拖拉，搞得几个性子急的人大声笑叱他，有个人还隔着广阔如沙盘的餐桌站起来，向胖子展示了一个疑似军体拳的动作以示威胁。这位爱笑的胖子更来劲了，偏把拖拉进行得更彻底。大家就都亮开嗓门有节制地奚落起胖子来，包间一时间宛如相声大赛现场。

标强同志这时候出嗓儿了。此前，最爱说话的他一直没吭声。

别人都说话时，偏装哑巴的人最可怕了，因为他在酝酿情绪; 别人都不正经，正经说话的人更可怕，因为那叫大煞风景。

"我建议，我们一起去听一次军号!"标强同志铿锵有力。

多么离奇加离谱的建议。不过，离奇好啊，离谱更好，因为众人可以立即把它当成一个玩笑。玩笑嘛，当不得真，让胡扯继续:

"对! 去听军号! 一起去!"

"一起去! 一起去!"

"光一起去就行了吗? 不但要一起去，还要去我们当时的新兵连听!哈!"

"这可是你们说的，"标强激动了，"那好，咱当过兵的人要雷厉风行，说打就要打，说干就要干，赶紧的，咱来敲定时间和行程。行！先来协商时间，说！都说说！哪天去合适？"

这伙计，亮完鸡毛就拔令箭啊。玩笑开不下去了，众人都哑巴了。标强同志却早就入戏了，不管不顾地抒发和感慨起来：

"我也总忘不了第一次听到起床号的那个早上。首先，那天早上真好，空气好，安静，不对，是宁静。那种静，现在到哪里去找？重要的是那号声，嘹亮，敞亮，那力度，操！一听我就来精神了。这么多年了，我常常会想起第一次在军营里被起床号叫醒的那个早上。我想它都快想出病来了。我不是今天才有这想法，早有了。到从前咱战斗过的部队，再去感受一下被起床号叫醒的感觉。每次这个念头一上来，我就，我就……"

不得了，快看——这伙计入戏太深，竟无语凝噎了。

效果是有的，有两个人开始附和标强的感慨。可惜成效也就是那么一点点儿而已，因为多数人都被生活灌输了足够的理智，只一心想着赶紧找到一句既不会驳标强面子却狠且准的话把这个矫情的话题收住。七嘴和八舌纷纷登场，但"标强"这个绰号往前追溯则来源于"彪子"，彪子在他们当时新兵连附近老百姓的嘴里就是愣、笨、蠢的统称。我们的标强同志怎可辜负多年前战友们授予他的这等绝世贱名，他必须将彪劲儿发扬光大。于是，标强舌战群友的局面开演。辩论中，战友A怒叱了声"神经病"拂袖而去；B反应最快，说"我送送他"，跟着走了；随后C假称突感头晕，必须回去小憩亦先自走了；D君是带了老婆来的，声称老婆逛街瘾犯了他要马上加以安抚，也走了；更有E、F、G等人胡乱交付了一个借口一走之。只有先前那位姓廖名冠军的胖子加军号控，不知何时起不幸地与标强以握手倾谈之势连为一体，加之标强出于警觉和珍视这牢牢持有的猎物，因而这位同志没能顺利离去。标强后来扣紧冠军圆腻的五指，扫视突然变得空旷的包间，差不多是哀求了：

"一起去吧！就去听一次吧。"

冠军一直在寻找脱身之策，这时略微有点心急，脸上的笑纹全耷拉下来了。

"听什么听？有什么好听的嘛！"

"不好听？那你没事儿在手机里设那么个叫床的声音干吗？"标强怒道。

冠军不出声地干笑。

标强突然大彪特彪了，"你不去咱俩就绝交！"

瞧这阵仗，不答应也得答应了。冠军拍拍标强的手，顺便把自己的手抽出来。

"好吧！我去！"又赶紧补充，"可别真去新兵连那地儿听，那可是云南呢，一两千里的。这么着吧，就当咱去郊游了。我来安排，咱就在巩县范围里找个会吹起床号的地方，对！不是有个海防连吗？咱就去那地方听，成不？"

说到这里，忽然就觉得，当成一次郊游的话，这事儿还真可以接受。所以，咦！标强坚持的这个节目其实也不赖嘛——冠军突然也来了点儿真正的精神：

"就明天——明天下午出发？"

"行！"

标强这才发现自己早已醉了似的，咕咚一声扑掉些杯盘碗碟，眯眼趴倒在了饭桌上。蒙眬中他依稀看到一个人推开门蔫了吧唧地走进来。标强二目陡然迸开，瞪住这一新生猎物，旋又腾地将身体支起来。

"不许走！白随！"他吼。

叫白随的这位，落下了外衣，这就是他返回包间的原因。

他脑子似乎有点慢，标强这一吼弄得他愣在了墙角的挂衣架旁边。

标强猛地来了个醉步大挪移，一眨眼的工夫就猎到了墙角的白随。

2

去往海防连的路径有两种，正常人会选择走四十公里国道然后直接插入海防连所在村子的三公里柏油路，这样子的话全程耗时仅需个把小时。但是如果人不正常了呢？如果正常人忽然不正常了呢？这就不好说了。这世上岔路远比正道多，人要不想好好走路的话，短短一条道绕一辈子都有得绕。他们这次选择从一个度假村里面绕走。冠军执意如此，标强不从也得从。理由很简单：别人大方向上都从了你，你得允许别人在小方向上来点创新。更何况，论头面，标强只是县委宣传部门一个所谓掌管喉舌的科员而已。这时代什么多都多不过干部，干部中最多者科员级干部是也。与常有机会跟省市以上领导人寒暄的冠军比，标强充其量不过是赛道边上的啦啦队员而已，连参赛资格都没有，更遑论与一个冠军级的选手比肩。至于白随为何从了标强，原因则更简单。因为他看上去似乎是属柿子的，你想怎么捏他，他都无所谓，逆来顺受这个成语算是专为他发明的了。这个人，白长了一副清新朗逸的样子。这种反差，就好比老虎长了满口的蛀牙、奶牛乳头上生了疮，叫人怎么惋惜都不为过。

当然，对于自己在路径上的小创新，冠军是很有话把它说圆的。不会圆话的人想当冠军是不可能的。冠军同志的圆是这么画的：

"咱要是太单刀直入了，一个猛子往海防连扎去，单为听一声起床号，这说给谁听都会觉得我们脑子坏了。要是咱在度假村那地儿绕一圈，来一顿烤全羊晚餐，泡两把温泉浴，再往海防连那儿奔呢？这就像吃完大餐消遣完毕后再来一组附属节目：散几里步，叫军乐来伴声奏——说出去不就挺对路了吗？"

"哪个才是附属节目？你要先搞清楚！"标强抗议。

"行行！吃饭附属。"冠军笑了，"你这人，谁附属谁不附属，说白了还不是一样吗？"

"一样个屁！"标强说，"你要再这样分不清主次，咱必须不绕道。"

"你强！就依你的说法，咱这一去，主攻起床号，顺便吃吃烤全羊。"

"听着没那么讨厌了。"

车早已上道。冠军一心二用：开着车，跟副驾驶座上的标强斗着嘴。坐在后面的白随一心扮演听众。自西偏南方向而来的日光像从淋浴喷头里撒出的玫瑰精油。有色玻璃的车窗中清晰地现出白随的投影，他一脸空茫和凝滞。

标强终究是眼里容不得沙子的人，这么与气氛格格不入的人他当然得说上两句。

"哎！我说，后面那位，你吭个声不行吗？喘两口让我们听见也行，不然我们冷不丁转头瞅一眼，还以为后面坐了个魂儿。我说你新兵那会儿就不爱吭声，怎么二十年了还是没长进。我可提醒你啊，冠军同志可是为了你绕这道的。我们都知道，数你最爱吃羊肉。有一回，部队过小年，你帮厨，你在厨房里头先把我们的一顿羊肉报销了一半。"

"我记得这事儿。"冠军又笑了。

他肯定记得。标强没抬举他，他多半真的是因为白随而选择烤全羊，因为他自己作为一个血脂、尿酸、血压都很不合指标的"三高"之人几乎已经戒了牛羊肉。有一种人某些方面还不错，发迹了之后愿意把潜伏在体内的一点慈悲的秧苗培育成林，并转化成自己的一个常规动作，并且他还能从中得到高级的乐趣。这正是冠军的可爱之处。

白随同志真是绝了，标强那番话快说完了，他才意识到是冲着他来的。等他要有所回答的时候，标强已经没兴趣跟他说话了。

说话间，车子前方就出现了去往度假村的转向路牌，比路牌更打眼的是一个又妙龄又撩人的女郎。标强忙摁低窗玻璃上沿，把拇指和食指撑到唇边准备打口哨。车子却迅速减速。女郎伶俐异常，在车子停住车门打开的瞬间跳进了车里。标强把流产的口哨硬生生地咽了下去，用向丈二和尚致敬的表情回望后座上的女郎。女郎快嘴利舌地跟标强"嗨"了一声，以示招呼，旋即前倾身体胸部挟着以卵击石的勇气和气势顶到驾驶椅背上，说：

"廖总，都准备好了。羊已经支到烤架上了，就等着您和您的战友们去检阅呢。温泉浴呢，我选了靠荷花池的那家，就是上星期你刚带那组南非商户去过的那家。我订的是八点到十点钟的，泡俩小时够了吧？"

"够！十点以后干什么？"冠军问。

女郎换了种只适合在卧室里拿捏的腔调："哎呀廖总哪！十点后还要安排公共节目呀？人家想陪你的嘛！"

冠军说给标强和白随听："我陪你？那我战友谁陪？"

"大不了我一起陪。"女郎假嗔道。

冠军脸上的笑绽得老大。

"你这丫头！"他转脸望标强，"就照小余说的？十点后自由活动，怎么样？"

标强人未怒声先炸："什么怎么样？"

他算是弄明白了，这位角儿整了半天还是主次不分，敢情听起床号还是被他挤到了附属位置，他真在撺促一日游呢！还整得挺全乎，给自己配了这么个妖不妖精不精的不知是不是秘书之一的女人，那怎么行？他把刚才打算让它兼职当乐器的那个食指举起来，对准女郎。

"下去！下去下去！"

女郎一愣，脸突然红了。这应该是个主攻上流社会的交际花，不太能够接受粗俗。她一下子自尊心受辱，脸由红转白，举手拍窗。

"让我下！"

冠军愠怒。"行了！都别闹了！"

女郎缩了手，冷眼睃了一下。"我没闹，是他闹。"

冠军恢复笑脸，看了看标强。

"兄弟，我舍了多少事跟你出来这一趟，你可别整得太小年轻了，花十来二十个小时出来，就为听一把起床号？至于搞那么单纯吗？咱把出来这些时间安排得丰富点儿，不是更好啊？泡了温泉，我也给你俩各配发一个姑娘，痛快儿睡一宿，明天起个大早，往海防连一奔，一听，这不全有了吗？"

标强一愕，如同刚给骗跑全部家产，词儿全都给冻结了，说不出话来。

白随这个时候倒清醒了，轻声质疑："不是说好被起床号喊醒的吗？"

他在"被"字上加重语气。

他一开腔，冠军、标强仿佛才想起他也是一起来的似的，同时转头打量他。白随有一种能力，他在那里，跟不在那里一个样。他的存在约等于不存在。

标强把目光从白随脸上移回来，捅了冠军一下："听见了没？是被——起床号叫醒，不是在女人窝里爬起来再去听。我说冠军，你有心不好好听这一回，就别来。"

冠军讪笑："我有想来吗？这不明摆着是被你逼上梁山嘛，兄弟！你得理解我，这听号，说起来有点儿意思，但我接不上那感觉。有个可心的姑娘在，没准儿可以把那感觉调动起来。你们也是啊，待会儿弄个姑娘在身边一挤，那感觉，哗啦啦地往外涌。"

标强脸上像敷了冰沫儿。"我到底看出来了，原来咱俩不是一条道儿上的。那，我和白随去，你下去！"

冠军大笑。"对不起！这车是我的。"

"你把车送我不就行了？你还差这辆车？"

"我啥尿事都不会求你办，凭啥要向你行贿？"冠军说，"告诉你，我可抠门儿了。"

有一两分钟没人说话。后来冠军缓缓发动车子。

"行了吧标强，你别再彪了！咱先去吃饭，吃了饭再议。"

标强突然转过脸，像才发现那女郎似的，瞪了她一眼。

"不是叫你下去的吗？"

3

泛着虚光的水泥路面上扭动着那个身穿初夏装的女郎，这天的春风始终不太怡人，让那女郎浑身不舒服。她快速地跑起来，香奈儿小包不时地从她瑟缩的肩膀上滑脱。前面来了一辆有空车标志的出租车，她招下手钻了进去。

三个大男人直等到出租车拐过弯才把头从窗口扭回来。标强心里有了点儿歉意，却不知如何跟冠军表达。冠军盯着他看了一眼，下车歪靠到了黄昏路边的一棵野枞树上。标强跟了出来。白随见他俩一左一右在路边站定了，也只好跟了出来。冠军取出精致的烟盒点了根烟抽，想想又把烟盒扔给标强，标强就也抽了。白随不抽，离他俩远远儿的，影子一样虚虚地站到了一边去。满目是疏朗的麦地，其间或单独或成群地站着些树，以榉树和枫树为主。标强这个人容易触景生情，他必须说点什么了。才要开口，冠军的手机响了。在那个已经成为他们此行主题的旋律结束后，冠军大声讲起电话来了。标强觉得无趣，就蹲到路边发呆。不一会儿，接完电话的冠军走过来拍他的肩膀。

"兄弟，我去不成了。有个谈判，非我出席不可，最关键的是总公司 CEO 刚从英国飞过来，今晚上又连夜要赶往深圳去，我得见见他。不见不妥。"

标强乜斜着眼看冠军,能把他肚子里的蛔虫看得主动自杀。出口的话酸不溜秋:"人长嘴干什么?就是用来找借口的。"

冠军待要辩解,那个旋律又响了起来。冠军接,挂,它又响,再接,再挂。他无法不是个日理万机的人,只不过起先那阵子他把手机关了——如果事情一如他的规划,他愿意把手机关到明天。谁叫现在情况变了?

于是冠军的手机一时间变成了被按了循环键的音频播放器。标强有生以来第一次发觉那个可以时常在记忆深处涌动、既散发芬芳又滋生养料的乐音原来也可以是噪声。后来标强趁着冠军和手机同时有空的间歇问冠军手机里有没有别的军号铃声,冠军得意地立刻把铃声换成熄灯号。新铃声响起,此时的标强觉得说它是哀乐也不为过。他责令冠军铃复原声。再后来,标强气冲冲地跑进车里独自坐下来,等冠军也跑进来,要把想好的一句话说出来时,标强抢先把他的话说了出来:

"还去个屎!不去了!"

他的声音前所未有的虚弱,跟遭了天打雷劈似的。也难怪,早年标强写过诗,诗人内心的灵敏度总是超过常人,在冠军打电话接电话的那阵子,不知道标强灵敏的触角接通了多少种情感微粒,以至于使他在短时间里便改变了那么强烈的初衷。

冠军凝视标强,他拿出在商场上使过的最大的劲儿去探测标强茂盛的内心,并集合各种生存哲学以运筹出当此时分他最合适的行动方案。活到他这份儿上,他最懂得什么重要什么不重要,什么重要到什么程度,到什么程度说什么样的话。有的时候,朋友比什么都重要。他需要标强这个人做朋友,因为标强够有意思,这种人是冠军朋友中的稀有品种。稀有的东西不一定是钱就能买得到的,得珍视一下。冠军的即时行动纲领很快被他的智慧生产出来了。他脸上的笑纹比什么时候都模式化,却又比什么时候都有化干戈为玉帛的效果。

"我关机。咱现在，就按你的原计划不变？"

标强郁郁地看了冠军一眼，显然是默认。冠军把车启动。标强伸出手来，拍了拍方向盘，就当是跟冠军的手过电了。

"算你识趣。你还是有救的！"

冠军笑着摇头，不理会他。

标强看他这样，又急了：

"你们这种有钱人，俗。越有钱越俗，没一丁点儿的精神追求，完全不懂得去找精神乐趣。我们平时都很忙、很累，不是吗？偶尔让自己天真一次、莽撞一次、冲动一次，务一次虚，给生活来一次诗意，日后你们心里突然感觉空落落的时候，有比较高级的回忆来安抚你们，那样不好吗？"

这位前诗人暂停，眼睛像探测器，盯牢冠军。

"你有那样的时候吗？肯定有，不是吗？"

这些话还是能触到人心坎儿的。冠军点点头，把笑纹收住，严肃了。标强这家伙当新兵时就爱说教，在心里不爽的时候还特别喜欢针砭时弊，愤世和嫉俗双管齐下，仿佛时代迫切需要他充当一枚道德标枪似的，往这里扣一下扳机，往那里射一注弹，时代就没那么病态了，人心就没那么不古了，信仰就有了，高尚就不那么稀缺了。如果哪儿有救世主的岗位，首个应聘者非他莫属，就算要竞争上岗，他也有实力拔得头筹。标强之名，乃是取了标枪的谐音。有一阵子，战友圈里的大伙儿领悟到，此人身上的彪，只是他的外在表现，所以"彪子"二字撑不起场子，够不着他的内核，需要撤换。终于人们发现了标枪与他的神似，于是新绰号尘埃落定，沿用至今。但这枚标枪醒世济人的功效到底如何？不容乐观哦。至少，通常标强同志说教和指斥的时候，一般人只有一个感觉——心烦。不过呢，刚才标强所言，还是能叫人有所共鸣的。

冠军打开音响，小声播放莫扎特的《安魂曲》。视野中已有度假村入口处形状媚雅的巨大愣笨门楣，冠军索性减速到二十码，好给予标强足够的时间让他过足嘴瘾。标强却言简意赅地做总结陈词了：

"所以说，这么高端的节目，要纯粹而为，不能带有杂质。你想趁机安抚二奶三奶四奶，选别的时候吧。我还告诉你，吃完饭直接去海防连，找地方住下来。什么温泉冷泉的，都靠边儿站。"

4

全羊还在烧烤区烤制，他们坐在一边的空桌子旁扯着闲天儿，忽然冠军和标强同时注意到独坐邻桌的那个女郎不似俗类。冠军识货。女郎戴着的柳叶造型耳坠也许是蒂凡尼牌子的，今年初他为了给老婆买新年礼物，专门在北京东方新天地的蒂凡尼专柜考察过一次，其中有款耳坠跟这个一模一样。女郎那一身低调的烟灰色：小礼服搭蓬蓬裙，阿玛尼牌子的吧；脚下是一双藕荷色高跟鞋，这色儿一般女人轻易不敢上脚。冠军留神向那边瞥了好几眼，竟然总是与女郎的目光不期而遇。最后一次，冠军往那边瞥过去时，发现女郎早把目光支在那儿，等着他来碰。那眼神儿，说是警告比较合理，但不像，倒有点儿像挑逗，只是冠军暂时找不到被挑逗的理由。

羊肉烤好切过分类置于五个盘子里端上来了。"三高"者廖冠军同志不喝酒，昨天因为是"二十年"，他破例喝了两杯，今天是万万不能喝了。他用保温杯里泡着的养生茶代酒。标强肯定是要喝的。按喝酒的境界分，他一定属酒鬼等级：有酒必喝，没酒也得找酒喝，只要喝一定要喝得超量，超多超少全看他临场情绪。今天他是一定要喝的了。白随呢，当然是你叫他喝他就喝点，不叫他喝他也不要。今天他得喝，不喝没人陪标强，但他只喝半瓶。

喝的是啤酒。其实冠军车子后备厢里是有白酒的，一整箱的茅台，红酒也有两瓶，进口的，都是特优年份酿的，价格不菲。他想拿出来的，但标强拒了。标强同志的理由是啤酒进了肚里更感扎实。这样的择酒理由，显然只能出自高段位酒徒之口。

才喝两口，标强就言行出位了，也许是借酒装疯，他擅长这个。冠军正跟他说着话呢，标强突然就视身边无物了。他腾地站起身，提起一瓶啤酒咬掉瓶盖，揣上杯子，踢翻自己的座椅，迈着很像样的醉步走出去。接下来，在冠军和白随的注视中，标强变成了一只求偶的公孔雀。他围着女郎的桌子做各种开屏表演，酒和瓶子都成了他的道具。在冠军和白随可以预料到的正常表演之外，标强还下巴朝天顶了几分钟瓶子，顶得还不错。显然，这杂技他练过。自始至终，女郎笃定待之。后来标强以英伦风范的绅士礼伸手邀请她，女郎应邀起身。在标强的引导下，她款款来到了这一桌。

"你不喝酒？等我一下下！"

到了桌边，女郎对冠军说了这么一句后，转身走了。

他们看到她走进了停车区。不多久她提着一瓶红酒过来了，径直把酒放到冠军面前。

"拉菲！"女郎说，"猜猜是哪一年的？"

"我不懂酒。"冠军有点儿戒备。

女郎先冲远处冠军的车那儿抬了抬下颌。"保时捷——"又得体地指了指冠军的腕表，"卡迪亚的镶钻表——不会是限量版的吧？手上这支烟斗，我看不懂，应该也是名品！"边说边走到冠军正对面坐了下来，正好坐在标强的左侧。"名品配名士，大哥您，会不懂酒？"

"我真的不懂。"冠军抬眼间看到夜色比平时旖旎，一下子放松了些，他笑了笑，"可别告诉我是八二年的。"

女郎抿嘴一乐。

"八二年的拉菲！您这么大谱儿的主，自然是可以当水喝。小雅我呢，也只有偶尔喝一杯。我这瓶是去年产的。也不掉价是不是？要不要尝尝？"

"我不喝！"

冠军开始怀疑这位是小姐。他常来巩县的这一片区，对这儿的情况了如指掌。几年前政府投资几个亿把该片区改造为集休闲、娱乐为一体的大型度假村，这儿就成了"小姐"们的狩猎场。"小姐"们会用哪些方式叼食，他太懂了。为什么面前这位女郎极可能是干那一行的呢？因为她的谈吐配不上她那身名牌。再有，论模样，白随比他俊，标强比他酷；论到谈吐，这方面一般人都没标强爱现，为什么她专门咬住他不松口？显然她看出来三个男人中只有他是条大鱼。说不准，她这些名牌有诈。有些高仿品看着跟正品是一个模子刻出来的。女郎已经喝令服务员启开瓶塞，要了四只高脚杯都斟上酒，尔后她端了两杯游到冠军身畔。

冠军假装没注意到她，侧过身来给白随夹羊肉。

"这羊肉烤得不错吧？来！白随，多吃点！"

女郎移步站到冠军视野里。

"大哥，小雅手酸了，麻烦接一下！"

冠军支起头往远处喊："服务员，卫生间在哪儿？"又用那种上流人物专对陌生人采用的仪态向女郎致歉："我去一下卫生间！"

没等他站起来，标强蹿过来挡住了他的去路。这伙计，女郎使出浑身解数跟冠军套近乎的这些时候，他时而跃跃欲试，时而沮丧地快速自斟自饮，就这么一会儿的工夫，他已经喝掉三瓶了。酒鬼中的酒鬼，受此封号通常不是对酒量的肯定。标强酒量真的一般般，就这么三瓶啤酒，他已经喝到五六分醉了。

"别装了！你要是不好色，那小余今天唱的是哪出？眼前这美女主动投怀送抱来，你上什么卫生间？你有尿吗？有也得憋，憋死也得坐着。把酒喝了！"

这个情感泛滥的家伙，很可能对这女郎一见倾心了。如果冠军告诉他自己的判断，不知道他会不会当场吐酒。当然，冠军永远不打算告诉他这一点，这会让标强多没面子啊。标强这种自恃有文化有思想却又从来没能力把他那点儿文化或思想兑换成货币的人，在这个有钱人才会被当成老大的时代最容易心理失衡，愤怒便成了他抬举自己的拿手绝招，谁要胆敢当着他的面去揭穿某个会让他扫兴的事实，他一定变成炸药包。怎么办呢？显然，标强现在正倾力扮演一个救美英雄的角色，因而冠军成了他的对立面，怎么办？

"我喝！"

冠军一饮而尽。

味道还不错，但是不是拉菲他就不知道了。对红酒，冠军只是略知道些常识，论到品酒，他还真的是外行。不过，酒味儿不错并不等于这女郎可以摆脱小姐的嫌疑。有一种小姐专钓大户，敢下本钱。

不等他们来得及反应，冠军快步走开，真找卫生间去了。一路上他开始思考一个问题：以后还有没有必要在各种各样的旧时朋友面前委屈自己。凭什么他要为了那些明显不如他有能力的人的开心而压抑自己，就为了表明他不是那种一有钱就忘本的人吗？这多无聊。在一个喜欢照顾别人情绪的富人面前，有时候，穷的人反而容易变得强势和霸道。而当这个富有的人样样情绪都来真的，穷的人立马是两派表现：一者，怎么都摆脱不了受辱之感；二者，立马老实。快走回到餐桌时，冠军已经想好做回自己了。

"咱这回的主题不是听号吗？别在这儿瞎耽误工夫了，撤！"

标强正感觉到已经有点儿攻破女郎的防线了呢，这一声让他有点蒙。女郎在冠军离开的那阵子兴许是抱着打不着大枣捡一粒小枣混混的心态，跟标强逢场作戏了。冠军那句话出场的时候，二人似是而非的嬉闹正进行到互留电话的步骤。于是，回答冠军的是女郎故意放高声、放缓语速自报手机号的声音——她不死心，期望冠军去记。冠军才没那心思，他提起保温杯买单去了。女郎望着冠军的背影陡然就变了脸色。

"他刚才说什么'听号'？听什么号？他家有人死了吗？还是你家有人死？不是死人才吹号吗？"

标强好不容易才把那手机号在自己手机上存好了，意气风发得很，他扳着女郎的肩膀让她坐下来，叱令白随往她的空杯子里倒酒，然后他把她的杯子塞到自己鼻子底下嗅嗅，交给她。

"乱说！不死人就不能吹号的啦？我们以前都是当兵的，特怀念当初听起床号的感觉，我们去听起床号哩。想一起去吗？很浪漫的哦!"

女郎高一声低一声笑得停不下来，笑声中间艰难地吐出来的几个字组成一句特别没创意的话：

"你——们——有——病!"

笑罢，她匆忙离去。标强愣了半晌后赶紧取出手机拨打今晚刚刚收获的那串数字。

5

九点来钟，他们就在海防连门外周家村唯一的那家旅社住下。三间房，一人一间。最终选择住这里，自然是冠军昨天让小余调查摸底后决定的。他有心找人请海防连通融一下，让他们直接住进连队的临时招待所，但海防连反馈过来说，最近一段时间军区从上到下搞作风纪律整顿，上头盯得紧，这样的接待让他们犯难。幸好还有这家旅社在，不然还真不知道如何帮助标强实现他的"诗意"。细节才真正决定成事与否，别的都不行，这一点，冠军最懂，他认为标强不懂，或者是装不懂。

把略潮的被褥掀开嗅了嗅，开窗散了散房间里的蚀气，检查了一下热水器是否好使后，冠军便脱了外衣提起枕头垫到颈后躺下，闭目长舒了一口气，突然想起什么来，他翻身坐起打开手机。跳出好几条短信，一小半是移动的未接来电提醒，一大半是小余发的。冠军赶紧拨小余手机。

"现在过来吧。小心点开车！直接走国道，认识道儿吧?"

"不认识你来接我?"小余撒娇。

"别闹了。"冠军说，"进来的时候别让他俩看见。"

"看见又怎么了？有本事他们也养个小蜜看看！"

"当小蜜还挺得意！"

"那可不！装别的不行，装不在乎我在行。"

"我就喜欢你这性格，不拧巴，什么话都说得开。"

约莫十一点，小余进来的时候，还是没秘密住。白随正好出门，与小余在走廊里照了面。这么晚了，白随还要出去走走，说明这人其实挺神秘的。既然看到了，小余想跟白随打招呼，白随却装没看见转个身从另一个楼梯下去了。进了冠军房间，小余先把这事跟冠军说了，冠军留心听着，但终究还是不以为意了。他一把将小余拉进了淋浴间。春天在这样一个靠海的地方跟个可心的人儿住一晚，虽说房间差点，但感觉还是挺特别的。冠军好久没这么轻松愉悦过了，他兴奋起来。通常在小余面前，他还是要摆点威严的，这回他不管这一套了，进入情况的频率比小余快了许多。

标强一进房间就闩了门打电话。就那么一会儿的工夫，那号码就倒背如流了。在车上时，他碍于那二位压抑着直接拨通电话的冲动，只是发短信。发了不知道多少条了，每一条都切合他即时的情绪，而在那些时候他时而陶醉、激动、多情，时而因对方不回短信而愤怒、暴躁，所以他那些短信汇集在一起便是一封竭尽展示主人公跌宕内心的情书。他的梦中女神却一个字儿都没回。

电话是通的。如果是关机，标强还好受一点。发现是通的，他的炸药包就自燃了，可惜烧不到女郎那边去。任他打了一遍又一遍，她就是不接，引着了的火只好烧着自己喽。真是太难受了。标强无法克制这难受劲，又开始发短信。其间他恐吓过她两次，一次是，如果她不过来一趟，他今晚就跳海；另一次是，如果她不过来的话，他挖地三尺也要把她找出来。都零点了，标强同志还对着手机键执迷于他的指尖操。而就在这一时刻，他的房门给打开了，两个大汉快步冲进来，动作娴熟地架空了他，等他对这次奇怪的突袭产生疑惑的时候，他的脑袋已经被摁到抽水马桶里了。

白随回到旅馆的时候，那两个大汉刚刚完成别人交代给他的任务，正给旅馆老板娘递一百块的配合费。在这个靠近海边的地方走了那么一个来小时，白随精神有点儿好，有心去冠军或标强那儿坐坐，又想到时间已晚，他只是分别在冠军和标强房门口站了站，就直接回自己房间睡下了。其实他想去看看他们的目的还有一个，就是告诉他们，明天海防连的起床号要提前一个小时吹，因为明天上面可能要来突击检查，因此连里决定提前起床搞内务、打扫卫生。那一个来小时里，白随去过海防连的门口，跟那两个十七八岁的哨兵聊了会儿天，哨兵告诉他的。

不过他们知不知道这个信息也无所谓吧，反正就算按常规作息时间拉号，他们那时也没有自然醒。都是被号叫醒，早一个小时效果还不是一个样？

白随把房间里的所有灯都打开，在靠窗的那张椅子上坐了下来。坐了许久后，他去了洗漱间，投印在洗浴镜上的这张脸一如任何时候那样平静。他好好地凝视了自己一番，末了一抬手撕下了头上的累赘。真奇怪，竟然很少有人能注意到他戴着假发，他真的是太不能引起别人的注意了。他把假发小心折叠好放到一边，尔后冲着自己那个被化疗折磨得寸草不生的大白脑壳发愣，最后他看着自己此刻不伦不类的样子自嘲地笑了。

6

回去他们走国道。标强和冠军都起晚了，上路的时候已经小半个上午过去了。标强额头、脸上浅浅深深有三四道伤，他主动解释说是那号把他吹惊着了。要知道一个沉睡中被惊醒的人是很脆弱的，也得怪床太小，床头柜又过大，要不然他也不至于给撞得这么惨。往来的车不多，道路显得宽大，冠军不断提速，无扯闲之意，似想赶紧从这桩远足事件中脱身。白随想安慰标强两句，想想又觉得能对标强真正起到安慰作用的话要费神想，也就算了。最重要的是，他确信：标强根本没听到那号声。

那号吹完之后，白随一时间心情复杂得厉害。正如标强设想的那样，起床号沉着中激越、坚定亦高亢的声音勾起往日回忆，时空在那短暂的一刻来回穿越，谈不上好或不好的各种感觉纷至沓来。这样的事情的确在白随这里发生了，但是那种百感交集的滋味让人胸腔里胀鼓鼓的。他想找标强或冠军把它们排遣一下，不见得要跟他们倾诉什么，他也不愿意，只要在他们面前坐一坐就会好许多。总是这样，自从一年前他在肿瘤医院拿到确诊报告之后，他特别喜欢默默地往人堆里扎。看到那些生动丰富的表现，感觉着他们无所不在的各种欲望、一个接一个的小心思，慢慢地他的注意力不再专注于自己的病，他会忘记自己是个得了绝症的人，一个终于得了绝症的人。他家族里的男丁得恶性肿瘤的先例很多，他打小就生活在这样的畏惧中。

白随去敲标强的门了，就在号响不几分钟后。找冠军多不合适，只能找标强。他敲了好多下，敲得不可谓不响，但是回应他的只有寂静。寂静使他更加心慌。他垂下手，慢慢把头贴到房门上倚靠着站在那儿发呆。后来，他隐约听到了从房间里传出的呼噜声。

此刻标强的声音源源不断：

"……跟我想的一样，那号声一响，我眼泪都快掉下来了……"

他没完没了的。只能说他的口才和文采都不错。

白随不会去拆他的台，不会去和他探讨所谓的坚持、所谓的虔诚跟音量大小的关系。

去激发一个炸药桶的辩论欲，除了给自己惹来不快还能带来什么！

但是，千真万确，白随喜欢听到标强富有激情的声音，从昨天到现在，一直都是。既然这样，白随就专心享受一个生机勃勃的生命所散发出来的激情，偷偷借这激情吸取些能量吧。他把身子滑下去一些，取了个舒服的姿势静静享受来自前方的人声，在这澎湃的音浪中怀想刚刚过去的清晨那声呼唤起床的号音长调。这真的是世间最棒的一种声音。他揣测，过一阵子自己还会来听，有人陪他来最好，没人陪他就自己来。以后隔一段时间就过来听一次吧，就当是对自己的奖赏。他琢磨着，如果自己的病情像这阵子一样稳定并且他能坚持经常过来的话，说不定哪天就在这里遇到了标强或冠军，那对彼此来说，都是双重惊喜。

飞
鱼

1

飞鱼出现那日，我和马沥在谈论一个疯子。马沥蓦地举起了手，示意我不要出声，而他自己则从床沿上站了起来，快速用手扇着空气。

"什么味道？"他皱着眉头问我，"你闻到了没有？一股怪味儿，有点臭！"

"臭？"

我不由得吸起了鼻子。一些浓烈的气味正源源不断地渗过弦窗，潜入幽暗的舱室。可这不过是海的气味而已，并不是什么臭味，相反我觉得是香的。辛辣芬芳的海香味。看来马沥与我这种长年在海上漂泊的人不同，他还没有学会让自己的嗅觉接受大海。

"你慢慢会习惯的。"我安慰马沥，"海就是这味儿。"

"不是，我说的不是这个。你再仔细闻闻，真的有股臭味儿。"

马沥说着，提起手臂使劲嗅了嗅，又将他床上的被子、枕头、床褥仔细地检查了一遍，甚至把头弯到床下望了好一会儿。他没有找到他想象中的臭源。最终，他只好坐回床沿。

"你们管那新兵叫什么？小广西？这孩子是广西的吗？"

他回到了我们那天先前一直谈论的话题。

"这广西孩子！"他不屑地说，"我认识的广西人都挺有韧劲儿的啊，这孩子，还是年轻，年轻啊，年轻人还是脆弱，承受力不行。"

我望了马沥一眼。我很想对这个初次出海的中年男人说，有些事情跟籍贯、年龄、阅历、智商这些劳什子东西没有任何瓜葛，只跟人的本能有关。本能，谁也不要觉着自己比别人高明。但我没跟他说这些，我想这没有必要，他自己会明白的。我们的军舰还要航行很久，说不定是一个世纪。在漫长的航行之后，他一定会弄明白那广西孩子为什么会发疯。

"你去过不少地方吧？马主任。"

我有意岔开话题。像他这种年纪的男人，总有过那么一段两段的风光，比如风流韵事。让他们谈谈自己的风流史，他们一定会滔滔不绝起来，这样他们会变成一个有趣的人。在这瀚海，让自己，或者让别人变成一个有趣的人，这很重要。

马沥果然被我调动起强大的说话欲。不过他拒谈感情，他似乎只喜欢说他事业上的那些起落。他还喜欢说他的那些收藏品，他陆地上的书房里收藏了很多宝贝。一个男人藏品丰富——这象征着他的成功。他的确是我见过的还算成功的男人。

那天我们就这样愉快地聊着。后来，在傍晚时分，我们听到了舱室外传来阵阵欢快的惊呼。

"飞鱼！好多飞鱼！"

"怎么回事？"马沥走向舷窗的同时发出一声大叫。

他从来没有这么大声过。以后也没有。

"啧啧！"他大声惊叹，"鱼会飞！天下奇观。"

我站到马沥身后。越过弦窗，我看到了一架架白色歼击机模型。它们与军舰呈垂直角度，在海面上飞翔。它们的飞翔速度快得离奇，就算一只向下俯冲的鹰，也不见得有这么快的速度。也许海底有许多超大功率的水泵，它们是从水泵口喷出来的。没有人在第一次见到这种奇妙的鱼时不瞠目结舌。马沥当然也不会例外。

"天下奇观！经常有飞鱼吗？"

"不常见。"我说。

马沥拉着我往外走。到甲板上去，可以更清楚地观看飞鱼在海面飞腾的壮观场景。

我确实不知道飞鱼出现的规律。也许要海面波平如镜的时候；也许需要一定的天候条件，比方说，晚霞特别绚烂；也许要舰艇开到比较合适的速度。我没对这些鱼做过研究，我不懂它们。事实上，这么多年了，我跟着军舰在海上漂来荡去，也没见过它们几次。谁知道它们是怎么回事。也许它们是海妖吐出的口水，一群捉弄人的小王八蛋。

2

飞鱼出现数日后的一个夜里，马沥说他又闻到了那股怪味儿。

"怎么回事？怎么老有股味儿？"他打开壁灯，烦躁地爬起身，站到床下喃喃自语。"真臭！到底哪来的臭味儿？"

他开始检查他的床，不放过任何一个可疑的角落。他弄出的响声吵得我根本没法睡，我只好爬起来帮他一起找。我仍然没有闻到任何异味。我认为那气味是不存在的。我帮着他一起找一找，仅仅是想在最短的时间向他证实——根本没有他所说的臭味儿。

马沥在他的床上床下折腾过很长一阵儿过后，目光蓦地逼向我的床铺。

"是不是你的被子？"他说，"你闻闻你的被子。"

他的语气令我反感。我不喜欢别人命令我，尽管我知道他这个语气只是他在陆地上习惯的一种下意识流露，但我还是依从了他。我们的军舰还要航行很久，也许是一辈子。在适当的时候做些妥协，以换取平静的海上生活，这很重要。

我飞速抱起被子走出住舱。我把被子搭到船廊里的救生圈上。进来后，马沥还在不停地用手向鼻子里扇空气。"还是臭！"马沥说，"你再看看你的枕头。"

我的枕头能有什么问题呢？我每天晚上都用鼻子对着它做些美梦。我简直要生气了。但我还是忍住愤懑，把枕头拿出去，挂到船廊里的另一个救生圈上。

再进来我看到马沥的手还在充当着扇子。"不是你被子，也不是你枕头。是别的，别的什么东西。"

我不由分说，扯起我的被单，又将床垫卷起来，飞快地把它们抱出去，扔到船廊的地上。现在，这舱室里与我有关的一切几乎都不见了，你要再说臭就真是不可理喻了。可当我走进来，马沥还在自言自语。

"我怎么还是觉得臭呢？"

真见鬼！这个与鼻子较上了劲的男人。我站在我空荡荡的床架前，就着昏黄的壁灯光打量马沥。这个男人细皮嫩肉，一脸与他年龄、性别不相称的皮肤，但他并不女性化，他只是看起来养尊处优。一个优雅、斯文、有城府的中年男人。也许他肚子里装了不少墨水。他在陆地上一定风度翩翩，言谈举止有礼有节，做任何事情都能准确地把握火候和分寸。但他在这个夜晚显得这么吹毛求疵，这真让我觉得不可思议。他这才在海上待了几天啊。我听到军舰航行时不停切割海水发出的细碎器叫，我觉得我应该安慰他些什么。

"你有很多年没跟别人合住过了吧？马主任。"

"除了新兵的时候。那也是二十多年前了。"马沥绞着手，阴沉着脸对我说，"我一直在机关的，我几乎都是住单间。我真不习惯和别人住一个屋。"

我的心里涌出一百句骂人的脏话。谁喜欢和别人住一个屋呢？谁不喜欢自己独霸一个房间？我还不爱跟你住一个屋呢！你又不是女人，可以帮助我在必要的时候解决某些问题。你不过是个男人，并且不是一个青春少男，还只是一个中年男人，身上有脂肪，有什么东西比脂肪更讨厌的呢？还有那些迟疑不决在你身上游走的衰老感，一个正在退化的男人，你很快会老的，一身的老人臭。在距离过分紧凑的情况下，我们都是惹别人讨厌的人，不是吗？这个蹬鼻子上脸的男人，真令我窒息。

马沥却滔滔不绝起来。他坐进被窝，慢条斯理地说起了他的陆地、他的办公室。每天他上班时每隔一到两个小时勤务兵就会敲门进来看看他水杯里还有没有水，尔后退着身子小心翼翼地掩门而去。每天晚上回到家时，桌上早已摆好了饭菜。还有他的卧室，他说像他这种年纪的人多数时候更喜欢独居一室，和老婆也用不着天天睡。

我强忍着厌烦，听他唠叨了一会儿后，走出舱室，在黑而潮热的海风中独自来到后甲板。

我在船舷与缆索之间，摸出了一副哑铃。舰体里传来柴油机发出的噪声，四周黑魆魆一片，风像一把钝刀，在我身上磨来蹭去。我一气做了几十个扩胸动作，尔后我坐在黏湿的甲板上喘气。在漫长的海上生活里，我总在拿哑铃或别的什么硬东西出气，一旦我心里有气的时候。在适当的时候，找适当的东西出出气，这很重要。

我发泄了一顿过后，从船廊里抱起被褥，回舱室睡觉。马沥没睡着，我听到他不时发出奇怪的呼吸，仿佛有只铅球堵在他咽部，他每呼吸几次就得费劲推开这只球一次。在后来我与马沥的同居生活里，很多夜里他都在用这种古怪的方式呼吸。

3

我们的军舰总在航行。我总是这样，一出海就渐渐忘记了时间。我算不清这是多久之后了，总之有一天，马沥又开始没完没了地搜寻起他所说的那种臭味。他说那臭味是越来越强烈了，一天臭过一天。这次他似乎铁了心要把那臭源找出来。他翻查我们这间不足四平方米的舱室里的每一件物什。他显得很失态。

"WT！到底哪儿臭？"他动作凌乱，头变成了一只失去控制的陀螺，目光滚动在舱室里，"今天必须找出来，必须。WT！"

我不清楚他的"WT"是什么意思，这只是两个音节而已，也许它是"瘟胎""问题""我捅""我透"。这肯定是句方言，而且我确信这是一句脏话——他的语气和瞬间变形的五官告诉我，这是一句他多年未使用过的脏话。这让我感到奇怪，不，是震惊！马沥都说脏话了，还有什么不可能发生？

"你别在那儿坐着了，一起找！"

我狐疑地望着他，我实在不明白他到底闻到了什么。我只是觉得他再这么瞎闹，再这么折腾下去的话，这日子就没法过了。

"别找啦，马主任。"我等于是在求他了，"你找不到什么的，你又不是没找过，别找了，没什么的。"

"怎么会没什么？没什么我怎么老是闻到？你一起想想，它可能是什么东西，可能藏在哪儿。"

他这么说着，目光忽然直勾勾地戳向我。我看到他脸上恍然大悟的表情。

"飞鱼！有没有可能是飞鱼？我想起来了，我们第一次闻到臭味那天，很多飞鱼在外面飞，你想起来没有？我说得没错吧。会不会有条飞鱼飞进来了呢？我们没注意到。那天舷窗开着的吧？WT！你怎么老是把舷窗开着呢？你这小子，你别老开窗好不好？对！飞鱼。它就是股鱼臭味，死鱼味。死鱼就是这味。我在家的时候，有一回老婆买了虾，有只虾蹦到了水池下面，被自来水管挡住了，当时我们没发现，过后家里一直臭，臭得要命，一直臭，好几个月，后来家里大扫除，在水管夹缝里找到一只烂空的虾壳才明白为什么臭。对！那虾就是这臭味。一定是飞鱼，它在哪个角落里，它在烂，快把它找出来。"

马沥说话的速度越来越快，起先我在心里笑话他异想天开，但后来我有些被他说服了。难道没这种可能吗？有什么事不可能的？何况那天从海面射出的飞鱼那么密集，它们飞得又那么快，完全可能有条鱼在我们眨眼之际飞进舱室，最后蹦进某个夹缝里，窒息而死。白色的鳞片、纤维紧凑的鱼肉、坚硬的骨刺、鱼内脏，它们不外是蛋白质、脂肪、维生素，诸如此类的玩意儿，所有的组织、细胞，在从有机物变成无机物的过程中，都会不停地散发臭味。也许马沥是对的。

我在马沥的指挥下，和马沥奋力将舱室里的一切东西都扫地出门，最后只剩下空荡荡的一个船舱。事实证明我们的劳动是没有必要的。WT！我们白白流了几个小时的蠢汗。风从舷窗外灌进来，这空而逼仄的舱室让我感到玄虚。我和马沥只能再一件件地往里搬东西，将它们物归原位。最后我们疲惫地躺在各自的床上。马沥瞪大眼，他还在苦思冥想。我则昏昏欲睡。不知过了多久，我被拍醒。我睁眼，看到马沥站在我床上。他的视线在我身上大扫荡，从上到下，从左到右。

"没别的可能了，我想不出还有什么别的东西会臭。"

他最终停止对我的扫视，和我对视着。

我腾地从床上坐起来。他在说我？我臭？我是他所说的那个臭源？我在心里再次骂脏话一百遍！不要太过分好不好？我望着马沥，我在怀疑他目前思维的正常指数。

马沥冲我摇摇头，叹了口气，坐回他床上后，脸上露出一个意义不明的笑。

他的笑多么可恶，笑里隐藏的意思显而易见：是你臭，比如狐臭，或者别的什么体臭，多数人都闻不到自己身上的异味，所以在这屋里，他总是闻到臭味，而我永远闻不到。真相大白。可是，这怎么可能呢？我身上有臭鱼味？

"你要勤洗澡，勤换内衣。"马沥坐在床上，微笑着对我说。

看得出来，他在尽量保持心境平和。

我简直忍无可忍了。

我去甲板。在海风里冲哑铃撒气。这对小铁疙瘩不能排除我心里的怨怒，于是我打沙袋。沙袋在上一层甲板与这层甲板间晃荡。我认为它就是那个脾气一天比一天古怪的马沥。我要揍他。我腿脚并用，拳打脚踢，直到大汗淋漓。然后我坐在被太阳晒得滚烫的甲板上，望着一群追着军舰狂游的鱼发怒。太阳直射下来，那天我看到了自己落在甲板上的影子，这是个被哑铃和沙袋填壮的身子。我相信只要我愿意，我就可以把某个细皮嫩肉的中年男人抱起来，搁在船舷上，将他的脊柱一折对半。在忍无可忍的情况下，我不会理会军衔、级别、主任这些玩意儿，我知道马沥在陆地上是个官，一个还算有头有脸的人物。

我看到马沥出现在舰舷边，胳膊撑在栏杆上，眺望着远处的海面。他的眉头似乎已经无法打开。他看起来烦闷不堪，没有一点儿精神气。

我从他身后走过去，没理他。

4

马沥不再提臭味的事，但他显然坚信了那种臭味的来源。他开始经常用一种古怪的眼神看我，在我与他对视时他突然摇头，再把头低下去，微笑。他这些神情动作，仿佛在跟我说，是的，我知道你某个秘密，我是对你很宽容的，而你自己要好自为之。我真受不了这个固执的男人。我们的军舰总不停。也许它会在我被马沥搞疯之后才停下来。这可怎么办？

马沥的谈吐越来越古怪。关于臭味的话题从他口中消失了，关于听觉、味觉、视觉的话题此后却一个接一个地被他吐出来。他皱着眉头说夜里我的床上总是发出异样的声音，搅得他睡不安生。我不知道他在暗示什么，谁夜里睡觉时会像个僵尸一样一动不动呢？有一天他又坚称我的眼睛有点问题。我的眼睛会有什么问题呢？我确信他是无中生有。另有一天，他在甲板上吃饭时，突然张口把口中之物吐了出来，说他可能吃到了一粒老鼠屎。更有一天夜里，我醒来时几乎要惊叫起来：他手里举着一把剪刀，说他被子里有什么东西在爬来爬去，令他痒得不行，他得剪开看看里面到底是怎么回事。

我必须相信他的精神出问题了。这种事情不是没发生过。在永不停息航行着的军舰上，过分逼仄的空间会使一个人对别人的身体排斥，这种排斥感会扩大。扩大到极限，就是强迫自己相信别人身上的臭味，或者别的什么劳什子根本不存在的玩意儿。那个叫小广西的兵不是这样吗？他坚信他的脑袋里钻进了一群蟑螂，于是他不停地拔自己的头发，直到他只剩下血淋淋的秃头，他再用刀割自己身上的肉，继续寻找他想象中的蟑螂。马沥的这些表现难道不都是精神出问题的先兆？我得找他谈谈。

我得找他谈谈，就从那个不存在的臭味开始。不存在的臭味。我在寻找时机，跟马沥这样的人说话得讲分寸，不能冒冒失失地谈。但是，时机还用得着寻找吗？马沥一直不停地在制造着这种时机，我只要在他吹毛求疵的时候不再沉默，接上他的话茬儿就可以了。

这次马沥怀疑我们的舱室里有蚤子。原因是这些天来他一钻进被窝睡觉就奇痒难当。而蚤子是从哪里来的呢？那还用说吗？

"你要勤洗澡，勤换衣裤。"

马沥满脸不耐烦，但仍保持着一定的笑意，对我这样说。

我强迫自己笑。

"马主任，这屋里没蚤子吧？我没感觉出来啊。还有，马主任，我一直想跟你说，你以前老说闻到臭味，其实哪有……"

我还没说到正题上，马沥就抢着说了起来。"不碍事，不碍事，我已经习惯了，唉！谁叫我跟你住一起呢？"

我说："马主任，我想说的是……"

马沥挥手制止了我，叹着气，摇着头。

"你要勤洗澡，勤换衣裤，年轻人自制力差一点，没关系，有我在，我以后会监督你的。你不要跟我解释了，没事的，我不会往心里去的，你以后注意点是了……"

我猛然大叫起来。

"别扯了！停!"

我再也忍受不了这个自说自话的人。他这种人，总认为自己吃过的盐比我见过的海水都要多，所以他只会认为我这样的人是可笑的，不会想到我也会觉得他可笑。

"神经病!"我喊道，"你这样下去会得精神病的你知不知道？什么臭味？哪里有什么臭味？都是你的妄想，你是强迫症。你以前一个人住惯了，全是你的心理作用。你得强迫症了。你再不注意，离神经病就不远了。你不觉得你有问题吗？你动脑筋想想。"

马沥吃惊地瞪着我。我看到舷窗外的海面上卷起一片大浪。马沥是惊讶于我的说话方式，也许很多年没人对他这么吼叫过了，他很难适应我的叱骂；除了吃惊，他的眼里还闪过一丝惊恐，或许，我这句突如其来的话确实会让他联想到某些可怕的事情。

但他这些下意识的表情只是一闪即逝，他迅速变得容光焕发、神采奕奕、精神矍铄，脸上的每一个细胞都光芒万丈，仿佛他突然被电击了一下。他显得很兴奋。在陆地上，像他这样的人是擅长斗争的。一定是他身上被大海封存的一些记忆复苏了。

"小子，你没事吧？"

他表面谦和，又显然是很盛气凌人地询问我。他微笑地向我走过来，也许他要开始给我上教育课了。

我跳起来，向外奔去。我必须让自己的眼睛看不到这个人。真是可怕，我当初怎么会同意舰长安排这个"下来"代职的人和我住在一起？

我去甲板，拿了鱼叉，对准鱼群叉了过去。我将鱼从鱼叉上剔下来。鱼在甲板上蹦。血花四溅。我焦虑地遥望海面。这日子什么时候能完？我用脚把鱼一一踩死，尔后又一只一只拎起它们往海里扔。我看到马沥沿着长长的船舷向我这边走过来。他侧对我，站在一个船柱旁向这边张望。有人经过他身边，我看到他一把拉住那人，和那人说着什么。我心里的脏话已经不再满足于只是作为心理活动了，它们要突破我的喉咙迸溅出来。我看到他还边说边冲我指手画脚。不一会儿，他和那人双双走到我身边。

"你没事吧？"那人狐疑地问我。马沥站在那人旁边不说话，只微笑地看着海面。

我的心里的脏话即将突破喉咙的最后一刻，飞快地离开他们。我听到马沥在我身后说："这小子是怎么回事？不会又来一个小广西吧？"

5

马沥说："不要再有疑问了，就是有臭味，你身上就是有臭味。"

他对此坚信不疑。

既然这个立论是正确的，他就得以此为入口，将臭味深究下去。谁叫我们的军舰永远不停呢？他总得找点话题来打发时间，而又有什么比探究一件事的来龙去脉更能调动他的积极性呢？

"你家族有什么遗传病史吗？"

"你有没有去医院看过？现在听说有医疗手段可以除臭。"

"这次下了船，你抽时间去医院看看吧。"

"你别让下次跟你住在一起的人受罪了。"

他开始跟我说一些令我哭笑不得的话。多数时他笑容满面，像是在开一个无伤大雅的玩笑，但他又显得那么语重心长。这让人觉得他心里是认真的，他只是在选择一种善良的表达方式。有时候他又一脸促狭。更有些时候，他的语气里一股挖苦、讽刺味，令我觉得在吃一碗馊饭。这个人现在的语调、表情和说话时的动作，没有任何规律，实在是变化无常，让人捉摸不透，与我初见时的马沥判若两人。我觉得他越来越失态，甚至孩子气。我没有办法忍受他的乖戾，于是只要他一说话，我就和他争执起来。但我说不过他，一和他争辩，他便滔滔不绝，神情沾沾自喜。某一天我突然发现，他是在激怒我。他激怒我，而他自己感到快乐。他终于找到了在这大海生活的乐趣。WT！瘟胎！我透！他的精神问题真是越来越大了。

我必须躲避他了。在漫长的海上生活里，及时避开别人的无事生非，这很重要。我开始尽可能地离开我和马沥共同的住舱，几乎是除了睡觉，我不再回住舱。我把自己流放到甲板上。但马沥变得无处不在，常常我一回身，就看到他倚在舰舷边，或者从舷梯上走下来。他并不理会我。在我们的住舱外，他看都不看我一眼。他去和别人嬉闹，打成一片。他说话的声音变得很大，他甚至对着那些小兵手舞足蹈，这些动作真不符合他的身份。他真是孩子气。刚上船的时候，他在大家面前是矜持的、内敛的，那当然是他在陆地上的常态。在陆地上，我们很容易保持常态，但在这海上，我们身上的弊端很容易扩大。我真受不了他现在这么喜欢和那些小兵耍闹。我很快知道是什么东西把他吸引到兵堆里去了，至少知道了其中一个原因——他说我坏话。

他在说我的坏话。这是毫无疑问的。因为我听到越来越多的关于我身上藏着一条臭鱼的窃窃私语。既然大家都在议论我的臭，那么关于我的精神出了问题的议论也得益于马沥的伟大宣传了。

但可恶的是，马沥却开始对我表现出一种同盟者的态度，当然是在我们的住舱里。晚上我回到舱室后，马沥总是一副对我关切备至的模样。他枕着舱壁为我抱着不平。

"这船上的人怎么这么爱管闲事爱嚼舌根呢！别理那些人了。他们爱说什么让他们说去。"

这话从他口里说出来，让我觉得这人很可笑。

这显然是个熟悉斗争规律的人，要不然，他何苦为了和别人竞争一个处长的职位，而下来代一次职，跟着我们出海呢？那么长时间的一次出海，对他这种人来说，是需要极大勇气的。

他在陆地上一定是个有毅力的斗士，熟悉并且能够欣然接受斗争环节中的每个步骤。他现在是拿我作道具，操练陆地上所流行和必需的那一套。他要利用这种操练使自己再回到陆地时不会生疏斗争中的那些技术。

或许，他在运用他所擅长的思维习惯锻炼他的脑袋。一个人的脑袋如果不锻炼真的会乱套的。或许他真的和大家常担心的那样，心底里时常担心自己的精神会出现小广西那样的紊乱。

我相信我的判断至少有一部分是正确的。因为，更多的时候，马沥会在我面前表现出他内心的惊恐。他夜里常会腾地从床上坐起来。我打开壁灯，会看到他满头满脸的汗。他会瞪着我，眼睛空洞至极。我从他空洞的眼神里看到了痛苦，是痛苦。

"我做了很奇怪的梦。我老是做稀奇古怪的梦。我们在海上待了多久了？还有多久返航？"

他掩饰不住内心的躁动，在深夜的大海上这样说。似乎在问我，又似乎是在自语。

6

飞鱼再次出现了，这次是在傍晚。傍晚，在被霞光映照得光怪陆离的海面上，飞鱼成群结队，一个撵着一个地从海面飞了出来。它们与海面呈一定的角度，向上、向前飞着，在飞过数百米后，又一个猛子扎进水里。这些会飞的鱼，它们还在叫，像真正的鸟那样发出尖叫。听起来却是一种凄厉的叫声。数不清的飞鱼杂乱无章地在海上飞来飞去，它们的叫声汇成海上嘈杂的噪声，令傍晚的海空诡异。

所有的人都跑出舱室，拥到甲板上观看飞鱼，一阵阵惊呼从军舰里飞出来，在远处海面上发出回声。马沥是突然从人群中冒出来的，不！他一直在人群中，只不过他突然使自己变得万众瞩目。

马沥在飞。他在模仿一种飞翔的姿态。也许他在模仿飞鱼。在飞鱼乱飞的这个傍晚，他当然是在模仿飞鱼。既然鱼会飞，人怎么就不能飞呢？他在一堆人中间，甩掉上衣，露出他中年发福的白色身躯。他把衣服扔向海面，爬上栏杆。他站在栏杆的中间一格，面对海面，张开双臂，嬉笑着，喉腔里发出怪异的声音。他的表演在这个傍晚显然是引人注目的。他赢得了阵阵喝彩，但他的举动太危险了。他身边的人纷纷站到他旁边去保护他，以防他立足不稳掉下去。我站在众人之外，心狂跳起来，这个傍晚，马沥的即兴表演值得警惕。这样的表现欲来自一个普通的兵，这不足为奇，但来自马沥这种身份的人，就值得警惕了。

这个令我惊愕的发现让我决定从此不再在心里骂马沥，因为我觉得骂马沥就等于在骂那种无所不在控制着我们的某个看不清的东西，很可能有一天，它也会来控制我，也或许，它早已经在控制我了，只是我还没有发觉。

很快天黑了，飞鱼消失进黑色夜幕，飞鱼的出现让所有人兴奋。不知谁找来一张碟，在餐厅里放。这是一部与这个夜晚如此合拍的电影，一个恐怖片：变异了的鱼长出了风扇一样的翅膀，在游客如云的夜晚的海滩上，它们从海里飞了来，张开嘴，露出尖利的牙齿，扑向游人们的眼睛、鼻子、心脏，以及摄像机镜头。它们向我们大家扑来。餐厅里不断发出惊叫。

这个夜晚马沥应该是失眠了，他在床上辗转反侧。深夜时，我醒来，发现马沥的床空了。我猛地为他担忧起来。事实上，抛开我对他的厌恶不说，我其实一直在担心着这个初次出海的人。我跑了出去，在昏黑的军舰上寻找马沥。马沥靠在舰舷边抽烟，无声地抽烟，像一个游魂。我走过去，马沥不和我说话，但后来还是说了。

"又不是真的鸟，怎么能飞起来呢？"沉默了有好长时间，他接着说，"人就跟飞鱼一样。"

在夜晚的大海里，人声会很闷。马沥的话令我毛骨悚然。

就在那一瞬间，我居然也闻到了一种臭味。

这是一种无法用言语形容的气味。它凝滞在空气里，与我对峙。也许它正是马沥说过的那种臭味。

我逃也似的从马沥身边跑开。我跑得上气不接下气，直到我躲进了一个角落。但我确信，那股气味随着我仓皇逃奔的脚步，精准有力地扎入了我的后背，直击我的心脏。

高原反应

越野车途经布达拉宫前方的马路时，弟弟正在与一个怪梦做最后的搏斗。梦醒之前，他先将嗅觉的触须深深地导入这高原广阔的空间里。它们很快敏锐地捕捉到这陌生地的基本特征：干燥和静美。弟弟用力因而急促地深吸了两口气，蓦地睁开了眼。越野车正从拉萨市的中心街道上急驶而过，布达拉宫神秘的身影刚刚掠过车窗。弟弟突然觉得有一团黑影撞向他的眼帘，接着狠狠地击中他的胸膛，他的上半身在匀速行驶的车内一个趔趄，倒扑在后座上。弟弟捂着突然变得沉重的胸口，恐惧地瞪大眼。驾驶室上方的后视镜里，投射出那个四期士官不动声色的被墨镜遮掩但仍显凌厉的目光：它盯住弟弟，马上就跳开了。后视镜的右下方，那女孩正手舞足蹈地说着她总也说不完的唯一的那段爱情经历。弟弟想告诉他们，那些从他踏出飞机舱门那一刻就开始对他虎视眈眈的缺氧症状此际全面爆发了，请他们赶快给予他适度的关切。然而前面那一男一女特别是那女孩对这高原适应甚至乐在其中的样子迅速泯灭了他这一念头，他可不想给这高原留下连一个女孩都不如的第一印象。他张开嘴，更加用力地吞噬空气。闯入心口的那黑影似乎在他对空气的一顿饕餮后逃遁了。弟弟再接再厉，摇下车窗，将头探出窗外，去更博大的空间寻求喂饱肺腔的可能。布达拉宫早已不见影踪，车已经拐过几个弯，很快将驶出拉萨市。那女孩觉察到后面的异样，转过头来，用狐疑、无辜的眼神望着弟弟。

"没想到我们是同路，早知道这样，我在飞机上就换座位跟你坐一起了。"她好心好意地没话找话，"你比我大还是比我小？"

"就算比你大，他也得叫你嫂子。"司机，或者四期士官，幽默得很冷。他戴的是一副大镜面的墨镜，黑红脸膛，鼻尖上有皮屑，要么是不会笑，要么是不懂得微笑对于文明生活的重要性，反正从一个小时前他们在机场照面登车后他从没笑过。"在咱们营，教导员年纪最大。他以后肯定什么都得听你的——你比他还大。所以，没有人再比你大了。"他补充道。这个幽默不算太冷。弟弟和女孩都笑了，都故意放大了嗓门，以此表达他们对于这老兵身上乏善可陈的幽默细胞的珍视态度。

从窗外灌进车体的风削弱了弟弟和女孩的笑声。这干冽的风仿佛是一把又一把能够切开人体同时将渗出的血及时吸收得一干二净的刀。弟弟猛地打了一个寒噤，飞快地摇上窗户。被重新密封后的车隔音效果奇好，气氛突然静得令人尴尬。弟弟看到司机又用那种令人不安的眼神盯着后视镜与他对视。他把目光别开了。女孩清了清嗓子，重拾旧话题，说笑起来。这之后，三人世界里始终保持着一种失衡的格局：几乎只有那女孩一个人的声音，她还时不时一惊一乍地尖叫、开怀大笑；司机重新变得不苟言笑，只偶尔小幅度地把脸扭向女孩，给予她一个轻浅的呼应表情；而弟弟索性变成了哑巴，缩紧了身体，眺望着窗外，思绪蔓生，渐渐地就能够对这局促空间里的其他二人视若不见。他们将穿越这高原将近一千公里的路程，去往一个位于边境的防卫营。作为一个刚刚从中文系毕业的大学生，弟弟是去那儿报到的，此后，那儿将成为他生活、工作的舞台。女孩去往那里，是受了她此生唯一的那段爱情的召唤。司机是那个营里的司机，他受营里的指派昨天就启程来拉萨接人。

凑巧了，教导员的女人和新来的排长同机。这段旅程的途中，他们将在军分区做短暂的停留：弟弟要先去市军分区的干部科做例行的报到登记。到军分区天肯定已经黑了，他们必然要在那儿的招待所住一晚，待明天报到过后重新上路赶往那个边防营。顺利的话，他们会在明天晚餐之前抵达目的地。据这位兵龄颇老的司机说，营里明晚将为女孩，顺便为弟弟这位新排长举行接风宴。为准备这场宴席，从营里的干部到战士，几天前就忙乎开了。他们去驻地牧民家挑买了五头最漂亮的羊，只等明天下午得到他们正常抵达的消息后开宰。女孩是去那边防营和她的恋人结婚的。

"喂！透露一下，你们教导员的前妻——我可不可以知道，她长得……漂亮吗？"高原的光照太强烈了，女孩扯过驾驶台上的包，找出她的茶色眼镜，特别有条不紊地戴上。她应该是个冲动型的人，所以她这有条不紊明显是做出来的——她在犯女性们常犯的小毛病。可在这高原，连女人的醋意都会显得可爱。弟弟不由自主地在女孩的尾音里无声地笑了。老兵司机没搭腔。他审慎地拧了拧嘴角，只是专注地开他的车。高原将他塑造成了一个精确的人：在面临一回答就是错的提问时，咬紧牙关，不吐露任何一个字。女孩等不到回答，只好自己给自己圆场："我都忘了，你没见过她。我听他说过，她从来没来过西藏。他们结婚八年，她从来没来过这里。既然那么厌恶西藏，还跟他结婚做什么？明知道他不可能离开西藏的。她肯定不好看，心灵丑。唉！他真是太可怜了。那会儿我姨一给我说他的故事，我的心就被他抓去了……就想为他做点什么……"

又是一阵儿一个人的独白，女孩一说到她的爱情就一准儿会变得喋喋不休。静谧的车内，她的声音充满了感情，使这干燥之地陡然融入了一些温润的气息。弟弟却无心细听，再度眺望窗外开阔的街景。车快要驶出拉萨市区了。这是一个虽身处高原但不乏现代气息的都市，该有的现代文明它都有。既是一个高原之城，它就算想摆脱也摆脱不掉它的高原特征。弟弟很快就被一幕景象怔住了，带着些微的震撼。他看到的是一个正在朝圣途中的人。这是个青年，年纪与弟弟相仿，二十三四岁，瘦削、孤峻，由脸形看，显然是个藏人，却未着藏服。和这个时代的多数年轻人一样，这人上穿一件夹克式休闲外套，下穿牛仔裤。他朝拜的动作却是地道的：三步一叩拜，双手合十，五体与大地紧紧贴合。他沿着马路边际线一路朝圣向前，接踵而至的车逐一掠过他身边，他视若不见。弟弟紧盯着他被俗世同化的穿着和在这高原沿袭了千年的规范的朝拜动作，深深意识到，任凭这世界如何改变，这高原上的人的血脉里的信仰或习惯永远不会变更。弟弟的愣怔和震撼正源于一种落差：这熙熙攘攘的街景与一个朝圣青年的坚执形成强烈的反差，令弟弟对这高原有了一次真切的领悟。"停车！"弟弟大呼小叫起来。朝圣者被疾行的越野车抛弃了，弟弟对那幕景象的兴趣却无法割舍。"等一下！"他把脸贴在窗玻璃上，头向后转的幅度越来越大，最终索性翻转身体，跪到座位上越过车尾玻璃向后瞭望。

"怎么了？"四期士官放缓车速，用低沉的声音狐疑地发问，他紧盯着后视镜。弟弟从他的声音里听出了责怪。这老兵无疑在这高原生活很久了，对朝圣者已司空见惯，无法对弟弟的大惊小怪产生同感。弟弟这才觉出自己的突兀，赶紧对自己一时间波澜起伏的内心加以掩饰。"喔！没什么，没什么，继续开吧。"他依然跪趴着，掉过头来，谨慎地说。后视镜里倒映出老士官一闪即逝的微笑——这是他首次运用这个表情。弟弟却从这难能可贵却不合时宜的表情里探出了嘲讽之意，这高原在使人缺氧的同时亦变得敏感。四期士官说话了，顿使弟弟洞悉自己的敏感属于空穴来风。"坐稳了。我要加速了。"弟弟快速回转身坐好，气喘吁吁地望向前方。车正欲驶出拉萨城，空旷的荒野开始向他们逼近。弟弟周身忽然毫无来由地产生一阵毛骨悚然的感觉，他揣想他的缺氧症大概又要发作了。就是在这奇怪的一刹那，弟弟看到一团货真价实的黑影斜刺在车的挡风玻璃上划过，紧接着那里发出一声沉闷但剧烈的撞击声。女孩猛地发出一声惊叫。

"撞死了一只鸟。"她喊道。

"哈哈哈！"四期士官突如其来地大笑不迭，窗玻璃被他的声音震得嗡嗡响。弟弟和女孩都被他吓了一跳。"缺氧！这就是缺氧！"他充当起了高原通，事实上他正是，"西藏空气里的氧气含量平均只有内地的百分之六十。我每次出车，都要撞死几只鸟。它们飞不动。你们都看到了，我不是故意的。他们飞得太慢了……"

弟弟瞪大眼睛，这才看到挡风玻璃上出现了一道血痕。四期士官仿佛洞悉了弟弟心里的不祥感，打开雨刮器，三两下刮除了那道血痕。弟弟身体里那种毛骨悚然的感觉这时开始向一个地方聚集，像轻灵的雪片慢慢滚成了一个雪球，它，冷冽而沉重地压迫在了他的心房部位，再也不愿离去。弟弟大张嘴，茫然地吸气，却发现先前曾经击中他的那个黑影子现在跳出了他的身体，沿原路返回，停落在他的眼前。该死的老士官仿佛是要故意去激发弟弟内心里的恐惧，这个时候竟借由那只死鸟的契机说起了那些在这高原广泛流传的噩梦般的典故。归结起来，他要表述的意思只有一点：死神是这高原的常客，而氧气稀薄的空气是死神最常运用的一把利刃。

"给你们讲我亲身经历的一件事。我当兵那年，跟我同乡的一个新兵来这里的第一天就死了。也要怪他自己。那天他觉得自己浑身特别有劲，去打了一场篮球，打完后去冲凉，突然就倒在水房里再也起不来了。到这里头几天，千万不能运动。"老兵转过头来，分别察看女孩和弟弟对这故事的反应。女孩毫不畏惧且一副津津有味状，弟弟脸上没有表情——他不想向老兵示弱。老兵大概觉得自己还没有尽到恐吓者的本分，又说起了一则更为玄乎的故事："以前有个副团长，睡觉前大家看着他好好的。第二天一早，公务员打开他的房门，看到的是他的尸体。你想啊，这氧气那么少，人睡着了什么都给忘了。一口气没来得及接上，就是个死啊。"

弟弟明知老兵所述只是这高原的特例，却不争气地暗中恐慌不止。那黑影深入地锲在了他的心脏内壁上，任他如何自我唾弃，它都赖在那里不走。弟弟深知他此际的缺氧反应被自我的心理暗示放大了，但还是恐慌得不行。他抬高视线眺望前方，想借助于这高原的美去抵御那些恐慌，却发觉这些美如今看着都很狰狞：云、青空、一些山向别的山或山谷投下浓黑的阴影，像化为物形的凝滞的幽灵；巨大的山石如同充满沟壑的一张张老脸；偶得一见的绿色灌木丛或草丛像秃子头上摇摇欲坠的纸花；雪山像被浓云囚禁的烈士，有时挣扎出云幕露出憔悴但不屈的容颜……

老兵却说得兴起，将死神的话题拓展。他可能并非在恐吓这两位初来乍到的新人，只是想炫耀一下他对这高原的熟稔，抑或他只是太需要倾诉了。现在他说到了与缺氧无关的那些死：有一次，远赴边防补给的车队中的最末尾那辆车因抛锚掉了队，等司机修好车，却再也找不到车队。车在广袤的荒原上迷了路。八天后，直升机找到了那辆车，同时看到的是随车的三个兵的尸体。

"太可怜了！"女孩嘶声低语，泪水汪在了眼眶里，"都是可怜人！在这儿当兵的，都是可怜人。"弟弟敬佩地望着女孩，对她毫不因这高原而改变的充盈着血色的脸庞啧啧称奇。他矮下头颈，透过后视镜察看自己的脸，发现嘴唇是青紫的，那么，他是真的有高原反应，并不全是他脆弱的内心在捣乱不是？

"我们常把一句话挂在嘴上，这话听着像牢骚，但我们心里真这么认为的。是啊！在这儿当兵，就是成天躺着什么事都不干，也是奉献。"女孩大力地点头。老兵望望四周，真的触景生情了，声音变得仿若唏嘘:"到头来什么好都落不着。说起来,在这儿当兵补助高,但等退伍了,回到内地,落下一身的病,当兵那些年攒下的钱,说起来比内地多很多的退伍费,全得投给医院……不能老琢磨这些。有人爱瞎想,就得了精神病……"

弟弟感觉浑身的毛孔都竖立了起来。四期士官用密集的奇闻逸事、牢骚怪语,对他的想象力做了一次恶性诱导,弟弟看到自己原本空洞的未来现在涂满了黑色的符咒。算起来,他刚坐上这辆车不到两个小时,这也是他亲身涉入这个高原的时间,但这短暂的人生瞬间,他对这高原已产生深重的惧意。他真后悔上了这辆车,如果他自行坐车,也许现在还沉浸在对未来高原生活的遐想里,就像他大学四年里时常憧憬的那样。可是,不对啊!他生理上真切的那些反应:愈发青紫的嘴唇、蛰伏在他心头的那个黑影,种种缺氧的症状,高原给予他的这些见面礼,不会因他坐不同的车而改变吧?那么,是他自己的身体素质太差,不适合到这高原生活?如果他有这女孩那副看起来完全不畏高原恶劣环境的身体,他不就什么都不怕了?弟弟无穷尽地胡思乱想着。此后的路程中,他始终缄口不言,就这样困扼在各种思绪里,直到傍晚时分车子开入军分区空旷、寂静、寥落的院落。

他们的运气有点好,换个角度也可以说,有点背。不同的人会从不同的角度看待接下来的这件事。这是一个饭局。从女孩的角度看,这饭局体现了这高原部队高层对她的重视。弟弟却选取了一个狭窄的角度,他觉得,当此时分,任何额外的活动都只能是种负担,他珍贵的体力要用来抵御高原带给他的生理考验、已经到来的缺氧训练以及必然还会面临的别的考验。军分区当日是一个副政委担任战备总值班,他听说有位准军嫂专程赶赴军分区下属的一个边防营结婚,便觉得不亲自接见并宴请这位用特别方式向高原致敬的女性就于理不符。他在招待所摆了一桌能容纳十五人共餐的晚宴。等弟弟他们三人坐进招待所的一号饭厅,才发觉，接见准军嫂的议题并非这饭桌的首要主题。真正的重头戏是这一天军分区需要接待一个由五位北京来的艺术家、一名省级领导的保健护士、一个省部级高官的儿子及他的女友组成的旅游团，据列席的军分区宣传干事说，这个旅游团是上面硬性通知军分区接待的。这只是一次一锅烩的大杂宴。

副政委小眼小嘴大鼻子梨形脸，嗓音低却浑厚，且块头儿大，粗看像个军事干部，由他与政工干部身份不甚相符的外形略可断定，他是个复合型军队人才。他脸上有明显的高原红，说明这高原的政工干部高层人员也需要经常在室外奔波。他一根接一根地抽烟，敬酒主动，对回敬则来者不拒，看来是个对大应酬司空见惯并有能力从容驾驭的人。旅游团的八人都被依目测尊卑序列逐次安排在主要客座，女孩和弟弟被狗尾续貂般安排在这临时形成的序列的末端。战士身份的墨镜司机没能列入这宴席，他已不见行踪。推杯换盏，彼此考究分寸感的理智交谈，半个小时后，席间还是刻板的文明或虚与委蛇。这是一次无聊的晚餐。弟弟因座次靠边获得了置身事外的优势，他得以频频走神。很多次，他竖起脖子，向窗户外面张望。整洁的院落里种满了乔松和云杉。这高原日光的落程缓慢，都八点多了，那些高原树木仍被照得熠熠生辉。弟弟的思绪还停留在四期士官的讲述以及他的生理反应所带来的对这高原的恐慌中。庆幸的是，胸口那团黑影大概也是个怯场的东西，被这隆重的饭局吓跑了，他得以呼吸通畅地端坐于斯。沉闷、生硬的局面是被女孩打破的。她身上那种与生俱来的热烈，使她从席间脱颖而出。等旅游团的人完成了向副政委敬酒的程序，女孩跳出了她那张与弟弟同样不显眼的座位，开始围着圆形餐桌快速游走，絮叨着敬酒。她特别真挚，因此说出来的话感人至深，能丝丝入扣地润泽每个人的心田。她向这座中的每位领导、干部子弟，还有艺术家表达她的敬意，仿佛只要是在这高原，哪怕外来的人都是天使，她对这高原的爱太不讲条件了。副政委像才注意到她似的，眼睛变得炯炯有神。这一迟到的发现之后，他可能终于想起这女孩被列为招待名单的理由：一个远赴高原结婚的准军嫂。

"姑娘！我们应该宣传你。你的行为太可歌可泣了。你用你的行动升华了爱情这个词。你的行为是对我们官兵戍守边关生活的最大褒奖。对！就是这个意思。把我这句话原原本本写到报道上。"他抬手向遥不可及的对面一指，那里坐着今日陪坐的那位宣传干事，"你找人去写。尽快发到报纸上。要大力宣传这件事。"

"还要宣传？真的吗？哈！不过，那也挺有意思的。"女孩的兴致高涨了。依照弟弟对她有限的理解，她才不在乎什么宣传不宣传呢，她是被领导对她加码的重视感动了。弟弟看到她抢过服务员手里的大酒杯，给自己斟满了红酒，没等副政委把酒杯举过来，就够着手咣当碰了一下，随即一饮而尽。一杯酒不足以表达她的感激之情，她又呼喝服务员给她倒了个满杯，要去跟副政委碰。一转念，她机灵地意识到需要续碰的理由，她扭摆头，急切地找寻线索，一眼就望见了呈木讷状孤坐的弟弟。她叫了起来："排长！王排长！你过来！快过来！"在弟弟不知所措地走近她和副政委的当儿，她竟然望着弟弟吃吃笑个不停。弟弟走到他们跟前，杯子还空着。女孩眼疾手快地给弟弟斟了个满杯，用肩膀灵活地把弟弟撞了一大下，立即把弟弟撞成了与她并肩作战的齐立状，像一个连队的两个主官：英武的女连长和被动配合文绉绉的男指导员。"这是即将去我们三营上任的新排长。我和他，我们代表三营所有的人，年纪轻的、年纪大的，有老婆的、没老婆的人，向首长表达我们最诚挚的谢意。"副政委被她逗得乐不可支，一举手，一仰脖，很有气势地喝净了杯中酒，哈哈大笑。"好样的！你会成为一个最优秀的军嫂。年底我们分区都会评'十佳军嫂'，我预先投你一票。"他豪迈地伸出手去，要去拍女孩的肩膀，就像他这种身份的人对下属常做的那样。手刚伸出去，即发现了男女有别这个无聊屏障，不得已，他的手顺水推舟地拍到了弟弟的肩膀上。能够决定弟弟命运的时刻就在这个时候诞生了。副政委的手刚触及弟弟的肩头，眼睛突然亮了一下。也许弟弟的气质与这高原太不符了，导致了副政委出现了短暂的思维停顿。而弟弟竟然在对方短促有力的凝视中，敏感地发现了其内心的孤寂与冷傲，当然，这种发现也许源自于一个中文系应届毕业生的文学情怀。

"就你这样的，还来我们高原？滚吧！臭小子。"

这话出自惶恐的弟弟对眼前这位首长的揣测。真正从副政委嘴里跳出的是一句家常话，一个领导对普通一兵的俗常问询："你要分到我们这儿来？哪儿毕业的？"

弟弟告诉他一个人们如雷贯耳的大学的名称，还附带说了系名。副政委不孤陋寡闻，他竟知道那个系诞生过好几位文学名流。"你是学中文的？"他的目光里淌出惜才的粼粼清波。窗外的乔松和云杉们都在闪光。弟弟意识到需要他表现的时刻到了，听说每个向工作岗位走去的人都要学会珍惜机会。

"是。我是。"弟弟的回答却是笨拙的。不是缺氧所致，而是像他这样一个刚刚走出校门的人尚未能掌握几招见机行事的绝妙方式。

"你先别去营里报到了。留在军分区，写这位好军嫂的新闻稿。"副政委郑重地打量弟弟，又追加了一句，"你一定行。你觉得呢？"

"先不去营里报到？写……写稿？……"弟弟很准确地重复副政委话里的两个递进式的意思，但如果他稍微对高层人物的语言技巧有所了解，就会知道他的复述是不明智的。熟习高层人物说话方式的人能洞悉这语言里的递进还可以延续下去，这是有潜力可挖的话。但是，如果听话的人不懂得用讨巧的回应去巩固这种延续，说话者就会立即让这话变得毫无潜力。换成一个老江湖，这个时候应该马上自摸三杯，尔后扮可爱、作感激涕零状，嬉皮笑脸地对副政委说："首长！你是说，您把我留在军分区工作啦？谢谢首长！太谢谢首长啦！首长您是我的大恩人。"

可是，弟弟的江湖指数现在还暂时为零。

"懂不起！这孩子真是懂不起！"副政委收起停落在弟弟脸上观察的目光，环视座中人，笑。"懂不起"是他的家乡话，方言往往比普通话更深邃，指向宏远、宽泛。弟弟不能明确领略到这三字方言里更广博的外延，但他能听出这话里有责怪和惋惜之意。有人是十分"懂得起"的，就是座位一直靠着弟弟的那个宣传干事。在这晚宴起始那半小时里，弟弟和他近水楼台聊过几次话。宣传干事是四年前从地方大学毕业的，学的也是文科——他和弟弟有两个共同点，这决定了他要在关键时刻向着弟弟，去助其一臂之力。宣传干事快速站起，奔离座位，向弟弟和副政委这边走，一边大声替弟弟说话："小王！你怎么这么木啊？首长要把你留在机关，你还不快道谢！"

弟弟这才惊悉他的人生已经暗中出现了辉煌的转机，他正在获得一个可以停止向这高原更深处、更荒芜处、更难以卜测处跋涉的机会。尽管到这高原才半日有余，他已领教了它的厉害，在这里，每多向前走一步，他窒息而死的危险性就增加一个级次。这确实是与命运休戚相关的人生关键时刻。弟弟的智商没有问题，只要题面明确化了，他答题的速度不会逊于别人。宣传干事的援救之后，弟弟的脑子快速运转，须臾，他明确了自己的答案。

"不！我不想留在军分区。我要去边防营。"弟弟听到自己确凿无疑的声音。这是在简短而深入的思考后的回答。

被卷入这场语言交锋里的四个人，副政委、宣传干事、女孩，包括弟弟，都被这回答怔住了。弟弟望着那三人脸上的惊诧，同时审视自己的内心，就在这一刻，他把自己全搞明白了。有些事、有些行为，他先前一直糊里糊涂，这时他终于为它们找到了准确的内心线索。半年前，几名军官到他所在的大学招贤纳士，弟弟听到西藏这个地名就扑向了招募台。接下来，作为该大学连获四年奖学金的优秀应届毕业生，他顺利通关，获准成为一个进藏工作的准军官。现在弟弟回想他在报名从军过程中的积极性，深悉他行动的根本源头、唯一动力是西藏这个地名。他生来就有根深蒂固的文学情怀，大学里又被其长期导引，心里慢慢就设定了在年轻时去远方边地生活的绮丽愿望。西藏，这神秘、神奇之地，是他心里的最远方，只有它才能使他的梦想落到最坚实处。他来到这里，是他的心性决定的，不是偶然性的，是必然的。如今他来了，来到了他心目中的远方，可是，这远方里还有远方，他人生的主旨是去向最远方，用年轻的筹码换取最远方的生活经历。现在有人对他喊停，叫他半途而废，他绝不能答应。尽管在已经启程的这场远行途中，他已经确切感受到了这高原的威胁，并且眼前出现了一个悔过的机会，但他也不能停止脚步。他必须朝着他人生既定的目标前进，做一个捍卫自己内心的人。他不要留在军分区，起码现在不要，他要去边防营。

"不愿意留下来？……懂不起！这孩子懂不起！"副政委藏匿了惋惜的表情，笑着扫视众人。他的兵龄比弟弟的年纪还要大，跟那四期士官相比，他对这高原的理解要更深刻得多，他深知这高原越偏远条件就越艰辛、生活就越严酷，他要挽留弟弟全无恶意。"年轻人！有志气。照你这股倔劲儿，我相信你会在基层岗位上发光的。"他说起了场面话，也是对弟弟这名新军人做必要的鼓励。他们集体端起酒杯，以便让这场延续了几分钟的舌战鸣金收兵。女孩始终未曾洞察到这期间的轻重缓急，刚才她差点被冷落了，这时她不甘寂寞，再度大呼小叫，却也恰好用她的活跃将气氛调节到和谐处。

餐毕，旅游团的八人被送往房间休息，剩下的就全部是军人了，众人在招待所的院场上站了一会儿。月亮升起来了，但天还没暗下去。弟弟心绪复杂，数次窥视副政委。四周围特别静。弟弟觉察到副政委的表情不知何时起已变得凝重、内敛，也许这才是他最素常的表情。有一阵子，副政委不再说话，就那么背着手，仰着头，站在众人中间。弟弟望着他，暗中忖度：在这高原，要像这副政委一样成为一个大人物，就必须具备极强的抑制情绪的能力。他敬畏地往副政委身边挪了两步。副政委一低头，用一种怪异的眼神看了看弟弟。

"慢慢干吧！小伙子。"他审视着弟弟，丢了这么一句话，率先起步沿着虚白的马路离去。弟弟其实特别想弄明白自己身上的什么东西触动或打动了副政委，使他会对自己产生"扣留"之意，是自己使他想起了年轻时的他，顿生怜惜？抑或他只是随口说说而已？弟弟觉得自己现在完全没能力弄懂这个官至副师级、数十年如一日与高原为伍的人。

弟弟彻夜未眠。四期士官跟他说过，尤其对刚刚踏入高原的人来说，失眠是高原反应的催化剂，然而弟弟无法让自己不明知故犯。四期士官充当了弟弟这次失眠的催化剂。他跟弟弟住在一间招待房里。他大概急于要在弟弟面前充当高原生活指路人的角色，睡前都忘不了给弟弟罗列几桩高原特例。这次他的特例已经拓展到了高原军营生活的细枝末节。他终于摘了墨镜，靠在床头眯缝着眼睛，说到了人与人之间微妙的关系。为了让自己所述之事与他的唯一听众产生必然的联系，他列举了一个前年从地方大学毕业入伍的排长因为无力带好自己人员关系复杂的排而试图割腕自尽的事。弟弟对他诱导的联想路向全无心理准备，他从来都以为这寂静的高原里，人与人的关系应该和这高原一样平静。"怎么可能呢？"四期士官冷笑着说："你想啊——我打个比方：在内地，如果人不开心了，可以去酒吧借酒浇愁，去商场买样东西哄自己，可以……嘿！和老婆做爱……这里的生活太单一了，谁要是哪天心情不好，连个正常的释放渠道都没有。一群男人天天待在一起，看着就烦……"他简直就是在跟弟弟探讨心理学。这高原是催生心理学大师的沃土。弟弟豁然开朗，进而对前途产生了丰富、辽阔的想象。当然，他的失眠也可能与四期士官的言论无关，而只是纯粹的生理预警——在一个氧气稀薄之地生活的第一夜，任谁都不易睡着，更何况弟弟这种敏感、细腻之人。那不时袭击他的黑影在夜里变成了一种发光体，明明他眼睛闭着，它却照得他的脑袋一片炽亮。他不断敦促自己睡去，有一次，眼看着要成功了，却突然想到了那个睡着后再也没能醒来的副团长，一激灵就又清醒在了那里。第二天，等他去干部科报到完登上继续前行的越野车时，他发现真正的、更严重和全面的高原反应在他身上发生了。

他脑袋发胀，浑身发麻，筋肉酸疼，皮肤像给贴上了一层墙纸似的根本不散热，最终他感觉自己的肉身成了一个不透气的囚笼。他感冒并且断定自己发烧了。四期士官过往的导引词里当然包括感冒和发烧的恶果：它们是肺气肿和脑水肿的前驱。弟弟坐在越野车的后排，感受着身体的不堪与对自己无能为力的悲哀。车在向更高的海拔进军。要继续走六百多公里，才能到达那个边防营。那里的海拔将超过五千米。这次车上多了两个人，那位宣传干事带了一个摄像师，受副政委之命要一路跟拍完这次行程及这个晚上将举办的一场高原婚礼。摄像机始终开着，时不常地对准每一个人。对弟弟来说，它仿佛正挖掘着他内心的隐秘，他不敢流露出一丝异常。女孩仿佛是故意要用她的鲜活印照弟弟的孱弱，她竟然越来越热烈和活跃了，小圆脸上神采飞扬、双目生辉。她坐在驾驶副座上，却不断掉过头来挥动小肉手向镜头摆造型、玩表情。在宣传干事颇显深情的采访下，她更深入地说到了与这高原结缘的心迹。其实她勇于奔向这高原的内心动力并不特异，无非是因了对高原的憧憬、对高原士兵的同情以及随之而来的爱情的召唤。"我是白羊座的。一般白羊座的人身体都特棒。除了精力充沛之外，也最具献身精神。第一个冲上去的，往往是白羊座。"她这样剖析自己身上无所不在的热烈。车子很快从柏油路的国道进入狭窄、颠簸、曲折的沙石路和土路，此后这路途上不再有国道，将一直坎坷下去，女孩好动的身体不时被颠得东倒西歪，她每每因此放声大笑。弟弟觉得她堪比一个乐在其中的女英雄。

前路愈显逼仄，但裹挤着这土路的旷野的形貌却愈益潦草、粗犷。

荒野无所事事地铺展在四面八方，最终被几座并立的大山挡住去路。昨天在沿途还能遇见在荒原上挣扎的零星的灌木和草甸、藏民的村庄和黧黑、干瘦的朝圣者，现在都不复存在。视野里不再有一丝绿意闪现。车轮溅起沙石，捞起尘烟，在震慑了耳膜的同时蒙蔽着视野。偶见干涸的河床，一副破落的残象。弟弟昏昏欲睡，突然降低的视力使他每每向车窗外张望时，觉得他们的车正在奔向没有生命迹象的某个外星球。车又撞死了几只鸟，其中有一只竟然是硕大的黑鸬鹚，除弟弟之外的人都因此惊叫了几声。渐渐大家都不说话了。有一阵子摄像机被搁到了座位上，连那女孩也沉静下来，众人被自己的思绪淹没。弟弟的瞌睡越来越重，但他牢记着四期士官一再重复的严重缺氧状况下绝不能睡去的话，拒不让睡眠侵扰他的理智。可是他却只能惊惶地觉察到这睡意凭他一己之力根本无法抵御。"我困！可不可以麻烦你看到我要睡着的时候推我一下。"弟弟听到自己万般无奈之下向身边那位宣传干事求助的声音。他盯着那架幸而没有对准他的摄像机，觉得被自己的求助声侮辱了。

"推你干什么？你真怕自己睡着睡就没气了？"宣传干事是个犀利的人，他虽不算老高原，但在这高原好歹也待了四年，适应了它，所以他一定以己度人地认为弟弟的要求实属多此一举，于是他放任自己对弟弟开了个玩笑。弟弟的受辱感更甚了，但他此际内心的恐惧已经使他忘却了自尊。"我发烧了——我觉得我发烧了……"弟弟悲哀地压抑着心里的那些屈辱感，小声地说。"没那么严重吧？"宣传干事望了望满脸光辉的女孩，望了望同样形容正常的摄像师和老兵司机，弟弟在他们中间实在是最年轻的，他的不信任确实有据可循。弟弟不吭声了，他决定此后绝不向车内的任何人示弱——他绝不能在这向高原进发的初始为自己的日后留下笑柄。他要在这儿待很久，不是一个过客。弟弟心里突然有种悲壮的豪情，赴死的壮志蓦入心房，他猛地深吸一口气，让自己勇敢地睡了过去。这睡眠并没有危及他的生命，他的高原反应的确有相当大的一部分来自心理因素。他深入地睡了一觉，醒来后顿感精神百倍。此外，他看到了一幕类似幻觉的场景：营里派人来接应女孩了。另一辆越野车停在前方，四个战士两两分立路边，站在大风中，扯着一块鲜红的横幅，摇摇欲坠地站在尘土扑面的土路上。横幅上书：嫂子！我们爱你！

女孩跳下车，跌跌撞撞地奔向接应的人，那里面站有他的爱人，她幸福地凝望着横幅，哭得上气不接下气地往那里奔，奔向她此生最该铭记的高原人刻意为她导演的这幕爱的壮景。然而，任谁都没想到的事故发生了，弟弟毕生都难忘记接下来发生的这场噩梦。他百无聊赖地坐在车座上，斜着身子，捂着心房，越过灰扑扑的车挡风玻璃，看到女孩突然像被一堆弹簧箍住那样，猛地颤抖着定立住，尔后猝然倒地，在三分钟内香消玉殒。

土路上一阵于事无补的忙乱。山和荒原无动于衷地倾听着人们惊诧、悲枯的声音。大婚破灭的教导员空张着嘴，摇撼着他的爱人，风迅速吹干他眼角的泪迹。

弟弟，我的弟弟，认真地凝视着自己恐惧到极限的心，孤独、绝望地站在风中。

天空很近，山很近，但是，它们只是看起来这样而已。这高原给人一种怪异的错觉，很远的事物看起来都很近。一些山，看着近在咫尺，实则远隔几十甚至上百公里。两辆车紧逼着在落霞渐起的荒原里向营里驶去，接应的车在前面带路，猝死的女孩在那辆车里。弟弟不时越过挡风玻璃眺望前面那辆车，能看到教导员抱住女孩悲啼无声的样子。聒噪的宣传干事起始还叹息着埋怨接应的人里没有周全地配上营卫生队的军医，又小声向弟弟和四期士官询问女孩的前期表现，以便为她的猝死寻找更多依据，渐渐他因别人的懒于回应愧疚地噤了声。其间，他用脚踹了几下摄像机，仿佛它是这起事故的罪魁祸首。半个小时后，车默然停在一个由三排沿山坡筑就的营房和一个水泥操场组成的不设围墙的营院里。天还没黑，正在黑下去，弟弟束手无策地站在车下，打量这营院及近处一座干黄的石山。他身边的每个人都无声地小碎步走动，有序地忙碌着。弟弟很快让自己融入这些沉默而忙碌的人之中。不久，强打精神的教导员过来安排司机继续上路，把弟弟送往二十几公里外的一个连队，弟弟这才知道，这里还不是他的终点。

夜里，弟弟在另一处更显孤瘦、海拔更高的营院下了车，这就是他青春的栖息地了。已经成为他连长和指导员的两个比他年纪略大的男人引领着他去了他的宿舍，那是一个由七张住满人的高低床组成的房间，墙壁灰黄，地中央有水泥脱落的痕迹。十几个审慎的人沿床边肃然齐立着，凝视着他的脸，他们就是他的兵了：一名面容阴沉的三期士官班长、一个脸上挂着善意微笑的二期士官副班长和十二名新兵。连长和指导员坐下来跟他聊了些必须聊的话，不久就走了，顺手关了门，留下弟弟和他的兵在静得瘆人的屋里面面相觑。弟弟突然想咳嗽，但忍住了，他得谨慎采用任何一个动作，在他们对他还全无感情之前。那女孩热烈、奔放的表情、动作始终在他脑中闪动，很奇怪他虽已完全感受不到一点缺氧反应了，却时常不寒而栗。孤独感因这种不时到来的战栗，在他身体里增长并加速扩散，他深切地觉察到，这是他有生以来最悲伤、忧虑、无奈、绝望的一个夜晚。当远方具象地矗立于他的眼前，将他挟裹、吞噬，他意外地发现自己对其只剩下了厌弃，由此他悉知对那位副政委的拒绝太马虎、幼稚了。这一夜只能重蹈上一夜的覆辙：失眠、忧伤，与心理缺氧症进行更深入的搏斗。等新的一天，真正的高原生活的首日到来的时候，他发现远较生理上的高原反应更艰深、繁重的高原反应出现了，引发者是那位面容阴沉的三期士官，他变身为这高原上的苍云投向山峦的一片阴影，要给弟弟上第一堂高原生存课。

清晨，起床后的弟弟整理完床铺从水房洗漱完再回到房间门口时，被一阵不可理喻的指挥声愕住了。"把这些玩意儿给我端到厕所里去。"三期士官班长的右手食指像路标指着弟弟的棉垫、床单、被子,以及那只没有塞进壁柜的枕头,声音严厉。"这整得也太窝囊了,放在这儿不是影响咱们屋的内务吗?给我端出去!"弟弟脑子变成了一团糨糊,目光下意识在屋内巡睃,七张高低床上的其他被褥看起来都是标准的直线加方块,他床铺的凌乱的确拖了这屋子内务卫生的后腿。可不对啊,他现在是这屋子里的最高指挥者,怎么随便就成了被制裁的人?更何况他作为一名新军人,没把被褥整好实属情有可原。十二名新兵噤若寒蝉地定立着,目光游动在三期士官与弟弟的脸之间,他们每个人的脸上都是审时度势的表情,只有那位二期士官副班长一副绞尽脑汁试图去改变眼下情势的思考状。"没听见我说话吗?"三期士官完全不看门口的弟弟,怒视新兵中的某一位。被目光点到的新兵快步走向弟弟的床,蹲下来急促地去整理被褥。三期士官立即用更尖利的呵斥制止了他:"我叫你端走!扔到厕所里去。"那新兵仓皇、无奈地望了望远处的弟弟,一咬牙,抱起被褥站起来穿过门口一溜烟向厕所跑去。弟弟到这个时候还没理出个头绪,但怒火已呈排山倒海之势涌入心房,它们使他连日失眠的后果顿现:他眼前一黑,就要摔倒在地,但他扶住了门框。弟弟端着脸盆走向自己的床,只听三期士官刺耳的笑声传来:"不好意思!新排长,我没别的意思。你是排长,内务上也得以身作则不是?"弟弟这时才从这人阴阳怪气的声音中窥见了这事的线索:这人在挑衅,给他下马威。作为这屋子原先的最高指挥者,他要让那地位持续。怎么办?弟弟显然正面临着在这高原的首场战斗,这是他人生的又一关键时刻,文斗还是武斗?他盯住三期士官壮硕的身体、有备而来的眼神和肢体语言,洞察到当此时分无论采取任何方式他都无法一招制胜。这一犹豫他就错失了反攻的良机,只见三期士官已大步流星走了出去。

　　弟弟惶然扭头,看到的是那些新兵迅速避开的观望的目光。尖锐的轰鸣声一时充斥于他的脑海，他惊惧地觉察到自己就要崩溃了。远山傲立于窗外，不怒自威。弟弟眼前出现了那女孩在尘烟四起的土路上猝然倒地的惨烈画面，他这高原的畏惧感已激增到极限。完全是不由自主地，他飞跑了起来，一直跑，不停地跑，跑出狭小的营院，跑向广阔的荒野。早晨的高原一派肃杀的寂静，冷风穿空而过，直钻进他的心尖儿。对未来的恐慌令弟弟失去理智，他明知对他来说奔跑有多危险，但还是抑制不住奔跑的狂念。他一直跑，营房被他甩得越来越远。渐渐他感觉脑袋像被水泥封住了似的，五脏六腑都在翻腾。他终于警觉地停了下来，两手撑在膝盖上呕吐不止。过了一阵子，他抬起头来，仰望苍天。恐惧感仍愈演愈烈，他痛苦不迭。忽然，他的脑中出现了那些朝圣者匍匐在地的情形，紧接着令他无法理解的一件事发生在了他身上：他感觉自己双膝软软地向大地跪去，如同那些朝圣者一样，接下来他展开双臂，让自己的整个身体倾覆在冷硬的荒原上。他长久地埋身于这荒原，谛听着天音的同时检省自己的内心。他终于明白他与朝圣者如出一辙的动作是一个无助者最后的挣扎。然而他并非真正属于这荒原之人，向虚无的祈福并不能使他获得抚慰，不能从根本上驱散他的恐惧，他不是他们。弟弟最终只得站起来，更绝望地眺望前方。

"排长！你……还好吧？……回去吧。"身后传来人声。弟弟猛回头，看到的是他的副班长，那位二级士官脸上关切的表情。弟弟意识到自己刚才很出位的行为早已被这位看起来与他年龄相仿的人尽收眼底，庆幸的是，对方并不因此沾沾自喜。"他年底三期就满了，完全没希望续签四期了……"副班长在为清晨发生在宿舍里的那场莫名其妙的攻击寻找理由，"他签三期的时候花了点钱，就觉得谁都欠了他的……请排长理解一下……"弟弟警觉地打量近旁这个人的脸。这是一张至少现在看来能够将弟弟从绝望中挽救出来的脸，它正在明确地向弟弟惠赠友谊。"他情绪上来了爱胡闹，时间长了你会发现他人不坏……"这张给予弟弟一线希望的脸在微笑，使弟弟略感温暖，并产生了一丝为未来的日子做筹划的兴致。风真大啊，荒原一望无垠，弟弟想，也许他该忘却清晨的不快，把眼下的情形当成他高原生活的真正序幕：他得到了一个朋友。他还会有更多的朋友对不对？只要他心力足够强盛，就能争取到更多的朋友，也许还能将敌人变成朋友。弟弟终究还是转过身，与他的副班长一前一后往营房方向走去，慢步走向他悠长的高原生活。

海
戒

马苟在剥鱼皮，剥到一半的时候，看到一个影子向他晃过来。马苟没回头，对走到他身后的小四说："我还从没见过这么硬的鱼皮，太难剥了！要是用它做皮鞋，保管比牛皮鞋耐穿，这叫什么鱼来着?"

　　没人搭他的腔，小四的身影一动不动。马苟鼻腔里满是男人体液的味道：这就是海的气味。从某种角度说，海是个巨大的器皿，螃蟹、珊瑚、藻类、水、各种各样的鱼在一个密封的容器里同时呼吸，最终喷出海面的便是这样一种刚猛的味道。难道大海与人体有着共同的生理机制? 甚或说，大海也是个人，一个性力强盛的男人? 马苟终于割完了，扔了菜刀，挺起上体，将鱼皮搭在手上，对着阳光打量它。

　　"我估摸着，加上这块皮，我的风筝就完工了。"

　　小四还是不说话。有个东西从黑影里飞了出去，马苟的目光被这枚飞向礁盘的烟头带向远处。正是退大潮的时候，平日在水线之下若隐若现的礁盘突然从水里跑了出来。很远的海面上有朵浪花仓皇地向这里张望了一下，迅速潜入水里。退潮天总是有点奇怪，可它哪天不怪呢?

　　"你到底让不让我去?"

小四的声音里全是火星子，空气随时可以燃着。马苟没看他，他的注意力似乎全在那张水滑油亮的鱼皮上，他举高它，问小四："袋里有烟吗？"

"你自己不敢去，也不让别人去。"小四的声音陡然高了起来，他简直是在叱责马苟。自从那个叫曹五一的战士出事后，几乎很少有人尊重这个叫马苟的军官了。小四一矗身，蓦地横到了马苟面前，肆无忌惮地瞪着马苟。"你倒是说说看，你什么意思？"

马苟绕过他，向礁盘方向走去。他从裤袋里掏出烟，衔到嘴里，点了一半又停下来，把烟别到耳朵上。太阳很大，礁盘之外的海面近乎平静，但这并不说明它今天很驯服。海从来都神秘莫测，没有人能真正透过它的表象看清它内在的一切。

"等我儿子见了鱼皮风筝，不定有多乐和呢。"马苟说，"我明天，或者后天，就可以把这风筝做好了。"

"你别打岔！你让不让我下去？"

"有时候我觉得我挺有创意的，不过小孩子还真挺难蒙的。你光告诉他海和天在一起，他是不信的，你得做一个鱼形风筝给他，这'鱼'在天上这么一游，他不就信了吗？他一相信就好了，想爸爸的时候，让我老婆抱着他去放一放风筝，不就和爸爸在一块儿了吗？你觉得我的创意怎么样？"

"我觉得你真矫情！"小四简直没办法再忍受这个自说自话的男人了。他必须去潜水，今天必须去，马上就去，死也要去。他嚷了起来："我最后再问你一遍，最后一遍，别说我没征求过你的意见，你让不让我去？"

马苟腾地转过身。

这个阳光炽烈的下午他第一次打量小四。每当看到小四这样的年轻人，他就有一个欲望，用绳子将他们捆起来，扔到礁盘上的海沟里去。

他们看起来总那么莽撞，总那么没有分寸，总那么自以为是，只有海水可以将他们的体温降下来。但他什么也没做，相反，他表现得十分笑容可掬。他见过多少小四这样的兵了。他脸上因风干结、被风吹落的皮屑比这些愣头青心里无法抑制的火要多上十倍。他早就见怪不怪。他望着早已戴好潜水器的小四，摇了摇头，取下耳朵上的烟，点着后先用烟头烫了烫鱼皮。这鱼皮真结实！他微笑着，望着小四，平静而温和地说："谁也不能去潜水，这是纪律。"

"我真讨厌你！"小四像条不慎从水里蹦到地上的鱼一样，焦躁地踱起步来。不一会儿，他改变了策略：对于那些顽固不化的死硬派，也许声泪俱下的处事技术远比硬招更管用。小四的目光忽地变得凄惶。他站在天空与马苟之间，嗓子里像搁了一把盐，沙哑得厉害。

"你知道，我这是最后一次守礁了。这么多年了，我来来回回不停地往这儿跑，看到的除了海还是海，除了天还是天，我从来不知道海底是个什么样子。我在这里待过这么多年，可我从来都不知道这下面到底是怎么回事。我以后不可能再到这里来了，到死都不可能。如果我不抓住这最后的机会下去看一看，哪怕只是看一眼，我这辈子难道不是太遗憾了？你让我去吧。"

"遗憾的事多着呢，别再跟我扯这淡了。"

马苟转身把鱼皮摊到地上，去收拾刚才剥了皮的鱼。他现在应该去把这条鱼身上的肉一块块割下来，摆到"地"上去晒，等下礁的时候再用一个蛇皮袋把它们带回去。他每次守礁都干这样的事。他的老婆、他四岁大的儿子、他的朋友、他朋友的老婆、他在陆地上认识的所有人，都喜欢吃这远海里捎回去的玩意儿。他从不去做无意义的事，也不允许他的下属去做。他没必要跟这个被热血冲昏头脑的年轻人啰唆了，他待会儿总会安静下来的。总会安静下来的，年轻人都这样。现在暂时让这小子自个儿蹦跶去吧。他蹲下身，捞起无皮鱼。怪事！它竟还活着，一蹦老高。他抡起菜刀，鱼头滚到一边。现在，他开始剔鱼骨。真是条好鱼，比女人乳头还要细滑的肉。

"你到底让不让我去？"小四忍无可忍了，他几乎是吼起来的，"我最后再问你一遍，最后一遍，让不让？"

马苟停了手上的动作，眯起眼睛瞅着小四。阳光落下来，小四身上渗出细碎、密集的汗珠。这是个壮小子，看起来浑身是劲。但那些蛮劲顶个屁用，海底充满不可思议的暗涌，随时可以把你吞进去，又不是没出过这样的事。一阵死螃蟹的味道尖锐地从空气里溢出来，马苟真闹不清这海是怎么回事，赶上退大潮的时候，海里会经常突如其来地涌出某种强烈而刺鼻的怪味，又在闪念之间踪迹皆无。他将目光从小四身上挪开，硬硬地说："不行，绝对不行。"

小四就是在这个时候爆发的。"我告诉你！今天你不让我去我照样去。我跟你打招呼是给你面子，你以为你是谁？一个贪生怕死的东西。你自己没那胆下去，也不让别人下去，你什么意思？"

正在源源不断从小四嘴里冒出的话一定是他憋了很久想说的，今天他要一吐为快。他急步走至马苟蹲身之处，俯视着后者。

"你这样活着不累吗？对了！有句话我一直想问你，你晚上会不会做噩梦？曹五一的鬼魂没缠过你吗？他不恨你这个见死不救的人吗？我不相信。"

"别提曹五一了，他死了活该！"

马苟提着菜刀突然站起来，和小四比肩站着。也许他意识到刚才那话对死者不敬，他把两手往外晾了晾，又缩了回去。

"曹五一已经死了，我不想再出现第二个曹五一，永远不想。"

"你自己吓自己吧。"

小四嘲讽地说完，一拧身向海面走去。马苟飞快地挡住了小四的去路。吹起一阵风，死螃蟹的气味再次从空中飞奔而过，远处传来急促的潮浪之间的碰撞声，海在咳嗽吗？小四敏捷地矮下身子，从马苟的腋下穿了过去。马苟反手一把钳住小四的手臂，猛力一拉，小四半跌入他怀里。小四拼力挣扎着，小臂突然撞到菜刀上。血瞬间吞没了小四皮肤上的汗水。马苟愣了一下，小四已经把菜刀夺了过去。

"别动！"

刀背架在马苟的脖子上。小四会把刀刃转过来的，如果需要的话。他一定疯了。难道在这个深不可测的瀚海潜一次水，对他来说真有那么重要吗？答案是肯定的。他一直在克制，但今天他再也无法控制到海底看一看的念头了。这个曾与他朝夕相处的海，他想多了解它一点儿，仅此而已。小四握刀的手在用力，马苟可以感觉到刀背的压迫。

"我数到三，请你迅速跑开，离我越远越好。"小四近乎伤心地数了起来，"一、二……"

与"三"一起出现的是马苟的反败为胜。作为一个老得不能再老的兵，马苟的格斗术明显要比小四高过一筹。马苟不但把刀抢过来扔掉，还锁住了小四的喉咙。现在马苟要把小四的两臂反剪过去。这对他来说不是特别容易，但他到底还是把小四拧成了一条麻花。他忙里偷闲，向海面张望了一下，这是一个寂静如常的下午，这样的下午最适合去实现一些悬而未决的愿望。马苟做梦都想把某个不听话的小子捆起来，今天终于可以如愿以偿了。

马苟倒拖着小四在"地"上走，小四"嗷嗷"叫着。这个一冲动就一发不可收拾的小子，他竟然在骂马苟的母亲、外婆、妹妹，一切与马苟有关的女人。马苟没精神和他磨嘴皮子，他得赶紧把他捆住。马苟把小四拖到堡基下的时候，突然改变了捆他的主意。堡基下有个装鱼干的超大蛇皮袋：他当时怎么找了这么大的蛇皮袋带到礁上来？也许他想装更多的鱼带回去吧。现在他得让这只袋子客串一次睡袋了，虽然他并不是想让小四进去睡觉，只是，仅仅是，想把他塞进去而已。

这是一个艰难的过程，小四怎么能够服服帖帖地钻进一只臭烘烘的蛇皮袋里去呢？但马苟还是把他塞了进去。他最终坐在吱哇乱叫的小四身上，一手紧拽袋口，另一手扯下背心，手与嘴配合着，将背心撕成几条，迅速系紧袋口。

现在，他抱着这只死沉的袋子来到深高的堡基下。那里有个钩子，他要把小四挂上去，悬在空中，叫他蹦不上来也下不去。让袋子里的鱼腥味去剿灭这个年轻人身上的躁狂吧。

"一个小时后，我会把你放下来的。在这一个小时里，你好好反省反省。"马苟说着，挂好小四，筋疲力尽地站在那里，往短裤上蹭手里的汗。

"放我出去！"袋中人愤怒地高喊，"你这个怕死鬼，放我出去！"

马苟本来想离开的，走了两步踅了回来。几年前那个私自下海潜水的曹五一失踪之后，他马苟就成了别人嘴里的胆小鬼。他从来都懒得为自己申辩，或许太过漫长的守礁生活锁住了他的嘴，使他将一切置之度外。但是今天，既然话说到这份上了，他觉得必须说点什么。他走过去，在这个空中飞人面前站住。

"对！活要见人，死要见尸，这没错。很多人都在背地里怪我没下去找曹五一，可你们有没有想过，我下去除了送死还有什么意义？是的，我是不想死，但我不是怕死。死并不难，可大家都死了谁来守礁？我们到这里是来干什么？守礁！不是来送死。个人英雄主义是可笑的。"

袋子里的人疯了，他完全没听到外面这个人在说什么，他根本不想听。他没腔没调地叫喊着。马苟围着这只人肉袋子踱起了步。没有人愿意听，他自言自语也一样。

"胆小鬼？哼！我告诉你什么才是真正的胆小鬼，在这个地方，耐不住寂寞去潜水的人才是胆小鬼。你拒绝不了大海的诱惑，怕自己不下去会被这念头烧得烦躁而死。你不是胆小鬼是什么？愚蠢的胆小鬼。我告诉你，你这个没有定力的小子。只要我还活着，我不会让你下去的。"

马苟过去把那块鱼皮捡在手里，抛下小四，快步向礁堡上走去。经过他和小四栖身的屋子时，他拐了进去。墙上搭了条深棕色的、鳞光闪闪的鱼——那当然不是鱼，只是他的杰作。马苟抱下这只即将完稿的风筝，将刚带上来的鱼皮在这只未裹满鱼皮的风筝空处比量了一下。很好，这块皮够了。那么，他今天就可以粘满这只风筝了。他在角落里拿了强力胶水，托着这条"鱼"走了出来，爬上瞭望台。小四在下面呜噜噜号叫。他将风筝小心地放到瞭望台正中，掏出烟盒，一并塞进嘴里两支烟。

"我得让你反省个够！"他点着烟，轰隆吸着，看也不向下看一眼，大声说，"一个小时，没一个小时你静不下来。"

小四现在开始并不仅仅局限于咒骂马苟的女性亲人。马苟像根本没听见似的。他先从瞭望亭里拿了望远镜，迅速侦察了一下海空情况。一切正常。他将望远镜搁回瞭望亭，回来掂起鱼皮，蹲在那里专心致志地粘这只风筝，约莫十分钟后他粘完了。他后退几步，欣赏这只他用了许多个昼夜、花了无数心血做成的风筝。看起来它不是一条海鱼，准确地说，这是条鲤鱼——马苟的儿子没有见过海鱼。他目不转睛望着风筝，忽然被什么念头攫住了。他飞快地跑下瞭望台，不一会儿，擎着一坨鱼线上来了。他要试飞这只风筝。他三两下将鱼线系牢在风筝上，将它抚了一遍，确信它完美无缺，尔后大力将风筝抢向天空。他拽着线，跑下瞭望台，又跑上，谨慎地收放，慢慢将风筝引向天空。风筝稳稳地游了上去，越来越高。海的确和天空连在一起，现在他可以确信自己的创意有多妙了。他儿子会对这只风筝爱不释手的，或者说，这只风筝确实能够承载儿子对他的思念。

马苟一手悠然地拽着风筝线，再度跑进瞭望亭，取了望远镜侦察海空。镜头里的海空显然是局部的，没肉眼看得那么宽泛，因此没那么神秘，但海与天空更紧密地连到了一起，看上去它们像一本书的两张页面。一本翻开的大书，深蓝厚重的页舌，银灰色封面。神秘天书。马苟调整着焦距，变换观察方向。他在寻找风筝，找到了——再没比这更悠闲的"鱼"了，头顶白云，胸抚大海。马苟清晰地看到那块新粘上的鱼皮明显亮过风筝的其他部分。他将镜头移过风筝，放低视角。现在他的眼前出现了退潮后的礁盘。珊瑚枝、海沟、礁盘上偶尔突出的部分，争先恐后地从他眼前走过，最后出现在他眼里的是一个廓实的人体，再往上是粗壮的脖子，由于剧烈的运动，搭在脖子上的潜水器带子勒住了颈肉。马苟刚才太沉湎于风筝给他带来的臆想了，以至于堡下好长时间没了小四的叫闹声他都没觉察到。

"小四！"

马苟呼地放下望远镜，冲着远处的礁盘大喊。

"给我回来！你个愚蠢的小四川。"

小四川，或者这个一度被他陆地上的战友亲昵地叫作小四的兵不可能听得见他的声音，他已经走到一公里之外。过不了半个小时，退潮时间就过了，而这是他最后一次守礁碰到的最后一次退大潮，他不抓紧这人生的最后机缘，就再无可能去探看礁盘与大海的接合部分是怎么个光景了。他跌跌撞撞地走着，要不是礁盘上杂乱无章的地形影响了他，他早就跑起来了。

马苟举过靠在瞭望亭上的步枪，快速打开保险，枪口冲着天空，扣动扳机，乒的一声脆响。远处的小四咯噔停了一下，但马苟的鸣枪警告对这个被海妖迷昏了头的年轻人没产生任何威慑力，他头都没向这里回一下，更为快速地走动起来。

必须制止小四，绝不能下海。礁盘是什么？想一想它是怎么形成的，便知道礁盘边上有多危险。这个在亿万年里渐渐由珊瑚长成，珊瑚虫不断堆积而成的玩意儿其实就是长在瀚海之间的一只蘑菇，底盘小，头大，内部充满巢穴，无数漩涡垫伏在平静的海面之下等待猎物出现后一口将其吞没。去那里潜水必须以性命作赌注，这就是不能去礁盘边上潜水的原因。曹五一已经从这个凶险难测的礁盘边消失了，再也不能让别的人去送命了。马苟放下枪，扯脱绕在手里的风筝线，风驰电掣般跑向礁盘。

上了礁盘，马苟才意识到刚才他应该先穿胶鞋，因为现在他这样光脚穿着拖鞋实在影响行进速度。但管不了那么多了，他踉跄着向小四的方向奔走。小四离礁盘边沿越来越近了。这个白痴，不，他脑子清楚得很：在那种地方潜水非常危险，但他还是要去。每个人心里都有一个魔，他小四无法抗拒内心的那种窥探欲念，就算九死一生他也要去。就像那些登山者，明知雪山随时会发生雪崩，他们也要去爬一爬。马苟追赶着这个执拗的年轻人，不停有珊瑚枝或别的什么划破他的脚，他不管不顾，边跑边大喊着：

"不要去！小四！危险！"

可他的喊叫于事无补，小四已经到达他朝思暮想的那个地方了。扩胸、摆臂、扭腰，他郑重其事地做着准备运动，似乎在这样一场伟大的行为出场之前，他必须有一些仪式。他活动完了，终于向后回了回身，向远处的马苟做了个开枪的动作，又倏地转身，戴潜水镜、呼吸器，奔跑几步，再以近乎完美的姿势纵身一跃。马苟现在还能做什么呢？他只有快点到小四入水的地方那儿坐着去，以静观其变。当然，也只是观察而已，如果一定时间之后，比如潮开始上涨，小四还没上来的话，他马苟不会去救他的。既然来到这儿，身体就不完全是自己的，他性命的一大部分是用来负责这个礁盘的安危。他不会滥用自己的性命，不会拿它去做有风险的事。他认为滥用生命在这个地方是不被允许的，这也许就是马苟与小四的区别。

马苟终于站到了礁盘边沿。站到这里，与在礁堡上俯瞰此处感觉完全不同。现在，马苟可以深切感受到来自大海的挑衅：巨大、混乱的浪击声，闪着白光的黑色浪群，更频繁的怪味阵阵游进他的肺腔。马苟有一种错觉——小四从来都没有存在过。太阳比任何时候都要大，马苟把拖鞋脱下来垫到屁股底下，拍打臂上被阳光晒出的细小盐粒。在接近天际线的地方，一些银亮的东西不时闪现。那或许是鲨鱼身上的水珠。马苟一抬头，突然看到了他的风筝！那只没人掌控的风筝竟然稳稳地在天空游移。但愿它别飞远，最后能够落到礁盘上，以便马苟把这个凝聚了他无数心血的作品捡回来。

五分钟过去，小四仍然没有回到这个世界的迹象。毋庸置疑，马苟脚下的世界是极其诱人的，硕大如树的珊瑚，珊瑚间曲折诡异的洞穴，各种各样的鱼游走在其间，想都想得出来，那是何等妙曼的一顿视觉大餐。小四要么是死了，要么正痴迷于此等胜境流连忘返。马苟站了起来，摸了摸短裤兜，还好，烟和打火机都在。他取出它们，将烟在掌心一字排开。九支烟。如果现在他脚下不超过九个亡灵的话，一人一支，马马虎虎可以应付这个诡异的大海。

他点着一支烟，扔向水面，再点一支扔进去，很虔诚地撒完全部的烟。他并不是唯心主义者，但他认为这种祭海的行为是必需的。海的某些部位是神圣不可侵犯的，就像女人身上某些禁忌之处。现在小四侵犯了它，他马苟所能做的就是在心里替小四恳请大海饶恕他的冒犯。他扔完了烟，把打火机也扔了进去。十分钟过去了，小四依然踪迹皆无。远处传来不甚清晰的轰鸣声。马苟循声抬头，令他悲痛的情景出现了。

天空里没了风筝，而远处有大得不可思议的鱼在争抢什么，那儿一定是风筝的落点。这些顽劣的鱼可千万不要是鲨鱼。可是，怎么可能不是鲨鱼呢？这瀚海深处盛产鲨鱼。

"小四！快上来！有鲨鱼！"

马苟探头对着漆黑一团的水面惊喊。要是小四潜得不是太深的话，他也许能够听见马苟的唤叫。

没有小四，水黑得可怕，阳光一点都反射不上来。它该有多深？有人说这个南部海域的水深可以覆盖一座喜马拉雅山。马苟躁狂地在礁盘上蹂起步来。真奇怪，远处鲨鱼的嬉闹声消失了。也许它们意识到那不过是条假鱼，就走开了。

马苟是在这个时候意识到身体不对劲的。世界像是突然被某只巨手掏了一把，空气变得稀薄，马苟胸闷极了。更为不妙的是，他的腿像突然被灌进了水银，使他举步维艰。怎么回事？他低头，从他的脚背到胫骨都一直在淌血，他刚才匆忙走动期间一定被什么东西划着了。海充满不可预知的危险性，这海里很多东西都富含毒素。经验告诉马苟：他刚才被某种麻痹神经的海生物刮着了。他最好现在被人背回礁堡，那里有些专治神经麻痹的针剂；或者坐在这里等毒性自行过去，也许它会自行过去的。

马苟跌坐下来。应该是开始涨潮了，细碎的潮浪悄然、持续地向礁盘倾覆过来。一群银鲳鱼追着潮浪飞向礁盘，围着他的脚面转圈玩。有只螃蟹慢吞吞从他脚上爬了过去。小四一定死了，要么被漩涡卷进通向浩渺宇宙的深洞，要么被鲨鱼叼走了。马苟昏然坐在烈日与海空之间，现在，他能做的也许只是等待，等待死神把他卷进大海。

水位很快涨高到马苟的肩膀。小四还没出现。他一定死了。他必死无疑。马苟不得不大口吞下阵阵涌来的潮浪，再也没有比这更腥咸的海水了，没有人知道这海里飘荡过多少死者的尸骨。马苟绝望至极。他是在几乎要完全失去知觉的时候看到小四的。小四像个海鬼，神奇地从黑沉沉的水里钻出。昏暗的阳光下，小四被浪推向马苟，或者是小四急步向马苟扑了过来。

"马苟！"

小四惊喊着，奔过来抓住马苟，他们扑腾在一起。

"喂！你怎么了？马苟!"

"我八成要死了。"马苟艰难地动着唇舌，他的嘴暂时还算好使。

"我动不了了……你……快走吧……既然你侥幸逃生，那说明今天有人要代你去死……有鲨鱼……你自己回吧……"

小四猛地回头向大海张望，除了层层叠叠的涌浪之外，没有别的什么，但谁知道这些涌浪中的一部分不是由鲨鱼嘴里吐出来的呢。小四捉着马苟的肩膀把他往上提。这个全身僵直的男人此际是一条与世无争的石斑鱼。他的脸仿佛刚从油锅里捞出来似的，严重脱水，缺乏生机，这是一张典型的守礁脸。小四用力将马苟甩到背上。浪接踵而至，抱住小四的腿疯狂扭打，凹凸不平的礁盘使他立足难稳。小四朝着礁堡方向遥望。他在用目光丈量这个站立点与礁堡的距离：大约两公里。他背着马苟两个小时回到礁堡应该不成问题。问题在于马苟所说的鲨鱼。算一下涨潮速度，在这两个小时里，礁盘上的潮水肯定会高到鲨鱼可以游至其上的程度。而且他们的途中会经过一些水位很深的海沟，就算礁盘普通地方水位高度不够，鲨鱼也会沿着海沟游进来。就是说，鲨鱼如果真的想来，是完全可以挡住他们去路的。

但这些考虑是毫无意义的，因为不管鲨鱼会不会来，他们都得在最短的时间里赶回礁堡。小四背着马苟沉重的身躯开始前进。越来越密集的鱼群随着涌浪向礁盘深处奔去，一群箭鱼排成纵队穿行在他们前面，尖硬锋利的喙突割出一道道水纹。阳光直直向下刺来，海浪生猛地嚣叫着，空气里弥漫着清香，涨潮的时候大海总那么生机勃勃。约十五分钟后，水涨到了可以游泳的深度。小四开始把马苟从背后换到前面，让马苟躺在他身上，他空出一个臂弯缠住马苟的脖子，让马苟的后脑勺嵌在他下颌与肩膀之间，而另一条手臂则大力划水。

"你怎么样？马苟。"

小四间或这样问着马苟，马苟喉咙里嗡嗡着，应着小四，以示他尚有知觉。浪渐渐变得厚实，充满内在的力度，他们前行的速度越来越慢。马苟突然没有了回应，小四连着问了几遍，马苟都没有任何反应。他死了吗？小四停下来，托着马苟的腰让他平稳地漂在水上，腾出手去，花了很长的时间，拭探马苟的鼻息。

"马苟!"小四的惊叫回荡在浪群里。

这是这个接近傍晚的下午礁盘上发出的最后一次人声。小四呆愣地托着马苟的身体，执拗地游着。浪凶猛地扑进他的嘴里，试图抠出他的肠子，小四健壮的身体显得渺小极了。远处礁盘与瀚海的接合部位传来重物与礁盘的撞击声。那里有条鱼，不，是马苟的风筝。它被浪卷到礁盘边上来了。小四紧盯住马苟的风筝。几片巨大的鱼鳍突然在风筝周围隐现。确实有鲨鱼。鲨鱼是不可能轻易离开的。小四回头张望礁堡。这个兀立于瀚海之上的建筑物同样也在焦急地望着小四。小四再次丈量自己与礁堡的距离。他没有时间了，他必须迅速做出决定。前面是一条海沟。他记得很清楚，再前面还有两条。鲨鱼群中的一条，或者几条，会不会在此期间游进海沟呢？非常可能。小四现在该做什么？要么抛下马苟，加快速度赶回去，这样碰到鲨鱼的概率要小许多；要么，他就这样拉着马苟一起慢慢往前游，在天黑之前也不一定赶到礁盘，夜晚来临的时候鲨鱼会发疯，它们一定会游到海沟里去，之后小四和马苟一起葬身鱼腹。

小四似乎是咬紧牙关才拿定了主意。浪抽打着他，他伸臂揽住马苟的身体。马苟被他搂在怀里。小四开始亲马苟的脖子。他又将嘴挪向马苟的鼻子、嘴唇、眼、脸，以及他光秃秃的头顶。这个皮肤粗粝的男人身上有股海蛎子味，他大概在很多年前就已经变成一个海生物。小四后来把头埋进马苟冰冷的肩窝。他像个孩子一样将脑门深深地抵在马苟的锁骨与胸膛之间，就那么一小会儿。刹那之后，他猛地松开马苟僵冷的身体，扑进浪里。他像射向靶心的子弹，游向礁堡。

海
峡

1

不断有耸人听闻的消息从工地那里传来。他们说，台风来的前一天下午，一块大得离谱的乌云蹑手蹑脚地爬到了太阳背后，陡然张开巨口，将太阳吞进肚去，霎时海空漆黑一团。当时有个姓李的少尉正驾着驳船在礁盘上运货。船上柴油发动机的声音突突的，与海浪自以为是的叫嚣很不协调，两种声音显得特别对抗。骤黑袭来之际，工棚这边正好有人抬头向海面方向眺望，他看到李少尉警惕性很高地矮下身子，猛地俯卧到驳船上。这个规范的卧倒动作成为李少尉留给别人的最后记忆。不过一秒钟之后，太阳挣脱乌云的扼制，蹦了出来。海空复归一秒钟前的平静、虚亮和寂寥，李少尉以及那条与他如影随形的铁驳船，却莫名其妙地不见了。

接着发生的诸事说明李少尉的失踪只是大海给人们的一次预告。第二天台风在工地漫延开来了，暴雨冲向海面，将海和天空密密匝匝地连为一体。有个战士去工棚外边解手，脚还没站稳，旁边就伸出一束劲浪，拽住他的脚脖子，不由分说将他扯进了海里。他刚好砸在一根钢钎上，没来得及喊一声救命，就一命呜呼。

工地里的许多人看到了鬼影。数不清的鬼影在风里穿梭，发出撕心裂肺的尖叫。它们变换出各种怪异的形状，见到人就一拥而上，以最快的速度将其撕碎，抛向空中，由迎头赶来的巨浪飞快地将其吞噬。鬼魅们最终一窝蜂钻进了工棚，将工棚掀了个底朝天。工棚里的人一个不剩地被卷进了海里，尸骨全无。

似乎有一个差点儿成为幸存者的人。工棚被掀飞的那一刻，他敏捷地扑向用来加固工棚的一根钢柱，死死地抱住，但他却被凶猛的浪涛活活给拍死了。一群恶鲨一哄而上，迅速瓜分了那具可怜的尸体。

我们的补给船赶到工地的时候，台风已经过去三天了。我们远远看到工地上一片忙碌：礁楼已经盖了三分之二，人们快速地穿行在天空之下，一条红底白字的大幅标语高高耸立在礁楼正前方，与湛蓝的海面交相辉映。

那些传闻显然是不可靠的，它们无非是陆地上那些对大海深怀一腔惧意的人对海的一次意淫而已，而通信的不畅使这次意淫变得特别恣意。但这也从某种角度证明工地上的人是被陆地上的人牵挂着的。

太阳在头顶熊熊燃烧，令我们的眼睛难以睁开。我们只好眯起眼睛，小心翼翼地在礁盘边找了块锚地，把补给船停靠下来，接着用皮筏艇慢慢往工地运补给物。

很快，皮筏艇向补给船捎来了一些工地的真实状况，准确地说是工地的异常。他们说，就在刚才，一个民工突然卸下肩上的水泥袋，号啕大哭起来。哭了一会儿，他跟跟跄跄地跑到这个施工点的负责人跟前，忍住悲伤小声问，能不能让他跟这趟补给船提前回陆地。负责人——按他们的叫法叫点长，他大概对这种人员思想波动的情况见怪不怪了，冷冷地用目光怒叱了一下，便撇下那民工去忙他的事去了。闹情绪的民工突然就崩溃了，所有人都看到他猛地朝着大海方向跪倒下去，一把鼻涕一把泪的，口齿不清地大声哭喊起来。

带话上来的小列兵惟妙惟肖地向补给船上的人模仿那民工的哭诉：

"我的个亲娘耶！待不下去了呀！憋坏了呀！再待下去老子要死在这里了呀！这不是人过的日子呀！我不要工钱了，我什么都不要，只要回家！让我回家！亲娘啊，让我回家呀！"

那列兵的模仿表演甚是夸张，令我们乐不可支。但很快我们意识到是在嘲笑一件庄严的事情，每个人都凝住了表情，包括那个活跃的模仿者。就在那一天，我让目光长时间地停留在海面上，心里没来由地涌起阵阵悲凉。也正是那天晚上，我躺在船舱里郁闷着的某个时候，舱室的门被推开了，我的老乡马钟将一个胀鼓鼓的蛇皮袋扔到舱室里，对我说："兄弟，有劳你了，麻烦你把这袋干鱼给我捎上岸，等这边工程结束我回去了，去找你拿。"

这是马钟第一次叫我捎干鱼，在那之后的多年时间里，我多次为马钟往陆地捎那些玩意儿。马钟的干鱼是为他的父母和未婚妻捎的，他说这南海里的鱼太多了。一来他在这里憋闷的时间太多，钓鱼、捉鱼，并把鱼制成鱼干，已经成了极适合解闷的一件事；二来，陆地上的人谁不喜欢吃这些干鱼呢？这里可都是些陆地人鲜见的名贵鱼种。有一点多年来我一直心中存疑：这么多的干鱼，他父母和他的未婚妻怎么能够吃得完？马钟不再往家捎干鱼的某一天，确切地说是在马钟第一次叫我捎干鱼的十多年后，我遇到了那个后来成为马钟妻子的女人，她当着我的面打开冰箱，我赫然看到冰箱里堆满了存了数年的硬邦邦的干鱼。

那天晚上，马钟在我的住舱里刚把干鱼袋子放下来，就捉住我的手，急吼吼地问我："兄弟，有大蒜吗?"

我知道他想干什么。作为一个啃着大蒜长大的山东人，马钟在工地上干了快九个月了，他想大蒜想得要疯掉了。更何况，在这个整日与罐头制品打交道的海上工地，新鲜的蔬菜早与他们的味蕾绝缘，老天再不及时塞给马钟一把大蒜的话，他的嘴就要烂掉了。

事实上，马钟的嘴的确已经患有严重的溃疡。当然，在这个时候的工地上，像马钟这样嘴角结痂的人不在少数，更有许多人的溃疡在胃里，他们每天半夜都会从工棚里爬起来，像个妊娠反应的孕妇一样，对着海面狂吐胃里的酸液。那晚，我在马钟的请求下，领着马钟扶着舷梯来到船的最底层，擅自打来贮物舱的大门。当手电筒的灯光从一个个的蔬菜筐上跳过去，我听到身边传来高亢有力的唾液在喉间滚动的声音。后来马钟急不可耐地接过我递给他的一把蒜薹，咚地坐到贮物舱的大门口，大口大口地嚼了起来。

出贮物舱的时候，马钟往身上各个口袋里分别装了蒜头、尖椒、鲜笋、胡萝卜、黄瓜之类特别经嚼的蔬菜，把整个人弄得鼓鼓的，像极了一只树袋熊。

他又在我的住舱坐了一小会儿，就赶紧跟着皮筏艇颠簸着划往工地去了。临走前，他跟我说了个事。他说，台风刮着的那几天，一个叫李福锦的少尉开着铁驳船差一点点就被浪卷跑了。对于这个事，他发了一点感慨：在海上干活，凶险莫测。看来台风期间那些耸人听闻的消息并非完全是空穴来风，我不由得打了个冷战。只听马钟又说，钱可不是那么好挣的。

2

马钟不讳言来这海上工地是为了赚钱。实际上战士都会毫不避讳赚钱的目的，因为那是他们内心最原始的动力。但军官们忌讳这个，每当有战士抖搂出这个话题，军官们会毫不犹豫地训斥他。但在军官与军官之间，他们却又愿意向对方坦陈这个事。这说明这种存在于军官与战士之间的禁忌只是一种稳定军心的手段。有些话最好心照不宣，和盘托出怎么都有点俗气，也不见得有什么好处。但如果把官兵对这海上工程的踊跃参与完全跟钱画等号，对他们又未免不是种诋毁。那个民工不是跪在那里哭着喊着说，只要能让他立刻回家，什么工钱他都不要了吗？这些民工当初可都是把这当成一次发家致富的大好机会，苦口婆心感动了工程领导，才得以应召加入这支工程人员队伍的。

第二天，我跟着皮筏艇去了工地，马钟正捂着肚子俯趴在工棚里。见到我，他第一句话就是："兄弟！你可害苦我了。"我狐疑地蹲下来问他："怎么了？"马钟苦笑了一下，自我检讨说他昨晚不该一口气吃那么多大蒜。

作为一种必要的自嘲，马钟当即给我讲了一桩曾经发生在他们家族的惨事。他说，三年自然灾害过去后，他家里突然得到一次吃肉的机会，他爷爷没把持住，把肚子吃了个溜圆儿。当天，他爷爷那只长期处于停工状态的胃就闹了情绪，这一闹他爷爷就去见了阎王。

马钟指着自己的胃说，他爷爷的阴魂昨晚跑到他胃里来警告他来了。警告什么呢？他冷着脸自问自答，说："人不该纵容自己的口舌之欲。"这话再要往远里说就是：每个人都容易被内心的欲望害死，人最该修炼的一个本领是清心寡欲。

这是十七年前一个并不特别的下午，我扶着犯了胃绞痛的马钟出了工棚，站到了海空之间。阳光落在黑沉沉的海面上，反射出更为炽烈、灼人的强光。工地上一片凌乱，我们眯着眼睛左顾右盼。不一会儿，我猛然听到一声惨叫。我应着那声音扭过头去，就见一个胡子拉碴的中年男人张着大口向我们这边急步走来，经过我和马钟面前目光匆匆在我们脸上扫了一下，又着急忙慌地走过去了，直往工棚走去，那眼睛似乎要喷出火来。有几个人连忙放下手里的活追着那人去了工棚。我大惑不解，问马钟是怎么回事。马钟说，闹着要回家呢。

看来这就是我们昨天听说的那个民工了。我跳起来，兴奋地要跟去工棚看看到底是怎么回事。不夸张地说，十七年前我还是一个下士时，潜意识里就在准备着当一个作家了：我的好奇心是那么容易被调动起来。马钟却没有我那种好奇心，他一动不动地坐到一个水泥袋上，头扭向海面，任由我去了。

在工棚的门口，我听到棚底嘈杂的水声，比水声更嘈杂的是闹情绪者悲苦的哭叫。他像个娘儿们一样，依在另两个民工的怀里，手紧紧抠住自己的喉结，巨大的抽泣声几乎淹没了他的哭诉，但我还是听明白了他主要表达的意思。

他大意是在说，天哪！你们为什么就不放我回去？我有病，有传染病，黄疸肝炎哪，你们不怕被传染吗？再过两天，我说不准就会发神经。我发起神经来很可怕，会像疯狗一样咬人，叫工地上的人个个得狂犬病，全都死在海上。你们不怕吗？我有毒的，比海蛇还毒一百倍，求求你们让我跟补给船回家吧。

我站在工棚口，这个不惜以妖魔化自己来获求自由的人，令我惊惶起来，对大海产生了极大的恐惧。作为一个在海上逗留时长从未超过半个月的人，我一时无法理解这个民工的疯狂。我回身往马钟那儿走去，炽烈的太阳射在我裸露的肩膀上，竟令我悚然颤抖了一下。马钟头也不回地笑话我说，真有那么好看吗？

我没说话，扶着马钟的胳膊在他旁边坐了下来。我们开始有一搭没一搭、不着边际地聊起天来。不知怎么的，我们说到了史上那些以冒险为乐的航海家。确切地说，我们开始谈论一个叫麦哲伦的人。对这个第一次向世界证明地球为圆形的航海家的谈论，使十七年前的那个下午突然变得玄虚起来。

关于麦哲伦和他那支寂寞的船队，马钟着重提出一个疑问。他说，你瞧！我们才在海上封闭了九个月，就有人憋成这样了。麦哲伦的船队从启航到回西班牙，整整花了三年时间。三年，那些人是怎么挺过来的？

在十六世纪，这个世界的医药技术显然没有现在这么发达，物资供应也远远比现在匮乏。麦哲伦和他的船员历经了多少身心之苦呢？这的确是个疑问，甚至已成为一个被历史淹没的秘密。我和马钟沉默了两分钟，接着马钟摸索着从口袋里掏出一张叠了不下十折的纸。展开后，我看到是一张残破的海图。马钟从地上顺手拣了一枚小石子，对准图上一团海湾状的区域，将石子置于其上。

这是我们所处的位置。而这是——他又取了另一枚石子，手大幅度在海图上挥了一圈——麦哲伦航线。

他的演示使我洞悉到的是一种对比：麦哲伦航线的漫长和我们置身其间的这片海域的逼仄。

我抬起头，却看到地图上这个"逼仄"的空间，在我眼前宽广莫测。我瞪着马钟，只听他用一种达观的语气对我说：

"我崇拜麦哲伦。"

3

在马钟的设想中，他务须在海上施工三年以上。三年，才能攒够他所急需的一笔钱。至于他急需的这笔钱是为了做什么，答案是非常具体和实在的。

简言之，马钟需要的是一笔盖楼房的钱。在二十世纪八十年代下半叶的鲁西南农村，楼房并不常见，马钟迫切地要给自家盖一幢楼房，完全是为了实现他出人头地的儿时梦想。马钟出身寒微，父母体弱多病，他自小衣不蔽体、食不果腹，幼时没少尝过村人的冷眼。当兵后，马钟谈了个工作足以引起同村人忌妒的女朋友，从那时起马钟就急于给自己的人生重新洗牌。在新洗过的牌局中，马钟除了有一个非农户口的工人妻子，还将拥有村里唯一的一幢楼房，而后者是最能令村人啧啧赞叹的。

与马钟的设想有所抵触的是，工程并非四季都有，更不是年年都有活干。事实上，在他咽着口水向我索要大蒜的那次海上施工后，马钟他们的部队只是接到一些零零散散的施工任务，最长一次施工时间没超过半年。等六年后我再次在海上遇到马钟，他还没攒够盖楼的钱。在这六年中，他趁着施工回陆地的间隙，顺便结了婚，生了个儿子，而他自己因为兢兢业业扎根于大海，被破例提了干。六年后我在海上见到他时，他已经是一个外表看起来比实际年龄老十岁的中尉了。

那是在南海的另一处所在：一个涨大潮时出水面积长宽皆不超过一百米的小岛。那时候我刚刚从军医学院毕业，作为实习学员随补给船探望施工部队。在岛正中偏西处的一幢铁皮简易房里，我看到我的老乡马钟正躺在一张钢丝床上看书。床头搁着一只微型录放机，九十年代上半叶很流行的那种。我记得很清楚，录放机里放的是一首费翔的老歌。

六年未见，马钟的样子令我大骇。他瘦得很，突出的颧骨看着像半个鸡蛋的扇面。海岛是寂静的，这使我觉得遇见的是刚从始皇墓中出土的兵马俑。我拉了张椅子坐到马钟床边，问他哪里病了，正好我现在学了医，可以帮帮他的忙。马钟指了指自己身体中部偏下的一个部位，细气细气地对我说，兄弟！烂了，这里全烂了。

我知道他所说的是烂裆。在这之前，出于对这片海域的挂念，我一直留意着这里的动向。有好几次，我听报纸和电台都在说，由于高温、高盐、高湿及主要由缺水导致的恶劣卫生条件，那里很多人不同程度地患上了阴囊皮肤湿疹。作为一个缺少临床经验的军医学院学员，我对此感到好奇，很想立即目睹一个烂裆患者。马钟这么说过后，我将椅子往前挪了挪，关注地问他，烂到什么程度了？那应该很疼吧？

马钟把书搁到床头，上半身小心地往前够了够，伸出手缓缓掀开了盖着他下体的白被单。接下来我看到的情景成了我一辈子无法摆脱的噩梦，它直接促使我最终放弃了学了四年的临床医学。

阳光粗暴地从门外冲进来，在他的两腿之间，我看到他的阴囊像一个腐烂变质的马铃薯，稀里哗啦地晾在那里。为了防止不小心转动身子时它脱离身体，马钟聪明地在其下垫了一个沙袋。此时的沙袋上，布满了血痂和新鲜的血印。

我忍住胃部突如其来的痉挛，迅速帮马钟重新盖好被单，而马钟已开始向我诉说烂裆带给他的隐秘痛楚。他说，你学医的该知道，那地方毛细血管最丰富，特别特别敏感，那里稍微一动，浑身都跟针刺一样。真是万箭穿心哪。

他顿了顿，又道，天天在床上躺着，遭着这份罪，使我想了很多。人的身体太脆弱了。烂了这两个月，我有时就想，人算什么呢？什么都不是啊。人真是太渺小了。

马钟的长吁短叹令我心里憋闷得难受，海岛的荒凉和落寞加剧了我的憋闷，一时间我倍感焦虑。我撇下马钟出了铁皮屋，站到了外面，向岛的前方望去。我看到一小片不规整的沙滩，在沙滩与岛面接壤处，是一溜儿怪模怪样的礁石。此情此景令我对人生疑虑万分。

等我回到马钟的铁皮屋时，我看到一个十八九岁的小战士取代了先前我的位置，他正坐在凳子上给马钟喂罐头吃。马钟吃着的当儿，怀着一腔感激之情告诉我，要不是他的这个兵整日用心照顾他，他都快活不下去了。他的话让我感触良多：在一个孤岛上，人与人之间的温暖是那么真实和实用。过了许久，小战士喂完了马钟出去时，跟我使了个眼色。我见状跟他出去。在门外，小战士悄悄告诉我，马钟这次来海上施工，情绪特别不稳定，原因是他家里出了点状况。我问小战士出了什么状况，严重吗？对方说："我也不太清楚，你不是和他是很要好的老乡吗？出岛前你最好抽时间好好安慰安慰他。"

4

发生在马钟身上的事很滥俗，一点儿也算不上特别。由外人去看，绝对是这样。但作为当事人的马钟，却过不了这个坎儿。概括地说，是马钟的妻子充当了一枝出墙的红杏。

由于马钟在特殊地区服役，依循当地有关政策，再加上他们自己私底下努力协调，作为军人家属的马妻受到了照顾，婚后她很快从一名磷肥厂女工变成了镇政府的打字员。事情就这样开场。调入镇政府不久，她就跟一个主管计生工作的副镇长搞上了。只要马钟探家一结束，她就长期不回家，与那副镇长在单位同进同出形同夫妻。多年来马钟探家的日子屈指可数。

这个事情起先马钟不知道。在一个并不开化的小地方，某些事会作为禁忌被群众刻意隐瞒。很长时间里，马钟都蒙在鼓里。然而马钟还是从父母、邻居、亲戚和老家的朋友们不小心露出的古怪眼神里，看出了一点儿端倪。终于，在最近的这次探家过程中，他发现了妻子的不忠。

发生在马钟身上的这些变故，是那个小战士接下来偷偷告诉我的。那一年我刚处了一个女朋友，可以说对女人心还不甚了了。马钟的家丑令我对女人产生了愤懑。我不能容忍的是，一个男人为了给家里盖一幢楼房，不惜数年飘零在大海之上，而在遥远陆地上他的家乡，他却成为人们嘴里的一只绿头乌龟，为人们津津乐道。

那次我们的补给船在岛上停了一天半。在那一天半的时间里，我把洗漱用具拿到马钟酷热的铁皮屋里，全程陪他待着。我不停地悄悄打量这个当年与我一同从家乡人武部应征入伍的人，在这种偷窥中，我感觉时光的流逝特别不可理喻。

天知道马钟什么时候变成了那样一个率直的人。他竟然毫不掩饰地跟我谈起了他不幸的婚姻。也许，常年的海上生活使马钟太需要倾诉了；或许，他一直把我当成一个知己，觉得我现在已经有那个城府去消化另一个人的不幸，于是有了他的这场倾诉。马钟着重向我讲了一个情节，他说：

"兄弟！她简直是掩耳盗铃。难道在她心目中，我那么弱智吗？她骗人也骗得太明目张胆了。

"我这次回去期间，一个周末她跟我说，要去县城出个公差。我听她这么一说就警惕起来。我说正好我在家闲着没事，我陪你去吧。她马上说，跟领导去的，不方便我跟着。我立刻就说，跟哪个领导去，是跟赵副镇长吗？她说，不是，是跟镇长。其实我那么一问，是想提醒她，我已经知道了她背着我跟那个姓赵的副镇长做的事了。我必须让她知道，我已经知道了她的丑事。反正我就是想让她知道我是清楚她的。至于我为什么要有意识地揭破这层纸，我当时也没想清楚。

"你猜她是怎么反应的，兄弟？她义正词严地反过来叱问我，说我怎么这么啰唆。我看她那么固执于自己的小聪明，就忍住没再言声。等她出门十分钟，我马上借了辆摩托追到了镇政府。也不知道我为什么就那么确信她不会去县里，也许是我对她太了解了吧。

"我赶到镇政府。那里连个鬼影都没有，有什么要紧事需要大周末做？我摸到她的打字房，看到门锁着。我接着往打字房后面那幢房子走，那里是镇领导办公的地方。然后在一个屋子外面，我就听到了她和另一个男人的声音。我不管三七二十一就用脚踹门。过了半天，她才开门。兄弟！你猜她怎么着？没等我言声，她先劈头盖脸地骂了我一顿，说她正跟副镇长谈事呢，我跟过来干吗？又不是没断奶的小孩子。

"这是我最愤怒的地方。她一个壮年女人，自己待在家里，心里有点那样的想法，倒还勉强可以让人理解。我不能理解的是，她睁着眼睛说瞎话的坦荡劲儿。她怎么那么坦荡呢？任何正常人都会在那个时候觉得理亏啊。只有一个解释：她把我完完全全想成了一个没脑子的人。兄弟！我难道就蠢到了这种地步吗？"

我当然理解马钟的愤懑：他不能接受妻子的不忠，更不能容忍妻子对他智力的贬损，而后者使他受到的伤害似乎更深一些。我听马钟条分缕析、头头是道地分析自己的家事，一时无语。那个时候我有一个念头，等有机会回老家的时候，去一趟马钟的镇子，把那个女人拖出来，当着全镇人的面，把她狠狠地揍一顿。我回老家的次数肯定比马钟多一些，由我来代替马钟去泄这个愤，义不容辞。

马钟倾诉完，一动不动地躺在那里，眼睛朝向大海方向，久久望着。他脸上所表现出来的不是愤怒，更多的是沮丧。

那天下午，我离开马钟的简易屋，去沙滩上坐了许久。中间几个战士在我身后发出惊喜的喊叫，示意我往前看。我抬头看到远方的海面上浪花翻滚，一群海豚排成一列在那里嬉戏。我对这些据说智商最接近人类的哺乳动物满心好奇。我极想知道这些快乐的海中精灵是否也像人类一样长于思索且不得不面对诸多内心及身外的纷扰。

那天临走前，我又帮马钟捎带了一蛇皮袋干鱼，免不了我们又谈到了那个他崇拜的航海家。在我们谈论着的那些时候，我就想，那个叫麦哲伦的男人，是否也历经过被人戴绿帽子的耻辱呢？众所周知，他离开西班牙和自己的妻儿分离长达三年时间。三年啊！他年轻的妻子守得住自己吗？这个问题的答案似乎是很明确：在中世纪的欧洲，女人作为男人的附庸，没有权力选择自己的快乐，所以那女人一定保守着贞节，默默等待那个必将为世人瞩目的英雄的归来。

5

有一段时间，关于马钟不幸婚姻的话题传遍了我们家乡那个闭塞的小县城。传闻的焦点人物却不是马钟，而是马钟的不忠的妻子。毫无疑问，这是一个当代潘金莲的故事。马钟虽然被人们明察秋毫地划归为值得同情的弱势一方，但作为一场婚姻中的失败者，他也理所当然地被丑化成了一个武大郎。这个不得不变成武大郎的人，作为故事的垫底，默默衬托着一个风流女人的艳史。

我每年回老家的时间并不长，无非一个来月而已。能亲耳听到那些传闻，那得感谢好奇心跟我一样强烈的我的爱人。军校毕业后，我和远在老家的女朋友结了婚。我爱人在县政府一个部门上班，正好与马钟妻子当时的工作单位对口。这样我爱人对马钟的家事就了解得比我更清楚。但这么解释我对那些传闻的熟知，也不尽准确。实际上获知那些传闻的途径是很多的。马钟的妻子似乎是个特别能折腾的人，她后来不知用什么法子又从镇调到了县，并迅速与县里某个头头脑脑搅和在一起，很快将自己折腾成全县的风云人物之一。是的，也就是说，由于马钟妻子的活跃，使得街头的小商小贩都有可能对她的情事略知一二。这么说来，其实那些传闻的获得途径简直是沿途皆是。

在这些传闻中，与马钟相关的事件可总结为如下几条：

一、得知妻子的不轨后，愤怒的马钟弃家而去，回到了他的岛上，一待就是一年。第二年夏天，马钟气定神闲地回到了家里，要与妻子协议离婚。令人费解的是，他妻子竟坚决不同意。万般无奈，他只好与妻子维持着形同虚设的婚姻。

二、伤心的马钟再也没回家，协商未果的那次探家后，出于一种彻底逃避的心理，他一口气在岛上待了四年。这四年里，他整日像根木头一样坐在礁石上，瞪着失神的眼睛眺望大海。几次轻生，都被及时救起。

三、为什么马钟的妻子会红杏出墙？凡事有内因也有外因，那么是不是马钟作为一个最大的外因，也存在问题呢？那是当然的。有一个不容回避的事实是，马钟因为长年在热淋淋的岛上待着，裤裆里那个东西早就烂掉了。据目击者声称，马钟两腿之间光溜溜的，什么都没有了，比古时候的太监还阉得彻底。

传闻中的有些内容令我愤懑，但有些也使我对马钟担扰。那些传闻提醒我忆起一些实情，即那次岛上铁皮屋相遇后，我的确有五年没见过马钟了。结婚后，我整个人都变了，一度懒于应付俗事，而我与故友间的交往也逐渐变淡。对于这种淡化，我觉得也很正常。人生就是这个样子的，不断将陌生人变成熟人，熟人再变得陌生。可现在，当那些关于马钟的传闻在我耳边聒噪，我发觉，我和马钟五年未见这件事，并不见得可以套用那种"淡化论"作为解释，而可能真的是由于马钟采取了一种避世术，使他从我、从所有认识他的人的视野中长期消失。

我到底还是得到了一个洞悉真相的机会。二〇〇一年三四月份，我在机关的指派下，陪同一个军地考察团来到马钟所在的海域。在一个比五年前那个岛要稍大一点的岛上，我遇到了马钟。我们多年平淡如水的交往，由于不是那种渐进的过程，而是间歇性的，所以当我与他重逢，我再度对他的变化讶异万分。加之那孤悬海天之际的岛子的氛围，见到他令我有恍若隔世之感。

马钟变成了一个胖子，脸黑漆漆的，让我一下子想到反映东南亚风光的电影中那类毒枭式的人物。又是数年不见，我发觉他变得内敛许多。他不太说话，也不太看人，眼神总是飘游在交谈者的身后甚至更远方，整个人酷劲儿十足。同行的一个地方女研究生一下子对这个充满异域特色的海上军官来了兴趣，不停地从我们的队伍里脱离出来，使劲往他那边蹭，兴致勃勃地对他问这问那。他始终不理不睬。那女孩终觉无趣，离岛时很是惆怅地站在船上向他长望。

那一次在岛上，我们只待了两个时辰。行程紧张，紧接着我们就被拖船拉往别的岛了。在岛上的那两个时辰里，我和马钟在一种故友重逢的欣喜中，短暂地在礁石上坐了一会儿。其间，马钟对我说了一句话，令我不免心中为之一颤。他说：

"兄弟！我在这里待了四年了。"

我望着这个如今似乎什么都变掉但唯独没有变掉"兄弟"这个口头禅的故人，不无悲伤地洞见了他后来的经历与那些传闻的重合，这是我不愿看到的情形。我无语凝噎。马钟接着告诉我，五年前他烂裆那次的工程后，他自己周旋从工程部队调出，专门来了这个守岛部队。他在这个岛上当指导员。

至于为何要调动成为一个长期守岛的人的心理动因，他只字未提。多年后的现在，马钟已经不是那个四处倾诉自己不幸婚姻的人。也许寂寞的岛上生活使他变成了一个木讷的人；或许他修炼到家了，已懂得用内心去消化自己的不幸。

我们陪同考察团离开小岛。临走前马钟照例拿出一蛇皮袋干鱼要我有机会直接帮他捎回家去，捎给他的父母、儿子，似乎也包括那个他躲避着的妻子。他把蛇皮袋从屋里抱出来，又犹豫着抱进去，最后还是堆到我手里，说："兄弟，拜托你了。"

我站在船上向马钟和他那些守岛战士挥手。在我视野里渐行渐远的是岛上一幢孤立无援的营房，以及短短的一溜沙滩和几块礁石，除此之外，概无他物。通过几年的建设，小岛的生活已有所改善，至少吃水、用水已不是大问题，再不可能出现曾经有过的等到下雨天赶紧跑出去"天浴"的情况，但它毕竟还是个远离大陆数百海里的孤岛啊。我难以相信，我的战友马钟在这里整整待了四年，并且，他还准备在这里待下去。当马钟及他的小岛逐渐瘦小成大海中的一抹涌浪,我心里说不出来有多苦涩。

6

马钟的妻子终于同意离婚。与人们对这个女人的理解甚有出入的是,她竟未趁机向马钟索要任何东西,相反,她还将此前不久以她个人名义买的一幢县城的房产拱手让给了马钟,也就是说,在这场离婚事件后,财产分配方面,马钟是个受益者。为什么这个女人表现得这么大方呢?人们很快恍然大悟:很显然,她是自知理亏,更何况,以她现在的经济实力,区区一套商品房,根本不值一提。一九九九年初,她从单位辞职,胆大包天地在我们那个地级市办了一家贸易公司,专门从事大蒜、花生、山枣之类本地特产的出口贸易,竟以令人难以置信的神奇速度很快成为当地身价数百万的一个富婆。

他们的离婚手续是二〇〇二年春节前办的,儿子判给母亲。是的,在那个春节到来一个月之前,马钟终于回老家探亲了。算起来这一次守岛时长将近五年。守了五年的岛,马钟理所当然地可以享受一次漫长的休假,当然,前提是他自己愿意休下去的话。

那年春节正好我的爱人要临产,在这之前,由于裁军我报批转业并被获准,接着我就待在老家伺机寻找接收单位,也正好陪着我爱人。因为离婚后的马钟成天独自闲在家里没事,那段时间马钟经常来我家玩,我也经常去他家坐一坐。在我们多年的交往履历上,那年春节是我们交往最频繁的一段日子。

与世隔绝的时间太长也太多了,马钟明显有些不适应。用我爱人的话说,我这个战友看起来有点自闭。我注意到马钟看人的眼神多数时候是恍惚的,他就让目光定格在别人的头顶上,被注视者弄不清他是在盯着自己看，还是在眺望其脑袋后面的远处。以我对马钟特有的了解，我觉得他可能正在经历一场内心的巨大熬煎。他刚刚从一场困扰他多年的感情纷扰中解脱出来，又发现自己眼下置身的世界正历经那么多翻天覆地的变化：到处都在盖楼、修造马路；本地的人纷纷走出去，去外地创业、务工；外地的人也走马灯似的来到本地。这些变化，对一个当年为了赚够一幢楼房的钱款而不惜数年如一日蛰留在海上的人来说，是不大容易接受的——我是这么想的。

那年元宵节，我一个在市电台做深夜直播节目的主持人朋友突发奇想，决定找一群在异乡当兵的本市军人做一期访谈，为这个团圆的日子造势。他张罗了好几天，发现那些回家探亲的军人大多对这台节目没有兴趣，要组织五个以上谈吐还要不俗的军人去直播间煽情，似乎不那么容易。那朋友到底是个老到的主持人，他很快改弦易辙，把原本五人的访谈改为单人访谈，这个被访谈的人，就是马钟。促使我这个主持人朋友果断更改节目方案的来由很简单也很好玩。元宵节前一天下午，我和马钟去这个朋友工作的地方去谈明天要做的五人访谈这件事，这位仁兄定神望了马钟一会儿，又突然伸手在马钟眼前挥了一下，发觉后者一点儿反应也没有，他立刻大叫一嗓："你有意思，很有意思。"我随口煽忽了一句，他刚在岛上待了五年呢。那朋友极为夸张地把嘴大张在那里，又飞快地把手举到嘴边，两指猛地发力，将嘴捏合，接着一击掌，说，别的人滚蛋，不爱来我还不爱跟他玩呢。明天专门访问这位海岛猛男。他拍拍马钟的脸说："宝贝！就这么定了。"

在那个元宵节，我准时坐在收音机旁全程收听了马钟的节目。马钟的语调不高，慢条斯理的，他在说一些深入的话。我的主持人朋友是个有创意的人，他不知从哪里弄来海浪拍击礁石的声音，一直将之作为背景音乐放着，时高时低，忽强忽弱。马钟只字未提他不幸的婚姻，他只专注于向听众描绘他在海岛的生活细节，比方说，他在床底压了根红绳子，每天在上面打结，打一个结过去一天；他为了在岛上建一块菜地，整整发动回乡探家的战士们背了三年的土——那岛上没有可供蔬菜生长的土壤；他的岛上曾经配发来一条叫"雷伦"的退役军犬，很可惜这条狗没陪他们两个月，就在一次烦躁难耐时自作主张跳海自尽了；他竟然还大谈特谈那次烂裆，他用一种郑重其事的语气对听众说，那时他简直连死的心也有；令我惊愕的是，他透露了一个我从未从他那里获知的事情，他说，他曾经试图自杀，至于为什么自杀，他无可奉告。总之，在一个深夜，他沿着沙滩往水里走，但走到适合被浪卷走的水位时，他突然改变主意了。为什么改变主意？他的解释很玄奥。"我一抬头，"他说，"就看到满天星星都在望着我，看起来像人的一张脸。"他后来开始大谈特谈麦哲伦，用这个几百年前的男人来观照自己，同时说一些与国家、民族、人生之类大词汇有关的话，说得他自己也渐渐激动起来，到后来，声音明显提高了一倍。

这个访谈做得太有味道了，达到了预想不到的效果。显然，马钟的倾诉是感人的。有那么一会儿，我的爱人从床上把半个身子支起来，问我能不能去给她拿张面巾纸擦眼泪。她说，没想到，没想到这个人心里那么苦。

我爱人的眼泪证明了一个事：马钟那晚的谈话是深深打动女性听众的，没准儿有些具有英雄情结的女孩会由此把收音机背后的这个男人想象成一个与我们同时代的真正英雄，由此对他芳心暗许呢。没错！让我猜中了，第二天，就有很多电话打到电台，很多女孩问电台索要马钟的联系方式。

那个说话明显带着湖南口音的怀化女孩就是这样出现的。她坦率地告诉我们——最主要告诉马钟——她在这里的一个餐厅打工，工作不像样儿，也没学历，但听了马钟那晚的节目后，说不清楚为什么，就是喜欢上了马钟。她问马钟，可不可以接纳她做女朋友，至少做个普通朋友也行，先做普通朋友再慢慢过渡成男女朋友那更好。她咯咯吱吱地笑。

女孩长得很漂亮，有类似舞蹈女星的身段。她火爆直露的表白、活泼且胸无城府的样子，相当讨男人喜欢。

正月末的一个下午，我去马钟家里取一件前一天在那里打扑克时落在那里的毛衣，我敲了半天门，马钟才面红耳赤地把门开了一条缝，身体堵在门口。越过客厅凌乱的沙发，我看到那个怀化女孩穿过卫生间向卧室奔去的曼妙身影。马钟向我自嘲笑了笑，竟又叹了口气，末了快速告诉我，很可能，他这次要把八个月的假休完再走，而在此期间，他又极有可能要再办一次婚宴。他向我宣布这个消息时那种沾沾自喜的语气，当场击碎了那个关于他早已成为一个阉人的无聊传闻。

7

比他的婚变更令人愤懑的事在这年四月中旬发生了，那女孩卷走了马钟十数年来用忍受孤独、肉体之苦换来的那笔钱。说来甚为复杂：马钟并没有为家里盖那幢楼房，尽管他后来攒下的钱在乡间盖两幢楼房都够了。究其原因，是因为当他有实力盖一幢楼时，他发现突然飞速发展起来的时代使得他已无法通过盖一幢楼来赢得村人的艳羡——在那个时候，他们同村已平地里蹦出不下十个资产过百万的暴发户。他放弃了盖楼的打算。话说回来，他也没什么必要盖楼，家里的弟弟、妹妹一个已成家另立门户，一个嫁往别村，他前妻当时又几乎从不在家住，他自己更不在家住，只留两个老人住一幢翻修过的三间头瓦屋，所以已毫无盖楼的必要。这样一分析，就可以看出，马钟被卷走的是一笔数目不小的款额。

女孩是个骗子，这毫无疑问。一开始她就周密计划好的，很可能还有幕后帮凶。她的一切表现都是假的，是的，以她的美丽，在这个时代，她足有资本去找肩膀更宽阔的男人，她不可能爱上马钟这种皮厚肉糙的守岛汉，何况这男人说话还总是有板有眼，陈腐气息浓重，性格极为无趣。她的一切都是伪造的，包括她的怀化籍贯，也可能是无中生有。谁知道呢？没准儿她就是个民间演员，她蹩脚的带浓重湖南口音的普通话，难道没可能来自演艺学校的专门培训？

马钟却难以置信这种局面，他再次落入"当局者迷，旁观者清"的窠臼。那年四月末五月初，他不停地跑来我家，坐在我家的客厅里，将我刚刚出生的儿子抱在手里，百思不得其解地问我：

"兄弟！她为什么要费那个劲啊？你说！她要钱，我可以给她。全部给她。钱算什么呢？什么都不是，我不在乎的。她可以把我的钱都拿走，我什么都不要她的。真的我可以。她为什么要玩这种小聪明？没有必要的。"

我不知道女孩用什么手段骗走了马钟的钱，比方她是如何拿到马钟所有的银行卡，如何获知那些卡的密码。我免不了将这些疑问抛向马钟。他却不闻不问，脸色变得冷峻，坠入一汪别人无法猜测的玄想沼泽中。末了，他不停地摇头，摇头。他的眼神再次变得飘荡起来。它像一只忧伤的蝙蝠在空气里游来荡去。我觉得他再次遭受重创。由于有前次的不幸婚姻垫底，那女孩很可能并没有伤到他的感情，他被伤及的是他的自尊，他会认为，自己竟被这样一种低俗的手段欺骗，那是对他智力的一次十足戕害。

马钟变了一个人似的。在那年的四月之后，直到他提前离开家乡的六月，他像头回光返照的醒狮，特别地狂躁。因元宵节那次节目的成功，他又应邀去市电台参加了"对一个守岛士兵的增补访谈"。在那次访谈里，他声调高昂，主持人不得不多次因他的失态用音乐中断访谈。在那个晚上，他依然闭口不谈他那次失败的婚姻，而将最大的兴趣点放在那个女骗子那里。他没指责任何人，只是像个心理医生那样，去分析这个女孩的心理弊端，然后向社会、世界这类大概念提出他的质疑。他像个哲学教授一样，一句句地抠字眼，使这次夜间访谈像一场宗教布道。他澎湃的声音在那个夜晚传到千家万户，在他自己充分发泄之余，这个差一点儿要被传闻遗忘的人——他自己没意识到——已无可挽回地再次成为人们口中的笑柄。

这之后一个多月，马钟从我的视野里消失了。在他消失的那段时间，我充满担忧地听到了一些关于他的传闻，说他总是步履匆匆、一脸躁动地在某个街道上一闪而过。至于他那段时间干了些什么，谁都不清楚。或许他什么都没做，只是找了个无人知晓的地方，隐居起来了。至于隐居过程中，他都想了些什么，这更没人知道了。

接着是六月份，马钟用水果刀在胸膛上划了一道超过十五厘米的口子，自己去医院缝好、包扎完后，突然又坐进了我家的客厅。他拉开纱布让我看伤口的深度。很深，他当时一定很用力。我目瞪口呆地问他为什么要这么干？想干什么？他将目光投在我身后达利的画作上，皱着眉头对我说："我疼。"他指着伤口，却让我明显看出他所指的是伤口的后面包藏着的某个器官。他说："我这里痛。切一刀，就不痛了。"

我一知半解地望着他，剥一只橘子给他吃。他撕着橘瓣像撕着自己的伤口，眉头深锁，像忍受剧痛的样子。许久后，他用一种奇怪的口气问我，麦哲伦为什么要把自己的壮年时光丢到海上？在西班牙，他后来赢得了一个贵族的青睐，娶了贵族的女儿为妻，照理说已经荣华富贵，他为什么非得要去寻找什么劳什子东方香料之都？他不知道自己会死在海上吗？——饿死，得坏血病残掉，被叛变者用剑刺中胸膛——明知是用生命做赌注，且这赌注很可能只换来一抹空气，他干吗还要那么执着？

我想也没想就回答他，因为麦哲伦是伟人，而我们是凡人。我们什么都不是。

马钟猛地将剩下那瓣橘子掼到茶几上；厉声道："错！因为你压根儿

就没打算做麦哲伦。"

我火了，似乎很多年都在孕育着这团怒火，今天终于得以对着这个不适当的人发泄。我说，谁能做麦哲伦？麦哲伦算个屁，他不过是个疯子！你瞧！以他命名的那条海峡都被后世人废弃不用了，他是个地地道道的失败者，就算他不去，后面多的是人来证明这个地球的形状。人都是要死的，为什么要活得那么费劲？

"为什么要费劲？"马钟气急败坏地站起来，"我告诉你为什么，兄弟！你说对了，就因为，就因为人都是要死的。"

我踉跄着要倒下。马钟摔门走了。

有一个疑问是他走后我马上惊悉的。马钟的行止，至少是这次长假的行止告诉我，他并不具备一个伟人的资质，那么他对我的指斥从何而来？他不觉得他也在指斥自己吗？喔！也许他只是借机来一次深重的自我反思而已。他找到了什么答案？

几天后的一个傍晚，我约马钟去街上散步。我们两个各自手把一瓶啤酒，坐在街心公园的花坛上，看行人走路。天色微暗，行人像蚂蚁，又像一些影影绰绰的纯粹布景。我想起那天下午我和马钟那场过分正经的争辩。不可思议当时怎么会有那份争执劲儿，我还有点儿羞涩，觉得在熙熙攘攘的生活里，去搞这种争辩是矫情的、可笑的。马钟坐在我身边一言不发。我不免想起一度作为马钟生活主要布景的那一望无垠的大海、那些天空和单一的色调，有些难以置信这个人现在就坐在我身边。

后来我们看到一个年轻的醉汉突然扑倒在前面的草坪上。他用很高的调门哭着，甚至哭出了尖利的海豚音。人们纷纷驻足，有的去劝慰他，发觉没用，最后任由他去了。我看到他年纪很轻，不超过二十五岁，以他入时的发型和考究的衣着来看，他多半刚赴过一场喜兴的宴会。我无法相信他遭遇了多么艰苦的人生际遇。我觉得，他现在躺在大街上哭闹，原因只有一个：撒酒疯。他哭着哭着竟开始说起了英文。他一会儿来一句，呕麻儿嘎！一会儿又来一句，哀鸣锐勃的！洋腔八调的，中间还用这些英文单词唱两句，笑两声。我觉得这个醉鬼太逗乐了，我难以想象一个正常人怎么会突然变成这样，真是太荒诞了。在那个初夏的傍晚，我忽然又想到了那天下午我和马钟的争辩，立刻在心里认可了我们当时的夸张。

8

马钟走了，再度回到寂静的大海上。鉴于他走前的反常，我无法测算他的归期。而实情是，他像以往做过的那样，再度从人们的视野里消失了很长时间，约莫有三年。在这三年中，我在县工商系统获得了一个职位，并渐渐熟习了那份工作。终结了我与爱人的两地分居，我们得已朝夕相伴，但同时我们的婚姻也坠入烦琐和纷乱之中，在所难免地经历了一些磕绊，但似乎我们闹得再过离谱，内心里也不愿意、也无法放弃彼此。对婚姻生活爱也不是恨也不是的复杂心态，促使我用同样复杂的目光察看这个世界。我渐渐洞悉到人内心最隐秘的一角，有着甚至连他自己都难以解释的苦闷，这个苦闷需要一个突破口去宣泄掉，但生活本身不具备这个功能，于是，我开始了写作。完全是无心插柳，我竟因为在某个时间段突然在国内几个知名文学期刊发表了一批小说而获得了一次改变工作的机会。新的工作比起原先那种成天与市井打交道的工作有意思多了。现在我阴差阳错地变成了县文化馆的一名专事写作的创作员，不用去坐班，有大量时间躺在床上左思右想，我觉得眼下的这份工作相对来说较接近我的心意。

大约是二○○四年秋天的一个上午，我家里的电话突然响个不停。给我打电话的是一个女人，她向我自报家门，说她叫陈乐霞，并开门见山地说，她是马钟的前妻，有比较重要的事找我。她说她早就想找我了，怎么个早法呢？比方说早在这个世纪还没到来的某一天，她曾经坐在办公室里拨打过我家的电话，很可惜当时无人接听，她过后由于事多就没再拨那个电话，这样子一拖就拖到了几年后的现在。她说这一次她务必要见到我本人，如果我时间不允许，我和她可以只简单地聊一下，不会超过半个小时。

我的时间多得是。就算没有时间，这个约我也是要去赴的。这么多年来，关于这个女人的事情充斥了我的耳膜，使她的形象在我心里越来越高深莫测，我对她充满了好奇，尽管由于马钟曾亲口跟我谈及她的孟浪而使我对她一直心存抵触。

可是，这个女人，马钟的前妻，现在她叫陈乐霞，她找我做什么？我和她之间有必须一谈的事情吗？这女人的诸多风流韵事至今还游荡在我们家乡的空气中。我把这个约会告诉爱人时，她难免对我一阵奚落，但还是坦然地让我去了。

现在坐在我面前的就是这个著名的女人了。原本我们约好由她秘书提前用车把我从县城接到市里，接着下午四点在她办公室见面，但她临时有要事把这约会冲了，我只好无所事事地在市图书馆待着。等两个多小时后，她才打电话给我，用一种抱歉的语气跟我说，她刚从学校接了儿子回家，不嫌弃的话，她叫秘书把我接到她家，正好可以尝尝她做的川味水煮鱼。就这样，我坐在了她的家里。那是一套很大的房子，显示出女主人如今不菲的身价，我该客套地叫她陈总还是别的什么。

在我从前很多的想象中，她一直长着尖削的下巴、柔媚的脸型，容貌与古典志怪小说中的狐狸精有得一拼。出人意料的是，她长得甚为高大，五官实在无法与"柔""媚"这两个字挂钩。说实话，她的脸长得太有棱角了，而且偏方、偏大，这种型号的脸长到一个男人那里，可能会称得上英俊，但为女人所用，就有点不合适了。一句话，仅就外形而言，这并不是个容易使男人产生兴奋的女人。如果不是那些传说，不是因为她与马钟的纠葛，我更愿意相信她是个质朴的、从乡下奋斗上来的女性。但当她一张口，她自内向外散发出来的锐利和冷静使得我立刻对她不敢小觑。我内心对她的抵触复苏了。

吃完她的水煮鱼，她支使儿子去邻居家写作业，之后和我两两对坐在她家的客厅沙发上，她开始说了。

"我找你来，是想跟你谈谈马钟。"她非常干脆，这是一种久经沙场历练出来的干练。

"你是他的好朋友，我就不拐弯抹角了。你知道，我和马钟离婚有几年了，但我还是有点儿放心不下他。"

这个话令我讶异。我透过她的目光去洞察她的内心，觉得她不是在说场面话。

"马钟这个人，你是知道他的。"她说，"我是更了解他了。我那时候年轻，对当兵的有好感，一冲动就和他订婚、结婚了。实际上我和他是不合适的，我们完全是两路人。"

我尽可能让脸部不流露任何情绪，使她无法洞悉我对她们婚姻的看法和倾向。现在我觉得受邀来这里并没有白来，至少一个原本陌生的女人开始向我袒露她的一些想法了，这多少满足了我的一点窥私欲。

"人都是往前看的，这些都不提了。我刚才说，我放心不下他。这是我的真心话。一日夫妻百日恩，不管怎样，我不想看到他有什么不好。但是——"她低下头来，弯腰去茶几下拿出果盘，问我吃苹果还是梨，但迅速自作主张地为我选了一只莱阳梨削了起来。我觉得她是在下意识地用这种忙乎来斟酌接下来的用语——"你是不是和我一样，也会觉得他老是上岛没有必要？往大里说，为国家、为理想去守岛，守了这么多年，也早够了。可你看他，这么一把年纪了，说走就走，这一去又是很久了吧？他这个人怎么回事呢？"

她突然把削了一半的梨放下来，变成了耳语的声音。"有个事情不知道他有没有跟你说过，我现在告诉你，他有个弟弟生下来脑子就有点问题，用医学术语讲，叫孤独症，三岁就死了。我怀疑他也有点他这个弟弟的劲儿。你觉得呢？既然他们家有这个先例，就很难说他不会受到一点影响。"

　　马钟弟弟的事我是从来没听说过，但我觉得这跟马钟一点关系都不会有。遗传突变的发生再正常不过了，不能说马钟有个弟弟有问题马钟也会有。马钟的心智绝不会有什么问题，这在我对他的判断里，是毫无疑问的。我当即推翻了她的说法。我说："你说的这个我不敢苟同，马钟不会有什么问题，最多他现在的思维和常人有点不一样。"

　　"我知道，我也只是随便往那里想了想而已，算我多想了。你千万别误解我的意思。我找你来的意思，还是想请你帮忙。你和他原来在一个地方当兵，你那地方人头也熟，你看能不能找机会，帮我去一下那岛上劝他回来。差旅费我来出。你可以暗示他，他回来后不用操心过不下去，经济上我会支援他的。"

　　我再次讶异，并且有了些许感动，但我又觉得她有点逗。她把上一趟岛看得太容易了，也许她自己太有能力了，便以为全天下所有的人都能像她一样很随便地就可以完成一件事。我在考虑怎么回答她，同时也考虑她这个建议的可行性。她盯着我看了一小会儿，快速往冰箱那边跑过去，说是为我找一杯冰镇过的啤酒，也许男人喜欢这个甚于茶几上的水果。我来不及制止她，她已经把冰箱拉开一条大缝去里面抠啤酒。就在冰箱大开的一瞬间，我看到了我熟悉的一些黑黑黄黄的东西，是那些干鱼，他们看起来像秋天从树上落下被太阳风干的大叶榕的叶子，带着逝去光阴的气息，令我倍觉奇怪，甚至震惊。

　　我不由自主地站起来，往前走了两步，问她："那不是马钟以前捎回来的干鱼吗？这么多年你还没吃完？"

她显然没听出我语气中的煽情因素，嘭地关了冰箱，随口答道："噢！那干鱼很好吃，这边市场上也买不到，我舍不得吃，每年过年泡那么几条蒸了吃。你也喜欢吗？你可以问你南边的战友要啊！我这里现在只剩几条，就不给你了，不介意吧？呵！你可以帮我这个忙吗？也是帮马钟，你是他的朋友，你也希望他好，是不是？"

　　我突然就答应了她，尽管我当时还是觉得这事太麻烦了。我说我找合适的机会努力去一趟岛上吧。马钟的前妻很感谢地硬是往我手里塞了两条软中华，接着在我还没主动说告辞的时候，她快人快语地向我道别。

　　临分别时，我注意到她头上绾着的高高的、定了型的发式。我耳边回荡着她干练的声音，同时联想到曾经与马钟谈到过的伟人与俗人的话题。我觉得，如果在我认识的人中，还存在一个具有伟人风格的人的话，这个人不会是马钟，也不可能是我，更不可能是我絮叨的爱人，而只能是，这个叫陈乐霞的女人。

9

　　我尚未找到机会去那片南部海域，马钟回来了。那是二〇〇五年的春天。从海上回到陆地后，他并没有直接回鲁西南这个县城他的居所。他去了趟江西。据他后来自己说，他这次上岸的真正目的，就是为了去江西处理点儿事，回老家也只是顺便。都已经到陆地了，不回老家看看，怎么都说不过去，至少他得去看看他年过七旬的老父母。去江西，是为了参加原来在他手底下的一个兵的葬礼。

　　当然，现在马钟坐在我面前了。说起来这不过是两年前的事，所以现在我还能清楚记得马钟当时的样子。他变得清瘦，面相苍老、皱皱巴巴，但人却颇显硬朗。他不苟言笑，说话字斟句酌，言语间还不停地伴以大幅度的手势。多年来，在我们断断续续的交往中，他总是以突变的方式重现于我的视野，这次显然也没例外。我再度感伤。马钟问我："你还记不记得，有一年我在岛上烂裆，有个小战士全程照顾我?"

我们这是坐在一家餐馆里。马钟问毕，我费力地在记忆中搜索他说的这个人，脑海里终于出现一个年轻男孩模糊的面部轮廓：个子不高、眼神机警，他坐在马钟的钢丝床前，给马钟喂罐头吃。我说："想起来了，怎么了?"

马钟说："兄弟！我就是去参加他的葬礼。"

他又面无表情地说："他出事了，岛上商量派个代表去最后送送他。他以前是我的兵，当然得我去。"

至于这个男孩的死因，说起来非常令人痛惜：退伍后他去了深圳当保安，当了好几年了，一会儿在这个公司，一会儿在那个公司的。出事期间，他在给一家管理很混乱的小企业干。事情发生在转瞬之间。深夜，几个贼翻墙去厂里偷东西，出来的时候拔出一柄刀，捅到了他的腰上，捣碎了他的肾。

马钟突然放下筷子，拢起两手支在自己的额头上。我不再能看到他的眼睛。他就那个样子，不再说话。我本该安慰他两句什么，但很快想起他前妻老早就托付给我的重任。我小心地说："马钟！回来吧。"

他放下两手，目光停在我头顶的某根发丝上。他就这样让目光怔怔地定在那儿。

我说："马钟！好好想想吧，我们都是年近不惑的人了。快回来吧。"

马钟还是不搭话。他这次的变化超出了我的接受力。他如今太令我费解了，还有不安。

我把手向前伸过去，握住他的。"马钟！说实话，我现在很难过，因为我一点都不知道你心里在想什么，比方说，你一点都没考虑过自己的将来吗?"

仿佛一句话点醒梦中人，马钟突然挣脱我的手，似有所悟地说："我正营好几年了，职务太高，快没法在那儿任职下去了。可是兄弟我告诉你，我现在除了在那儿待着，别的哪儿也不想去。真的，我哪儿也不想去。不行！我得想办法。我不能离开那儿。"

"为什么？"

我猛地站起来，声音大得吓人。我想抽他一个大嘴巴子。

马钟笑了，笑得是那样不可捉摸，那样冷静，那样淡定和从容。他说："记不记得我们谈过的麦哲伦？兄弟！我告诉你一个秘密。我其实最向往的一件事就是，当一个麦哲伦这样的航海家，漫游整个地球。但我老早就知道，这对我来说，是根本不可能实现的。可是兄弟你知道吗？我待在那岛上，就待在岛上，后来，却找到了漫游地球的感觉。麦哲伦是一种归宿，是——"

我冲他大吼，使他停住。我说："去他妈的麦哲伦，你别在那儿不着边际了。"

我突然当着马钟的面大哭起来。我的痛哭没有过渡，在马钟看来一定毫无来由，在我自己看来其实也是。我感觉自己这么多年来一直在等待这样一场痛哭，在这一天，我莫名其妙地获得了这个机会。太莫名其妙了。

10

马钟又去了岛上。想必他已确定要把自己当作世界的一个过客了，在我们眼前匆匆而来，匆匆而去。

在十九世纪末二十世纪初最伟大的传记作家茨威格的眼里，麦哲伦是个迟钝的男人，他之所以能够绕过南美大陆寻找到去往太平洋的海路，进尔抵达传说中的东方香料之都，全赖于他坚定到顽固的性格。若说马钟从麦哲伦身上学到了点儿什么，现在能确定的是顽固——他顽固得要让自己成为我们眼前的一个匆匆过客。

祝愿他在那个岛上找到他的麦哲伦，直到他死在那里、烂在那里吧。

这年秋天，我所供职的文化馆发生了一件小插曲。文化局前任局长调去了省里，新调来一个奇怪的家伙当我们的局长。此人极其难缠，哪个部属他看不顺眼了，便对其极尽吹毛求疵之能事，总是找着各种由头，运用他所掌握的那一点点政治套路来折腾那个部属。二〇〇六年年初，他一觉醒来后做出一堆荒唐的决定，把文化局所属部门、院馆搞得人心惶惶、鸡飞狗跳。春天的一个早上，根本不知道是为什么，他突然向上头递交一个报告，要求我下岗。这当然是很可笑的。在这个文化馆，再没有比我更称职的馆员了。我据理力争，才使他的下岗报告失效。但两个月后的另一个早上，他打电话到文化馆馆长的办公室，要求我去局里一个事务性的办公室报到，未来我的工作变更为在那里端茶、倒水、拖地、接电话、打电话、收发文件，我将从一个堂堂正正的作家变成这个县文化馆里的一个跑堂，一个只配干杂活的被废物利用的杂碎。生活突然变得比虚构的文学作品更荒诞，更不可理喻。我无法忍受自己面临的不公，心里过不了那个坎儿。有一天，我爆发了，将那办公室里的拖把、水杯和传真纸摆好，空着双手、大摇大摆地于众目睽睽之下走出了那个办公室、那幢办公楼。

大街上行人稀少，阳光因我无力睁眼而变得飘忽。我在人行道边蹲下，凶猛地抽烟，一边回想自己多年来在工作、事业、家庭、婚姻中的唯唯诺诺、思前想后、掩耳盗铃、自我麻痹，我觉得我的生活一直是浑浑噩噩的，我为此痛心疾首。可怎么过才不浑浑噩噩？我仍感到费解。

我莫可名状地想念我一度匆匆穿行其间、马钟常年滞留的那片海域。明媚的阳光、明澈的天空、深沉阔远的海面、无所不在的宁静，使那里宛如圣境。我心里有股巨大的冲动，想去那里故地重游。

这已经是去年的冬季了，我请原来老部队的战友帮忙协调，趁着一个补给的机会跟补给船来到了那片海域。理所当然的，我见到了马钟。

我记得太清楚了，那是十二月三日的上午，约莫十点钟的时候，我登上了马钟任职多年的那个小岛。马钟正好在给他的战士们上课。按他们的年度教育课程安排表，作为教导员的马钟当天给战士们讲授的是海洋知识课。

在狭小的活动室里，马钟站在一块黑板前，底下坐着他的十几名战士。他特别黑，但精神无比矍铄。多年以后的现在，他脑门上的头发已经脱掉了一大块，看起来更为老相，但同时脸上散发着卓尔不群的睿智劲儿。

有一会儿他把原先搁在桌上的那个地球仪拿到手上，高高地举了起来，使这个岛在地球上所处的大概位置正对战士们的视线。他指着那块地方，对大家说：

"当然，我们驻守在这个岛上，是为了保家卫国。可要是我们换一个角度来看待我们正面对的生活呢？撇开职责，光从人生意义的角度——我们又是为了什么待在这里？你们看！这是陆地，密不透风的陆地，而这里，对！我们正待着的这个地方，是一片开阔的大海。你们有没有觉得，这儿是个透气性特别好的地方，特别敞亮——怎么说呢？比在陆地上更容易看到别处：别的陆地、别的海洋和天空，甚至别的星球。不是吗？兄弟们先扭过头去向窗户外面看一眼，看一看我们周围无边无际的大海，然后，你们再闭上眼睛，展开想象力想象一下。在这样一个视野里绝无遮蔽物的地方，我们是不是更醒目地站在了地球上，与世界、宇宙、时空、过去、未来、生命的交流更为直接和简便易行？……在地理大发现的十五、十六世纪，为什么那么多航海家热衷于去往孤寂的大海？麦哲伦、哥伦布、达·伽马，这些人明知海上孤旅危机四伏，随时会使他们丧失仅有一次的生命，为什么他们还孜孜不倦地对地球怀有无穷的探索欲？……人为了什么活着？到底该怎么活着？这些，是我留给兄弟们课后思考的问题。"

马钟是个称职的政治工作者，他引导战士们上升到人生命题的格调上来观照他们目下这种特殊的生活，这是一种高层次的授课方式。而马钟无疑又在与他们交流他对人生、生命的洞见。我沿着小岛四处走了一圈，看到马钟在那年元宵节直播节目里提到过的那块"菜地"，如今早已变成一块真正的菜地了：足有四分之一亩见方，上面种着空心菜、小白菜、西红柿、茄子。令我哑然失笑的是，我在营房的前前后后看到了许多晾在地上的鱼干。我不由觉得，这小岛充斥着马钟的个人风格。这里没有人用滥俗的方式诋毁他的智力，更没有纷扰，有的只是心灵与心灵的对谈，难怪它成为马钟的理想国。

回到陆地上的第一天，我先行抵达原来部队所在的那个南方小城。几个战友出于热情接待的需要问我周边有没有从前没去过的风景点，他们好安排我出去转一转。第二天，男男女女五个人驱车来到附近一个岛上：这岛很大，据称是面积排在前几名的一个大岛，岛子离陆地也不远，坐交通艇二十分钟的行程，其上现住着数万居民，景色郁郁葱葱，一派南国风光特色。

我们要去看的，是被列为本城八景之一的一个灯塔。那灯塔是一百多年前法国人在那里建的，如今作为文物完好无损地保存在近海的一处高地上。

就在那个灯塔上，我看到了一座纪念馆。被纪念的，是一个故去的灯塔守望人。

在上个世纪的几十年里，此人一直待于此岛，守着这灯塔。他终身未婚，当然未有子嗣。他死后，将遗物悉数捐出，让岛民建了一座学校。为了纪念他，岛上的人为他建了这座纪念馆。

负责介绍的人跟我们解释说，这个人长得很英俊，也很有才气，但他把一生都留在了这座灯塔上。

那一天，我站在那灯塔之下，仰望天空，良久无语。

美发史

1

在始祖岛，我们管太阳叫老婆。这是相对风和雨而言的。怎么说呢？你看！风就跟抽筋似的，冷不丁儿地今天疯狂发作，明天又消停了，有时候十天半月别想觅见它的影踪，等我们快要把它忘掉，它又跑过来跟我们腻歪。这不正经的玩意儿最不靠谱，从来不把我们当回事，却又热爱骚扰我们，它就是个让人爱了恨、恨了爱的情妇。雨是个同样糟糕的货，它就像爱情本身，隔三岔五地往岛上闯，濡湿我们的心，叫人沉默着，心却烧灼得不行。所以只有太阳是老婆：谁都知道它早上从东边爬出来，晚上猫入西边的海面，什么时候它在哪里，我们心里始终有数。它巡逻在我们头顶，监控着大家的一举一动，又总那么热烈，沉得住气，敦厚，死皮赖脸，让人放心，偶又令我们烦躁得想揍它一顿。

有段时间我很不习惯这个不动声色的"老婆"，我固执地待在房子里，避开窗户，贴墙坐着，叫它看不到我。我其实只是想把自己藏起来，好使劲想想未来。未来那么多，如何使它不太空洞，这是每个人都要考虑的大事。他们都用千篇一律的话安抚我这个新兵——时间长了，就适应了，刚开始总这样。只有老贝不跟我说一句话，他对我的忧伤视而不见。像他那么老的兵，当然懒得理会我这种不好玩的新兵，我猜是这样。但有时候我把眼睛的余光定在他那儿，却发现他正用揣测的目光凝视我。他的目光比太阳还要无所不在，令我无处藏身。

也许他在关注我的发型吧。作为岛上最受人推崇的"理发师"，他不可能忽视我的头。换个说法，他这种老土的"发型师"，面对我刚刚从大陆捎来的新颖的发型，难免好奇。也许他是在妒忌呢，我精心剪制的发型，对他掌握的呆板的理发技术而言，难道不是一种挑衅？他一定迫不及待地要把我这个发型毁掉——用他那套古旧的理发技术。

我想其实每个人都想消灭我的发型。理由很充分：现在我是一个兵了，不是个可以恣意妄为的老百姓，所以我务必赶紧换成一个合格的男兵发型，刚健型、稳健型、青春型、奔放型，仅此四种。但它们其实只是一种：短、利索、庄严、简洁明了，与我过往对发型的热烈态度暗中对抗。无须老贝亲自出马，我的新颖发式都会被群众雪亮的眼睛干掉，只是时间早晚问题。老贝完全可以不吭气，耐心等待即可。事实正是如此，到始祖岛一个月后，我不得不在指导员的最后通牒下坐到了老贝面前。这是下午，岛上十二个人全体出动，集中在老贝的房间里，等待老贝将每个人的头整饬一新。始祖岛上有规定，两周必须理一次发。第一次全岛理发，我靠使性子蒙混过关，这第二次，我再也逃不过去了。

那个下午我像根狗尾巴草，粘在其他十一个人屁股后。我们的"老婆"越过窗户在老贝的房间地面上投下亘古不变的影子，又愣、又硬，让人反感。老贝竖了把椅子，让我们沐浴在"老婆"的监视下。指导员说，排好队，一个一个上。他自己先坐了上去。老贝用一块湖绿色的围布扎紧他的脖子，握紧推剪，煞有介事地在他头顶倒腾起来。我坐在队列后，望着一站一坐、一动一静的老贝和指导员，觉得他们的组合机械得有点儿荒谬。尤其老贝，一言不发、表情凝重地盯着指导员的头和他手中的推剪，动作严谨而规范，俨然一副专业理发师的样子；不和谐之处在于，他自己却是个几乎完全谢顶的秃子。

我认为老贝大可不必把自己那么当回事。在大陆，他那三板斧的理发技术不可能有任何市场。在这里倒好，他成了人人敬奉的宝。每个理发日，我们挖空心思对他说悦耳的话，以博他一个好心情。噢！当一个人不得不把头交给老贝，只好对他谦卑。我认为这种不得已而为之的局面，是这个与世隔绝的岛造成的，这毫无疑问。那一天我看着前面的人一个个走上前去，把自己交给老贝，心里越来越不耐烦。我想起在大陆上，自己可以毫不犹豫地挑任何一个手艺高超的美发师傅的毛病，能选择任何一家中意的发型店；而现在，这一切皆成空气，我将要委身于一个发型杀手的霸权之下。这都是始祖岛造成的，我讨厌这里。时间笨头笨脑地过去了，很快就要轮到我。我珍视的发型将要牺牲在老贝的三板斧下，与此同时，我十九年来随心所欲的美发史将告终结。想到这里，我一阵心悸。我抽搐着扭了几下身，向老贝投去怨怼的一瞥。我的动静太大，老贝停了下来，与我四目相接。事后多日，老贝告诉我，正是我这不寻常的一瞥，使他的心里一亮。这就是他的目光开始尾随我的原因。

2

老贝原先不是个秃子，就像始祖岛西北角那块被我们唤作"冷将军"的礁石在几万年前并不那么朽蚀一样。春天的一个晚上，我和老贝去灯塔合站一班岗，他给我说起了他也曾有过的茂密的一头魅发。老贝说：

"我这辈子特别想做一件事，留一头长发，现在看来，这只能是白日梦了。其实我本来有机会留长头发的，波浪形、大披肩，像搞摇滚的那样。怪只怪我小的时候胆子不够大。十八岁之前，我们那会儿，只有小流氓才敢把头发留那么长。我可不想让人当怪物，有贼心没贼胆，从来都是头发刚触到耳朵皮，就紧紧张张地到理发店去。但头发不一定非得那么长才好看对不对？我当兵那年，社会上流行的郭富城头，不长也不短，当时我特别喜欢。我留那个头型好看得很哟，每天早上起来，用梳子把头发分成三七开，打上摩丝，再用两个指头捏住一缕来，落到额头前面，那个帅劲儿，用现在的话讲是酷毙了，简直是万人迷。

"接着就当兵了嘛。那是一九九一年冬天，我知道部队上对头发的长度有要求，上运兵车前，我抓紧时间去人武装对面的发廊把头发剪短到自己能容忍的限度，可还是不符合军容风纪要求。到新兵连的当晚，班长就把我扯出来，三下五除二，就把我的短版郭富城头剃成了板寸。那叫什么板寸啊？我那个班长，手艺太臭，剃头推子都拿不稳。别说理出型了，剪整齐的能力他都没有。那时候用的还是手动的推子。推子又钝，班长平均推两下就会被头发卡住推子，他一扯，几根头发连皮带肉被推子带出来，叫我的头疼了好些天。我到部队后剪的第一个头难看得我想死。我当时很恼火，拿自己撒气，破罐子破摔了，一狠心就请班长拿出剃刀，索性刮了个光头。

"新兵连结束我就到始祖岛上来了，直到今天。大陆上的班长理发水平就那样，岛上就更不怎么样了。你可以想象得出，我多少年没留过一个像样的发型。你看过'文革'时候的纪录片没？差不多就是那个样子，阴阳头，比那稍好点儿吧。你猜我当兵前十年最盼望的一件事是啥？当然是有船来。船一上来我好跟着上去找个发廊理个好头啊。但首先这里离大陆几百海里，船一年难得来一两次，再有大家得轮着上去，所以跟船上去理个好头的想法基本上还是做梦。对的，两年有一次休假的机会，可刚把头发攒长点，修出个像样的发型，假期就结束了，很快回到岛上被那些不负责的推子推出个怪头型。"

"刚上岛的那几年，那边有一个鸟粪公司。"老贝的头在黑乎乎的夜色中往岛的西南角一指，"鸟粪公司长年保持三个人在，清一色的小伙子。他们不是当兵的，头发的长短用不着限制，因此他们虽然谈不上有什么发型，但头发想留多长就多长，也挺让人羡慕的。那些年我特别喜欢去和鸟粪公司的人拉呱儿，动不动就伸出手来摸他们的头发，搞得他们最后见我就躲得远远的，私下里我听说他们笑我有病。后来因为岛上的鸟越来越少，鸟粪公司从岛上迁走，我连过一下眼瘾和手瘾的机会都没了。"

老贝从塔楼里站起来，我跟他走到外面。我们站在空旷的夜色里。老贝抬手往海浪轻声嘶鸣的远处一指，说："有一年，附近海域在搭一个钻井平台。那年不断有地方的运输船途经始祖岛海域。天气不好，比如遇上了'情妇'，他们就会到岛上来歇歇脚。那些船员都是刚从大陆过来的，一水的时髦发型。一看到他们我难过得要死。"

"我总在等机会留一个合意的发型。有一次，我在夜里产生一个胡闹的念头，我想如果我得一场大病，必须去大陆住一年两年的院，那不是天天可以去发廊了？可是……"老贝突然怪里怪气地笑了起来说，"当兵十年后，我开始掉头发，很快就掉成了现在这个样子。"

3

始祖岛上来了一个巨型"情妇"，名唤梅莎，从大陆发来的电报上称，它从印度洋上来，中心风力高达十五级。遇到这种不知趣的"情妇"，我们只好关紧房门，在屋里面面相觑。祸不单行，"爱情"也乘虚而入，没日没夜地在岛上穿行，叫我们夜不能寐。这是在春末的五月，不经意间我在岛上生活四个多月了。"情妇"和"爱情"并肩在岛上横行，使我们乱了方寸。不得已，我们只好没日没夜地谈心。一天夜里，老贝跟我说起了他经常站在一边窥视我的原因。他先从自己的谢顶说起。

老贝说，起先他非常失落。趁着一次休假的机会，他遍访名医，从乡村德高望重的老中医到省级医院的专家教授，回来的时候带了满满一挎包的药。可是没有用，头发逃难一样一个劲儿地向空中飞散，不几年，他眼睁睁地看着自己变成了一个十足的秃子。有一阵子，他很难过，一次次地向西北角跑去，坐在"冷将军"上，望着海面玄想前尘往事。开始他只是沮丧，由发型梦的彻底破灭联想到更多的破灭。有一天他盯着一个战友的头，顿然有所领悟。接着下来的一次休假，他自费去美发学校，狠狠地学习了一些剪发技术，再上岛时他捎来一只墨绿色的工具箱，内装全套的理发器械：电吹风、剃刀、圆棒、驳发器、电推剪、牙剪……他是这么想的，自己已经注定圆不了发型梦了，但以己度人的本事还有，就把心思专注在别人的头上吧，为一茬一茬前来守岛的战友们造福。

只要老贝用心，没有做不好的事。很快老贝就是个极受欢迎的小岛"理发师"了。始祖岛当然不可能设有专门的理发师，原先岛上剪头，一直沿袭互帮互助的老传统。每个人本来都有自己固定的角色：报务兵、油机兵、帆缆兵、声呐员、冲锋枪手、炮兵……没有一个人堪称合格的理发好手，这就是老贝之前人们的发型草率得令老贝难过的原因。现在好了，有了老贝，大家都可以拥有一个体面的头了，尽管由于与世隔绝的原因，老贝只能理出那么几种发型。老贝感慨道，说也奇怪，看着战友们的头一个个精干起来，他慢慢就接受自己的谢顶了。这大概就叫情感转移吧。他不知从哪里学来这个词。

说完他的谢顶，老贝开始向我坦陈窥视我的原因。他说："你看吧！我第一次给你理发的那天，从你眼里发现了痛苦，也可以说是绝望。我一下子想起了我自己。那么多年来，我总为不能留一头合意的头发而伤感。反过来说，这是对头发的爱啊。只有爱自己的头发，才能爱理发。你明白我的意思吗？到年底，我就要退役了，这几个月来，我一直在物色合适的人选，来接我的班。通过观察，我觉得你最合适。这岛上，应该一直有一个理发的高手。"

老贝要退役，这是众所周知的事。这个岛上没有四期士官的编制，老贝现在是三期最后一年，由不得他不退。我没料到他把心思用到了我身上。老贝说他看到我就想到了从前的他自己，我看到他还总想到我自己呢，想到那些拥有许多破灭的未来。我怎么可能去接老贝的班呢？一想到那些必将出现的破灭，我就想快快离开这个岛。照我对自己的了解，一完成两年的服役义务，我将毫不犹豫离开始祖岛。

我听着外面的风声，保持沉默，让老贝洞悉我的抗拒。我要他趁早死了这条心。老贝却在自说自话。他说："十一个人里，只有你最合适了。你爱惜自己的头发，比谁都爱。不像李福建，胡乱在他头上剪几下，他都乐呵呵的。他最不在意好看不好看。你在意，难看的话你会难过，会伤感，会联想到很多。只有特别爱惜自己头发的人，才有培养价值。更何况，在这个岛上，你年纪最小，兵龄最短，由你来接我的班，在这里干理发的时间最长。"

我不作声，但老贝还是看出了我的抗拒。几天后的一个早上，我们从菜地上回来，走到临海的一块小丘边，他叫我与他背对着坐了下来。天空辽远，老贝折了根灯芯草，衔在唇间。他说："想想你自己吧。在这个世上活着，最重要的是能以己度人。设想一下，你有了一手理发的好技术，岛上每一个人对自己的头都可以少一点失落，这是多么值得一做的事不是？这岛上不见得必须要有一个理发高手，就像人不是必须要理个好头一样，但有了还是和没有不一样。你想想是不是这样？"

4

不足零点几平方公里的始祖岛上有许多怪异的名字：老婆、情妇、爱情；那块容易让人想到冷兵器时代的礁石冷冷将军；营房后有一棵硕大的抗风桐，当之无愧是岛上的树王，人们亲切地叫他肌肉仔；东部海滩甚为平整，与树林相接处是长长的一片野菊花带，那种繁花似锦的景状让人想到遥远的盛唐，于是它们就统称为唐朝；那只经常落在营房门口地上的红嘴鲣鸟叫美毛张；海上偶尔出现的那些海豚、鱼、海龟，都有各自的绰号……我不知道这些名字诞生于何时，它们让我产生一种莫可名状的情绪。有一次，我和老贝说到了这件事，老贝说我给你说说老虫吧。

老虫是比老贝还早的一个老士官，据说长得比一般女人都要漂亮。他在岛上当了十九年的兵，上岛的时候是二十一岁，离开时恰好三十九岁。老虫最大的特点是爱说女人。但始祖岛从来与女人无关，于是他给能看到的东西都编上性意味明显的绰号。岛上的怪名字多数出自他口。老虫最喜欢大言不惭地宣称，如果不是因为始祖岛，他可以一天换一个女人。有意思的是，直到离开始祖岛，他都没碰过一个女人。人们的解释是，他要求高，上岛的机会不多，越成天琢磨女人的人可能对女人要求越高，这样他把有限的几次找女人的机会都错过了。在当兵的第十六个年头，老虫悄悄地对自己的某个战友说，他那玩意儿不能使了。他的女人梦就像一只虫子，在岁月中彻底风干，及至风化了。

老虫的故事令我透不过气。我抬头看天，对那个被唤作"老婆"的东西产生极大的惧意。不仅是它，眼前的一切，都令我毛骨悚然。我眼睛发黑，看到空气中充满轻盈的气泡，轻声地爆裂着。我猛地回头，看到老贝期待的眼神。老贝说："你愿意吗?"

他是多么顽固，还在不依不饶地游说我接他的班。这个时刻，他的问询无异于火上浇油。我站起来，步履沉重地走开，一个星期没和他说一句话。

我想我是自私的、卑微的。我没有力气去考虑别人，只能想到自己的未来，任谁怎么说都没有用。老贝没放过我。一个星期后，我们去树林里巡逻，老贝邀我坐到草地上，递给我一支烟。他稍作让步了。"这样吧，我们不谈以后，你先跟我学着，把理发的本事学好点儿。就算你只想尽两年义务拍拍屁股回去，时间总还长着，你现在才第一年呢。先跟我学，这总可以吧？"我不说话。老贝一脚把我踹翻在草地上。"这个都不可以？那么我告诉你，这是命令。"

夏日七月之后，我不得不成了老贝的跟班。每个理发日，老贝必定伸出他的巨手，将我拎到他的房间里。他说："你站着，认真看，别给我玩小心眼。我知道你在想什么，我们都是这么过来的。来！这个头你理。这次可以理得很臭，但下一次，再一次，你的手还那么臭的话，看我怎么收拾你。"

我拿起老贝的电动推剪，手抖得厉害。我听到底下的头在向我发出警告：哥们儿！你那手悠着点儿，你不是在耕田，是理发，我这可是头。老贝笑了，屁股拖着椅子坐到我边上。我把手里的头往外摆了摆，好使它对着我们的"老婆"。在这个时候，"老婆"是可亲的，它的明媚使人与人之间产生信任，别的许多时候，它让我们感受到的，也许仅仅是灼热。我稳住手腕，让电动推子斜成一个角度。推齿切割头发的声音蓦地传来，一些发屑向炫目的空中奔散。我闻到一阵儿新鲜的气味，它们使我精神大增。老贝说："很好闻，是不是？所以，你喜欢理发，我看得没错儿。好好干，你会越来越棒的。"那种气味令我欲罢不能，我热切地盯着手里的头，心里竟然充满兴奋。有一阵子，我停下来，转头扫视周围的十一个人。我看到的是一片敬重、期待和夸赞的目光。来了一个"情妇",扭动着跑进来,在屋中央停住,一溜儿烟又跑出去了。我的脸在烧。那个理发日,所有的头都由我主理,当然最后也都得由老贝重做修整一遍。寂静的始祖岛突然喧闹了。

在九月来临的时候,老贝警示我说,加把油。再过三个月,他就要走了,到时岛上的头就完全交给我了。我本能地抗拒着,但无力跟他辩驳。我们去小岛东部"唐朝"的下面去游泳。海那么静,如此广大。面对着眼前的这片海,我常感到时间是静止的,没有过往和未来,一切都被省减、虚化。老贝说:"你仔细听,听到了什么?是不是在这里,连自己的心跳都能听得见?"我慢慢在沙滩上躺下。老贝也从水里站起来,走到我身边,与我并排躺下。我别过头去,看到这个谢顶的中年男人却满身毛发,像穿着件毛背心。这个"老背",以他一身的不和谐,和谐了始祖岛。我不能想象成为他这样的人。直到那日,我仍然不能想象。十二月老贝离开了始祖岛。他把那只墨绿色的工具箱偷偷塞到了我的床下。老贝离岛后的那夜,我半夜爬起来,打开工具箱。望着那些充满双手气味的器械,我一阵惊悸。

5

过了冬天就是另一个春天了,我忽然变成了一个老兵。我的理发技术越来越好。有一只看不见的手在主宰着我,每一个理发日我拿起推剪站在某个安静的头之上,我热爱胡思乱想的脑袋突然一个急刹车,停在眼前。房间静止,空气充沛。我的眼里只剩下那些头。我屏住呼吸,小心移动手中的推剪。实践出真功夫啊,当春天变成夏天,我已经是一个老练的理发好手了。在先前的很多时候,他们都会提到老贝,怀念他那双沉静的手。有人说,在那些时候,当老贝的手抚过他的头,他会变得特别放松。现在,他们也这样对我说了:"你的手真暖和"。他们说,有了你，我们会忘记老贝的。说着闭上眼睛，在剪刀与头发的交会中忘记一切。

我得好好想些事情了，不仅仅是自己的未来，还有更多与我有关的未来。冬天快来的时候，我终于等到了一次探家的机会。站在大陆上，感觉天旋地转。闭上眼睛，深吸气，再睁开眼睛，我看到世界又静止了。我认识了一个女孩，给她讲始祖岛上的老贝、我们的"老婆""情妇""爱情""美毛张""肌肉王""唐朝""冷将军"，所有远方的时光。我向她细致地描绘老贝那只墨绿色的工具箱。女孩瞪大眼睛，说这一切让她感到神奇。因为这些神奇，她容许我把脸埋进她浓密的发丛。我钻行在她的发丛里，用她的发帘蒙住眼睛。一种馨香令我沉醉，我用力地将她搂住，仿佛搂住一个象征。北方的冷空气在我们身边徘徊。我说，我可能要哭了，会弄脏你的头发，你不介意吧？她温顺地静立在那里，想协助我完成一个仪式。我却只是说说而已。那是个很好的下午，我后来将脸抬起来，向她微笑。

两年的义务兵役期就要结束了，我该离开呢，还是继续？休假期快要结束的一天，我站到一幢大楼前，望着飘动在楼腰间的美发培训班的横幅走神儿。我最终没有像老贝曾经做过的那样，走进那幢楼。回到始祖岛，他们都奔出来，对我说："你怎么才回来？我们的头发都长成什么样了，你看看。"我把老贝的工具箱拿出来，对着空中哈了一口气。抖开围布，拉开凳子，我说："来吧！现在开始给你们理。"一个头移到我的手下，那么郑重地停止在那里。我抖动指头，活动沉寂多日的剪刀。春夏秋冬在剪刀的棱面上折现出来。我看到自己投射上去的脸：嘴微张，眼瞪得老大。

山
顶

1

这幢苏式结构的营房通体红色，足有两百米长，远看像一列红色列车停在朝南的坡上。营房前是一个长方形的操场。二者构成了这个叫作教导三队的部队。三队左下方，是一个叫孙家沟的村子。一条沙石路把三队与孙家沟连接起来，就像一根动脉血管连接着心脏与头颅。

十月的那天，大风卷起沙石路上的细沙，形成团团尘云。一辆车从一团尘云里钻出来，在操场边停下。邢南方从车上下来，背对着尘云，跨越操场走向三队。这个身高不足一米七的瘦中尉，相对于空阔的操场，完全可以忽略不计。

跨越操场的邢南方看到营房正中的那个通道口缩了十来个人。十来个人原本可以站成一列横队，但他们却稀稀落落地站成一盘散沙。这让邢南方无法确定他们是不是在迎接他。按规矩，迎接人可是要列队的。

"副队长来了，咱给他呱唧呱唧。"邢南方都快走到他们面前了，他们中间唯一的军官许小珉吆喝了一嗓子。声音蜿蜒曲折，显得特别勉强。

邢南方对许小珉不生分。三年前，他军校毕业分配到这个团，跟当年从士兵直接提干的许小珉在一个集训队训练过半个月。今年七月，邢南方和许小珉的军衔同一批调成了中尉。不过，许小珉军衔刚调中尉职务就副连了，比正常调职整整提前一年。这还不算，今年三月起，许小珉还以副代正，到这个地处偏远的三队担任正连职指导员。才调副连，就坐上正连位置，这速度，恐怕是破了全团的记录。

"副队长好！"许小珉身边的战士们，都是些兵龄两年以上的老兵，应着许小珉的指令，三三两两地喊了起来。

他们没有用规范的队列腔，这说明在指导员许小珉同志面前，他们是放松的，更有意思的是，许小珉允许这种放松。虽说这一情况显而易见，许小珉却还是半开玩笑地叱责他们了："一点儿规矩都不讲，让副队长看笑话。"

邢南方不知道该用什么开场白开始他在三队的任职生涯了。因为许小珉和老兵们之间简短的对白，套不上普通官兵间的任何常规对白模式，倒像是一个含辛茹苦带大一群孩子的娘，在跟孩子们拉呱儿扯闲。

"指导员好！"邢南方看了看许小珉，又转脸笑着对老兵们说，"大家好！我叫邢南方，以后在三队跟大家学习、生活和工作，请大家多支持。"

这开场白一点儿创意也没有。没有创意的开场白，在高标准、严要求的基层部队，约等于失败。邢南方的话还没完呢，老兵们就拥着许小珉进入通道。邢南方在他们后面跟着走，一边走，一边在心里羡慕许小珉和老兵们的亲密。如果在三队需要一个具体的任职目标，那邢南方现在有一个了：他希望自己跟老兵们之间以后也有这样一种亲密。

这栋营房里十间宿舍有九间是空着的，老兵统一住在一个宿舍里。而在一年中的多数时候，所有的宿舍里都塞满了新兵。眼下，前任新兵刚结束新训生活，分配下部队了。新兵要两个月后才能陆续到来。老兵中最老的志愿兵姚家新认为邢南方来对了时候，要是有新兵在的时候来，他就连调整、适应连队的时间都没有。邢南方却觉得自己这个报到时间不好，如果新兵训练期间来，他一上来就进入连队中心工作，工作、适应同步进行，这样多好。邢南方有此念头，表明他是带着抱负来到三队任职的。

第二天一早，邢南方刚在水房里洗漱过回到宿舍，许小珉进来了。"连队跟机关不同，"许小珉眯起眼睛盯住邢南方，"连队呢，更讲究官兵一致。咱想要战士怎么做，自己得先做到那样。邢副，你要有个思想准备。"

邢南方对许小珉的话未予深想，说："指导员放心，我是有充分的思想准备的。"

"真的吗？"许小珉转身走了。

邢南方这才觉察到许小珉话里有话，随即跟出了门。刚出门，就听到许小珉在水房里大吼："叠个毛巾，磨磨叽叽的。你看看你，豆腐块，有棱有角——这哪是豆腐块？棱呢？角呢？是豆泡好吗？"

邢南方心中一紧，想起刚才洗漱完把毛巾搭在了脸盆边上。之所以要搭在脸盆边上，而不是叠成豆腐块，是因为邢南方觉得那样容易滋生细菌。他是副队长，内务归他主管。他还想着今天就找个时间跟许小珉讲讲这个事呢。说不定，这还能给许小珉和战士们留下他对自己分管的工作特别尽心的好印象，弥补昨天报到时开场白不出彩的缺憾。

邢南方快步朝着斜向四十五度角、走廊对面的水房走去，却差点儿撞到往外走的许小珉。许小珉没搭理邢南方，黑着脸走了。邢南方来到水房，看到上等兵军衔的队部通讯员吴良良正站在他的脸盆前叠他的毛巾。

许小珉这一天一直生着气，这使得本打算择机跟他谈一谈毛巾问题的邢南方未能找到时机。关于许小珉为什么生了一天的气，邢南方晚上从饭堂吃饭回来，听到吴良良和姚家新在小声议论说，炊事班有两只大缸昨晚给人偷走了。缸是一周前从库房里收拾出来，刷干净晾在外面的，过些天，要用它来腌酸菜。许小珉这一周期间好几次向司务长指出，这些缸按理说晾半天就可以了，晾一周不收进去，只能证明司务长及炊事班人员做事拖拉。司务长是个凡事反应都要比别人慢半拍的实习学员，他大概觉得反正还要过至少半个月才开始腌酸菜，便有些大意，任那缸在饭堂前面屁股朝天扣着。这下好了，被人偷走两只，许小珉能不生气吗？

不说这缸的事了，还是说邢南方吧。正是这样，邢南方来到三队的第二天，他本想找到机会说毛巾的事的，但到底没有找到机会。非但如此，他还很快因为另一件事成为众矢之的。这事发生在第三天。又是在水房。

早晨，邢南方刷完牙、洗完脸开始洗头。拿起洗发水瓶，他感觉瓶里的洗发水比他记忆中要少了很多。也是没在意，他随口说了句："我的洗发水怎么变少了？"旁边同时在洗漱的是下士朱军和中士邱吉儿。两个人洗他们的漱，对邢南方那句话并没有表现出过分关注。然而，半个小时后，大家一起去了饭堂，邢南方发现了一点不正常。

队部桌上，许小珉的碗里已经盛了饭，但邢南方的碗空着。前天晚上、昨天，加起来四顿饭，他和许小珉的碗都是满着的，显示着他们都是被提前过来打饭的吴良良作为队干一致对待的。除了他的空碗显示出某种微妙征兆之外，邢南方还发现老兵们一进饭堂就坐到另一桌去了。前面那几顿饭可不是这样，大家济济一堂，都在队干这桌吃。邢南方拿起自己的碗走到饭桶那儿打饭，心里虽然疑惑，但也没觉得自己的碗今早空着有什么不好。本来他就觉得任何人的饭都应该自己打。叫通信员给他打饭，他多少有点儿不自在。

打完饭回到队干桌上，刚吃了两口，一抬头，邢南方看见许小珉站了起来，端着碗向老兵们那桌走去。老兵们一下子发现了他们的指导员要过来，忙不迭地把条凳让出个宽阔的空位。许小珉慢悠悠地在那桌坐下，垂下眼帘扒了一口饭，却又蓦地把眼一抬，环视老兵们，拖长了嗓音说："咋地啦？都犯啥病了？为啥不在我那桌吃了？"

"没啥！没啥！"邱吉儿和另一个叫冯家民的上士立即嬉皮笑脸看许小珉，齐声说道。

"没啥你俩瞪着驴眼珠子看我干吗呀？我脸上有红烧肉？"许小珉似笑非笑。

因为指导员的到来停止了吃饭而端坐着的老兵们，同时飞快地端起碗吃了起来。邱吉儿开玩笑似的用筷子去撞冯家民刚伸到某菜盘上的筷子，冯家民马上假装生气地把筷子拍到桌上，做出要与那邱吉儿对决的样子。当然，立即因为许小珉的一句笑叱，他们的对决结束在了萌芽状态。接着下来，满桌的欢声笑语，像躲在闸后等待开闸，终于闸门开启，它们便前仆后继地涌出，回荡在空阔的饭堂里。

邢南方坐在这里，从这些欢声笑语里听出了刻意。除了这个之外，他感到一种活在人群中却不被待见的羞耻感。邢南方喉咙肌肉变紧，吞咽遂变得费劲了。他有点走神。尽管这样，他还是发现了对面的吴良良跟老兵桌上的邱吉儿互挤了一下眼。

早饭接近尾声了，许小珉站起来，端着空碗往队干桌这边走，一边走一边说："没事去猪圈转转，看看猪圈打扫干净没有。大棚也该架起来了，别等两个月后新兵们来了，再整这事儿。到那会儿，咱除了训练，哪还有时间理大棚那茬儿？我可没那闲工夫老是提醒这那的。别成天扯那些没用的玩意儿。"

甩完这一长串的话，他已经把碗拍到队干桌往饭堂门口走去了。那桌的老兵们已经吃完的，快速掏烟互点，并尾随许小珉出了饭堂；还没吃完的，加快速度往嘴里扒拉饭菜。

邢南方不清楚刚才许小珉那一堆话，是跟老兵们说的，还是对他这个副队长发的指令。要说跟老兵们说的吧，他说的时候是用后背对着他们的，可要说跟邢南方说的呢，他却压根儿没看邢南方一眼。

午饭过后通常是要睡午觉的，邢南方从饭堂里回来后，就和衣在床上躺下了。他打算睡到两点，再按正常操课阶段的那个起床点结束午休，接着带几个老兵去猪圈搞一下午卫生。不管许小珉那些个话是不是给他发的指令，今天是他来三队的第三天了，该按副队长的职务要求去组织大家去干些后勤方面的事儿了。

邢南方两点正常起床，快速换了作训服出了宿舍，打算按心里的计划去叫老兵们跟他一块儿去猪圈。走到老兵所住宿舍门口，邢南方停下来，透过门上的玻璃看到屋里一个人也没有。正狐疑间，他看到从外面跑进来的吴良良，撒开腿沿着走廊往这边跑，经过邢南方旁边时，他象征性地笑了笑以示招呼，而后迅速跑进队部去了。邢南方对着空旷的走廊问吴良良："怎么人全都不见了，哪儿去了？"

吴良良从队部闪出来，手里多了一个热水瓶和一只杯子，他还是像先前那样快速从邢南方的旁边跑开去，"大家都在菜地搭大棚，搭了一个多钟头了。"

邢南方下意识地跑了起来，不一会儿来到位于营房右前方的那片一两亩大小的菜地。

正如吴良良说的那样，老兵们都在那里，而许小珉站在一边，指挥他们搭大棚。邢南方走到许小珉旁边，心里有点发虚："指导员，今天的安排是搭大棚啊？"

"这还用问吗？"许小珉接过吴良良递过来的水杯，却又将杯子摔到吴良良手里，然后瞥着邢南方，"我只能说你这个副队长当得够称职，咱们都在干活，你倒好，睡觉。我咋那么不明白呢，团里到底咋回事儿？没给咱队配副队长的时候，我指导员大手一揽，把咱队的后勤工作也管了，可明明现在已经给咱队配了这么个人来了啊，咋还是我来管后勤？"

此前突然遭许小珉的抢白，邢南方不知道怎么回应他，这次还一样。但眼前还是有一点是叫邢南方欣慰的，他摸清楚许小珉的说话习惯了。许小珉不太喜欢正常说话，这就是许小珉。邢南方必须立即意识到这一点，光这样还不算，他还要立即找到一种办法，以便在许小珉下次跟他说话时，不至于像现在和此前那样反应不过来，只知道发愣。有的时候，别人连汤带骨头地突然泼过来一句话，你不赶紧把那话里面的骨头拣出来揉碎了扔掉，接下来别人话里的骨头会更多，到最后，会变得只会给你泼骨头，一点儿汤汁都不会给，砸得你哪儿都疼。

秋意越来越浓了，先前邢南方出来得急，忘了在里面加件绒衣，在外面这么一站，立刻感到冷。不过，他很快把自己干得浑身燥热。他牢记搞好官兵关系的一个理论原则：以身作则。在重活脏活累活这种事上，特别能体现你对这个原则是真坚持还是假坚持。老兵们起先还以为邢南方那么卖力地干活，最多就是个十分钟八分钟的事，两个小时过去了，他们发现邢南方还那么干，就明显对他改变了态度。中间，超龄服役的第五年兵周玉铁还过来给邢南方敬了支烟，这可是邢南方来三队后第一次被老兵敬烟，他有点受宠若惊。周玉铁给邢南方点烟的时候，姚家新悄悄踅过来，凑到邢南方耳朵边上，说："邢副，指导员就这性格，嘴上不饶人。这也难怪，他爱操心。爱操心的人都这样，对自己要求高，对别人要求也高，这要求一高吧，看别人就这儿是问题那儿也是问题，就不满了。说到底，都是为工作。你就多担待着点儿吧。"

邢南方笑笑，没说话，继续埋头干活。

别的老兵见邢南方如此卖力且又沉默，慢慢就不再像先前一样无视邢南方存在地打打闹闹了，个个变得严肃了起来。邢南方一边干活，一边敏锐地觉察着这一变化。

老兵们在他面前变严肃了，说明他们意识到，在职务比他们高但又不苟言笑的邢南方面前，不随便说话，是对他表达认同的方式。

平心而论，邢南方并不享受这些以后会一直跟他朝夕相处的兵在他面前表现得那么严肃，他还是觉得许小珉跟老兵们之间弥漫的那种放松感是最完美的官兵关系的体现。

话虽这么说，邢南方的心里还是挺高兴。要达到许小珉与兵们这种关系，还需时间，需要他努力。

许小珉是在邢南方到菜地不久后就回队部了的。天快黑了的时候，他见大家还没收工，就过来看了看，喊大家赶紧按饭点去饭堂。一回到菜地，许小珉就感觉到老兵们对邢南方的态度发生了变化。看不出来他是否支持这种变化，因为他表情也一直正常。即便是叫大家赶紧去饭堂吃饭去的话，也变成了一句特别正常的话："去吃饭吧！明天继续干。"

邢南方觉得自己应该找许小珉谈谈。虽然来了不到三天，但要跟许小珉谈的东西可多了。比方说，为什么今早他突然就不被老兵们待见了；再比方说，许小珉作为指导员，在他到了之后，还没正式跟他交谈过一次呢，即便完全不谈私事，作为一个刚上岗的副队长，指导员交代一下工作上的事情，这总是必要的吧；至于毛巾的事，邢南方觉得暂时不去谈也行，虽然他有他的道理，但这毕竟是小事，过几天碰到更好的时机再谈也未尝不可。

许小珉却主动找邢南方来谈了。吃完晚饭后，邢南方正一个人在前面走，许小珉紧走几步，赶上了他。"有战士反映，你说有人偷用了你的洗发水?"

许小珉又回到了那种不正常的说话方式，邢南方已适应他这一点。可适应归适应，邢南方心里还是一惊。

"谁说的?"邢南方说，"我不是这么说的啊。"

许小珉说："甭管你是不是那么说的，你总归是说了吧?"

邢南方到底还是发现，虽然已经适应了许小珉的说话方式，但离句句跟赶上他的趟儿，那还差得远。一个反应没跟上，许小珉的话已经逼上来了。

"洗发水虽然比肥皂俏，我们的战士再喜欢这玩意儿，也不至于偷吧？"说话间许小珉已经走到邢南方前面两三步远了，他并不回头，"我相信战士们，他们不会偷用你的洗发水。"

许小珉已经走到通道入口，于是他和邢南方的谈话持续了两分钟不到，就这样结束了。邢南方的脸一道红一道白，显得触目惊心，但许小珉视而不见。奇怪的是，邢南方心里竟然有一股怯意，不敢马上进入三队的房子里去，由此他放慢了脚步。"我怎么就没想到，一句随口说的话，会产生如此大的副作用呢？"邢南方想。还有，他当时也是有感而发啊，洗发水确实是从大半瓶变成了小半瓶。合着你许小珉在战士们和我面前想说什么就说什么，我也是队领导，却连无意之间表述一个客观事实的权利都没有？

邢南方这么想着，人已经走到许小珉宿舍门口了。许小珉是独住一间屋的，而邢南方和通信员吴良良两个人住在队部。邢南方猛地推开许小珉的宿舍。许小珉正趴着身子对着脸盆里的热水洗脸，应着开门声，他回过头来，看到了邢南方。

"指导员，我觉得我们应该好好谈谈。"邢南方就站在门口，不愿再往里走。

"刚才在路上，那不叫谈叫啥？"说完这句，许小珉冲着隔壁大喊，"把邱吉儿和朱军叫过来。"

随着一阵自隔壁产生而后响彻在走廊里的急促脚步声，邢南方听到吴良良嘹亮的声音："邱班长、朱班长，指导员叫。"

邢南方再要开口，许小珉抬手制止了他："你不是要谈吗？那好！等他们俩来了再好好说道说道。"

本来邢南方应该不顾许小珉这句话，马上把想好要说的话说出来的，但他竟然没有。只一两分钟后，朱军和邱吉儿推开门，气喘吁吁地冲了进来。看到邢南方站在门里，他们一愣。

"进门前连个报告都不用打？那还要条令条例干啥？"许小珉瞪了朱军和邱吉儿一眼，随后又若有所指地看了眼邢南方。

邱吉儿和朱军快步退出门外，掩上门，在门外齐声高喊："报告！"

许小珉厉声说："就站外面，我问，你俩答。"

从门外传出邱吉儿和朱军的声音："是！"

许小珉蓦地盯住邢南方的眼睛，却显然是在问门外的俩兵："你俩确实听到有人在水房里说有人偷用了他的洗发水，是不是？"

门外没有声音，大概邱吉儿和朱军意识到，当着邢南方承认他们把他那个话传播出去，甚至篡改后传播出去，那是太不明智了。

"你俩不敢正面回答我的问题，那我换个方法重新把这个问题问一遍。"许小珉说，"没人在水房里说别人偷用了他的洗发水，你俩是造谣，对不对？"

"我们没造谣。"邱吉儿和朱军异口同声。

许小珉把目光落定在了邢南方脸上，"他俩是战士，你是他俩的领导，如果你没说那话，他俩敢对着你承认？"

"我没那么说。"邢南方辩解。心里，他为自己眼下必须进行辩解而愤怒。"我只是说，我的洗发水少了。"

"那还不是一个意思？"许小珉说，"昨天，炊事班的缸被偷，咱们完全可以认为，是外人偷走的，因为它们就放在外面。你那洗发水就一直搁在咱队的水房里，咱队的大门口二十四小时有人站岗，外人能进来吗？不能。那你说你的洗发水少了，说的不就是咱内部的人偷用了，难道还有另外的意思？"

邢南方失望地看着许小珉，快步走了出去。出了门，他愤然用目光

"啄"了邱吉儿和朱军一下。那两个人没敢看邢南方。邢南方来到宿舍，一屁股坐到床沿上，越想越生气，越生气就越坐不住，索性就站起来，在屋里踱来踱去。看到邢南方这个样子，吴良良避也不是，看着也不好，就蹲下身来，跪到自己的床边，假装很专注地修整被包的棱角来。邢南方猛地盯住吴良良的后背，"把贮藏室的门打开。"

吴良良受惊似的站起来，面朝邢南方笔直站好，愣愣地看着邢南方。

"我让你去开贮藏室的门，没听见？"

吴良良快速打开抽屉，取出一串钥匙，挑拣着找出其中一把，擒住它，而后往外冲，忽然意识到什么，又冲回来，"副队长，开贮藏室门干什么？"

"让你开你就开！"

"我这就去开！"

"回来！"

吴良良刚要重新冲出去，又刹住了步子。

"我就不和你一起去了。"邢南方说，"你直接去贮藏室把我的东西给取出来。"

"取出来？副队长，取出来干什么？"

"我要离开这个鬼地方。"

吴良良愣住了，脸上是越来越为难的表情。

邢南方想控制自己的情绪，却发现根本控制不住："还不快去？"

"副队长……"

邢南方猛地把手伸出来。"那行！钥匙给我，我自己去取。"

吴良良却把钥匙攥得更紧了。"副队长，要不，我先去跟指导员请示一下吧？"

邢南方无法控制的情绪一下子决堤了。"可以！你去请示。我不取我的东西了，直接走！"

说罢，邢南方取过枕头边的作训帽戴到头上，快速走出宿舍。经过许小珉房间时，他越过敞开的门看到许小珉背朝门口坐在办公桌上，背影僵硬，一动不动。邢南方脚步不停，又走过老兵们的那间宿舍，瞥见他们或站或坐地正在说笑。邢南方脚步依然不停，走过这门口，很快走到了房外。他斜向穿过操场，一直向操场与孙家沟之间的沙石公路走去，越走越快。

2

老兵们头挤头扒着窗户眺望着穿越操场的邢南方。他们的身后，许小珉走了进来。邱吉儿一回头，看到了许小珉，连忙拉扯大家，以便让出一个观察区域，大家遂往两边让。许小珉从兜里掏出烟，拿出打火机，慢慢把烟点上，泰然走到窗口，吸着烟，看着傍晚操场上远去的邢南方。还差几步，邢南方就越过操场，要走到公路上了。许小珉就那么一动不动地站在窗口，看着邢南方的身影。

"指导员，要不要把副队长喊回来？"从许小珉的身后传出姚家新的声音。

许小珉没理会姚家新的提议，他只是一边抽烟，一边望着外面的邢南方，显得耐心十足。

"周玉铁，你去！赶紧把副队长拉回来。"姚家新说。

"是。"周玉铁一个箭步冲出门去。

许小珉依然保持着那个姿势站在那里，从他口腔里吐出来的烟圈飘摇上去，又被一丝不剩地吸进他的鼻腔。他心里很清楚，趁着邢南方刚走出一连范围赶紧把他拉回来，小事就依然是小事，如果没有人去把邢南方拉回来，任由他离去，小事很快就会变成大事。当然也还有一个可能，即便没有人去拉，邢南方自己也会回来。不过这个可能性很小，邢南方果真自行回来，在以后很长一段时间里，他将成为三队乃至团里的笑料。一旦成为笑料，他人生中就有了一个硬伤，接下来他要想修复这道硬伤，恐怕要费太多的力气，即便费心费力，也不是一时半会儿能完成这种修复。邢南方但凡还是个正常智商的人，未必想不到这一点。不过，也很难说。照眼下邢南方说走就走的举动，他不见得是个多有头脑的人，至少缺乏理智。有一种人会认为这样甩袖走人是一种个性，向别人证明自己是有个性的，这比别的什么都重要，哪怕这种愚蠢的证明是把自己的人生引入雷区。许小珉想，邢南方不是没有可能就是这样一种人，所以，他不妨按兵不动，看看邢南方到底会给大家一个什么样的答案。

"把周玉铁给我叫回来。"许小珉还是那样站着，看着窗外，低声而严厉地说。前方，操场上已经空无一人了。

吴良良跑到门口，对着快跑出走廊的周玉铁大喊："周班长，指导员让你回来。"

周玉铁只好蹩身往回跑。这个时候，许小珉已经在窗口抽完了一根烟，他这才回转了身，扫视了一下众老兵，叹了口气，说："都别在这儿站着了，该干吗干吗去！"

老兵们散开。许小珉又点着一根烟，往自己的宿舍走。来到宿舍，他打开灯，把窗帘拉上，坐到办公桌前，把刚抽了两口的烟掐灭在烟缸里，然后取过笔开始在连队日志上写今天的工作记录。

"今日主要工作，搭建蔬菜大棚。全队除队长赵志武携三名班长去外地接兵外，两名人员休假，其余在位人员均表现良好，思想状况正常。"

写罢，他检查了一下刚写完的工作记录，发觉直到现在他内心里还是没有把邢南方当成三队的人。脑子里浮现出邢南方愤然远去的身影，他轻蔑地撇了撇嘴。

确定邢南方来三队任职之前，干部股专门找许小珉谈过一次，问他的意见。虽然三年前跟邢南方一起集训了半个月，但因为当时许小珉各方面表现都比较突出，备受团领导的关注，常被表扬，算是那次集训中的红人吧，而相较而言邢南方就比较默默无闻了。作为红人的许小珉，理所当然地就对邢南方不太关注。虽说对邢南方不关注，但印象还是有的。当时发生在邢南方身上的两件事，许小珉现在还记得很清楚，而就是这两件事，让许小珉立即认定，作为一名基层连队的准管理人员，邢南方身上藏有天然的缺陷。

　　先说第一件事。集训结束的时候，许小珉、邢南方他们这批当年度的见习排长向团里汇报队列操表演时，邢南方闹了个笑话。记得那天，轮到邢南方带队出场了，他竟然对着肃穆列队的战士们来了一句："都有了，笑一下！"

　　这个口令太搞笑了。当然，邢南方发这个口令的动机大家是清楚的，他是想叫战士们在上场之前先放松一下情绪。可是，大演当前，大家绷紧神经这多么重要啊，而且战士们好不容易把神经绷起来了，他竟然叫他们放松。这说明了什么问题呢？说明邢南方这个人说话不先过脑子，或者他脑子就是浅，以至于嘴巴上缺个好的岗哨。爱兵也得分时候，这是表现爱兵情怀的时候吗？根本就不是。

　　许小珉记得，邢南方那个口令之后，他面前队列里三十几名战士中还真有两个人笑了一下，不知道是出于遵从邢南方的口令而笑，还是笑话邢南方这个愚蠢的口令本身。许小珉还记得，那两名战士的笑声刚发出，负责主考的训练处刘处长发出一声断喝："脑子抽风了？笑什么笑？"

　　刘处长的呵斥结束后，邢南方大概才意识到自己刚才那个口令是可笑的，尴尬地站在那儿。这时哨声响了，他带着队伍上场。不知道是邢南方指挥队列的能力不佳，还是因为内疚于那个错误的口令，上场后他一点儿都不在状态，底下做动作的战士们也不在状态，可想而知，他这组队列操是多么失败了。最终，邢南方的考核成绩排那次集训人员的最末一名。

再说第二件事。这件事发生在集训中程的某一天。也还是训练处刘处长，那天，他到操场上检查集训学员们的示教作业课。邢南方向队列人员在讲解齐步行进与立定的动作要领时，说话比较绕，正好刘处长走到旁边，就批评了他一句。批评完了，刘处长就走了。谁知邢南方对于被当众批评这件事，反应比常人要激烈很多。刘处长走后，他非常气愤，竟然坐到一边，不再继续他的操课了。亏得学员中有人比较识大体，过去安慰他好几分钟，他才勉强站起来，走到队列中央继续操课。当时，许小珉也是配合邢南方操课的队列人员中的一员。

这件事让许小珉甭提多小瞧邢南方了。一个未来的基层连队管理人员，领导一句批评，就使你反应那么大，这抗压能力也太差了吧？就这种情绪调控素质，以后还怎么去带兵？怎么在新兵犯错误时确保自己不发火？怎么在新兵领悟一件事不那么快时保持耐心？

就这两件事，让许小珉认定邢南方缺乏成为一名好的基层管理者的基本素质，更不具备成为一名优秀基层领导的潜力。所以，当干部股的人告知他邢南方要来三队任职的事时，他第一个反应是排斥，并且这种排斥感很强烈。

许小珉请干部股的人给他三天时间，三天后，他会把自己的意见报告给干部股。干部股的人想了想，说可以。接下来的三天里，许小珉发动他在团里的老乡，打听邢南方的情况。团里安排干部来三队任职其实不必询问许小珉的意见，问他，也就是走个过场；他要真说不要邢南方，那是把这种形式主义当真了，对这个，许小珉心里很清楚。话虽这么说，许小珉依然抱着种侥幸，觉得这是一个机会；如果通过打听，真发现邢南方有某种劣迹，他至少有理有据地试试看能不能拒绝掉邢南方。试一下总比不试要好。

136

因为许小珉的爱人，不但是他的初中同学，还是现任团长一个远亲的女儿，许小珉在团里的老乡中就很有号召力；加上他老乡又多，所以，许小珉一声招呼，他的老乡们就很上心地分头去打听邢南方的情况。一打听，邢南方这三年来的履历确实反常。

　　邢南方有点儿小才，具体说来，就是有吹拉弹唱方面的本事。因为这点本事，他在团里另外的一个连队干了不到半年，就被师部俱乐部要了去，当俱乐部的文化干事。可也不知道怎么回事，在师俱乐部干了不到一年，就被退回到团里去了。按照哪里出来就回哪里去的原则，邢南方回到了原来那个连队。然而，在师部转了一圈之后，再回到连队，邢南方的心态不一样了，看谁都觉得平庸，不像他——有才。他是把才放到了第一位，偏偏大家又觉得他军、政素质一般。而在基层单位，大家是把军、政素质放在第一位的，有没有才，那才是次要。这一来，人人都觉得他不行。这样就拧巴了。邢南方看不惯连队里的人，而连队里的人呢，也看不惯他。团里体谅邢南方是被师部看中过的，多少还是觉得他有点培养价值，见邢南方在连队里待不好，就安排他去政治学院学了两年。两年后，也就是不久前，邢南方回到团里，政治处一个副主任找他谈话，谁也不知道是怎么回事，该副主任对邢南方有点反感，本来准备让他当某连副指导员以便明年升成指导员的，这一来，就把他弄到这里当副队长来了。这个任职表明了团里对邢南方的一个新的态度：原来还以为他是可造之才预想用成政治干部专门送他去上学，现在，团里放弃当初的设想了。也就是说，这个还处于副连级别的干部，被这个团废弃了。

　　许小珉是什么人？他心大着呢。当年，他入伍的时候，是想到西南片的部队去的，因为那阵子南线有战事，他想去前线建功立业，还不是父母横加阻拦，他才在父亲的操办下分到了这个离家乡很近的部队。许小珉的父亲参加过珍宝岛战役，对战争这种事有强烈的恐惧，他才一个儿子，可不想断后。再者说了，许小珉的父亲作为一个老军人，深知在老乡多的部队干工作，必定要顺畅一些。许小珉犟不过父母，才到了这个非一线部队当兵。

入伍后的许小珉当班长、提干、提前晋级，始终被团重用，他沿着这种被重用的轨迹一路通畅地走到现在。以后，他要每一次升职都提前一年到两年，直到成为团里、师里、军里同级别干部中最年轻的干部，许小珉现在心里暗自树立着这样的自我职业规划。他相信自己智商、情商上都高过同龄人一截，又懂人情世故，有足够的能力步步为营地按他心里的这个规划走下去，走好，走出风范，让人震撼。虽然他很清楚，团里有议论，说他之前的提前升职是因为团长是他爱人的远亲，但他认为这对他来说是种侮辱。八队的指导员邱谦还是军政治部主任的儿子呢，他提前晋升过吗？他在战士中有威信吗？别说威信了，战士们个个背后说他的小话，觉得这人头脑太简单。没有那根金刚钻，即便有人帮你揽了瓷器活，到头来你还不是把那瓷器割坏，赔得本儿都收不回来。表面上关系决定了一些事情，但归根结底，素质是根本性的决定力量，不是吗？他许小珉是凭自己的能力实现升职的，他坚信这一点。

最近这两年，许小珉要考虑的是，如何把三队这个后进连队带出"后进"这条沟。这要把三队带出沟，那他在指导员这个岗位上，就是成绩优异的。接下来提前调副营就有了希望。如此，他每一级都提前调的总体职业规划就有了一个好的贯彻。他一步都不能错的，否则贯彻职业规划就有了障碍。

当前要把后进的三队带出沟，许小珉所能想到的是，除了他自己要超能发挥之外，还需要跟同样优秀的人组成连领导班子。在这一点上，许小珉甭提多窝心了。队长赵志武在他看来就已经够不优秀了，主要是文化底子太薄，才初中毕业，又不觉得多挤时间多提升一下文化素养对军事干部同样也是必要的；不像他许小珉，虽然也才是高中学历，但爱看书。赵志武动不动就跟战士们吹胡子瞪眼，三队的战士们对他一肚子意见。现在，又来了一个在许小珉看来说话、做事不太过脑子，容易满嘴跑火车而且履历较差的邢南方，他不头疼才怪。

还有一个让许小珉窝火的地方，团里那天虽然说了要听他的意见，可说了这个话之后，没到约定的三天呢，就直接让邢南方过来报到了。既然这样，那天还问他干吗？这形式主义也形式得太过分点儿了吧？

邢南方来的这三天，更强化了许小珉对他的那种认知。不是吗？才来第二天就乱说什么洗发水变少了，弄得战士们个个都很生气。这些战士们在带新兵的时候，哪个不是个儿顶个儿的，在新兵们面前他们是偶像，自我意识很强的，小偷小摸这种事，被别人强行嫁接到他们身上，这简直就是个晴天霹雳啊，他们能不生气吗？

那话是能随便说的吗？一个连队干部，在战士们面前，想到什么就说什么，也不事先考虑一下说出这个话可能造成的不良影响，不预想一下后果，这叫什么素质？不但没素质，而且一点儿管理常识都不懂。管理中很重要的一条是什么？在不同级别的同志面前该说什么，什么该说，什么不该说，这都是有讲究的。管理这玩意儿，有人说是艺术，那不准确，那是门科学。动不动就信口胡咧咧的人简直太不严谨了，邢南方简直糟糕透顶。

现在，他竟然还负气出走了。负气出走，这种小儿科的行为，他都能拿得出手。一个连队干部，要管战士的。你先把自己搞得像个孩子一样，想生气就生气，说走就走，这叫什么？一点儿连队生活哲学都不懂，连新兵的智慧都不如。这叫许小珉怎么能瞧得起他？

许小珉不打算再思忖邢南方的事了，三队的件件事都需要他这个主官操心，他没有那么多闲工夫在邢南方身上浪费时间。他叹息了一下，合上工作笔记，忽然想起他今天午饭的时候吩咐过司务长明天去镇上买缸。缸少了两只，到时腌酸菜就不够量，所以要把缸补够数。买缸的同时，顺便也把最近该买的东西都买了。都这么晚了，司务长还没有过来跟他汇报明天购物的预算，这小子别把这事儿给忘了。一想到这件事，许小珉就出了宿舍，摸黑往炊事班走去。

路上，许小珉对邢南方更多了一个失望的依据。后勤方面的事，都该副队长管，这天经地义，邢南方来了三天了，后勤方面诸多事情还是他得考虑到。难道非得他跟邢南方细致地吩咐一道，邢南方才想到冲上去搞这些事？自己分内的事，就不能先于任何人一步想到？本职工作不上心，情绪倒不少，搞笑。

许小珉来到炊事班，果如他担心的那样，司务长确实把明天购物的事忘了。他照例是把司务长训了一顿，重新交代好了这件事，而后离开炊事班。快到连队门口，他看到车灯闪烁，一辆车从操场顶头向这边驶过来。许小珉就停在门口等那车。车子在他面前停下，从车上跳下团政治部组织股的王干事。许小珉把王干事迎进队部。

"怎么没见邢南方呢？"在队部，听许小珉简单汇报了三队最近的工作和人员思想状态后，王干事问。

"就是啊，邢副去哪儿了？吃完晚饭就没见过他了。"许小珉看上去是若无其事的样子，转头问旁边的吴良良，"你去找找邢副，说王干事来了，有指示，让他过来跟我一起听一下。"

能当连队通讯员的兵脑子通常都够用，吴良良马上表情自然地答道："是！我去喊邢副。"

王干事摆摆手，对许小珉说："不用了，我直接跟你这个指导员传达就是了，然后你再把团里的精神统一跟连队在位人员传达一下。"

见王干事这么说，吴良良就停了下来。

"那就不用去找了。"许小珉淡淡地对吴良良说。

说罢，许小珉看了王干事一眼，立即在心里庆幸刚才的反应是极其正确的。邢南方出去这段时间里，有可能在路上碰到前来三队做指示的王干事，碰到了之后，王干事会问邢南方这么晚了出去干什么，继而邢南方有可能跟王干事说一说他出走的原因。但王干事很正常的样子，表明他在路上碰到邢南方的可能性是不存在的，所以，他并不知道邢南方刚刚出走的事。既然王干事不知道这事，他许小珉把连队刚刚发生的不寻常的人员动态情况告知他，那是不明智的。告诉了王干事，就失去了内部消化的机会。

王干事这次来三队，显然是带着重要任务来的。这个任务，就是代表政治处当面向三队传达一个来自上级的文件精神：由于这一年国际上发生了苏联解体事件，不同社会体制国家之间的关系发生了一些微妙的变化，这是一个比较敏感的时期，希望各部队纯洁人员思想，加强人员管控。

传达完了上级文件精神，王干事又表达了一下对当前本团人员管理的想法：像本团这么个以新兵训练工作为中心工作的单位，眼下这个时期，因为刚刚结束了一届新兵训练工作，而下一届新兵还没入营，在职人员最容易放松思想。加上现在人员分为两头，一头去外地接兵了，其他人员在连队留守，这给人员管理增加了难度。希望留守的连队主官意识到这一点，比平时更加留意人员思想状况。

说完了这些，王干事随口问许小珉："邢南方怎么样啊？你们两个同岁，应该还比较容易合作吧？"

许小珉忽然产生了一种疑虑，毕竟，邢南方自行回来的可能性很小。而如果他的打算是出走后就去政治处，按他的偏见去反映许小珉和三队人员跟他不和，那许小珉就被动了。况且，王干事此行的目的，既为传达文件精神，同时也是对三队人员状态做一次调研，如果他许小珉不把三队已经出现的不正常人员动态反映一下，是不是无视上级重要指示呢？

想至此，许小珉火速在心里决定要把邢南方这三天来在三队的表现详细跟王干事报告一下。只是，许小珉此前没有准备，怕表述不够缜密，他需要先花几分钟打个腹稿。就此，许小珉心里打着腹稿，嘴上装作无意地打探他之前没有了解确切的邢南方的个别情况。

"王干事，不知道这样问你合不合适，也不知道你清不清楚这件事，"许小珉说，"我听说，邢南方本来是要去别的连队当代理指导员的，怎么最后变成到咱三队当副队长了呢？"

"邢南方这名同志，在本团营以下在职干部中，是属于很有才气的，团里不少领导都觉得他是个稀有品种，还比较珍视他。可这名同志缺点又非常明显，确切地说，就是想问题比较简单，思想容易激进。在本团各连队里，你算是特别成熟的一名主官，行事周到、细致、有分寸，政治处领导觉得，由你这样一名成熟的政工干部来带带邢南方，有利于加速邢南方的成长。"王干事忽然冲许小珉笑了，"许指导员，你和邢南方都是团里重点栽培的政工干部。希望你带好邢南方，让他早日走上指导员工作岗位。"

王干事这么说，许小珉是意外的。看来，他打听来的消息有很多错误。不过，许小珉还是担心王干事作为一个有经验的组织干事，出于保护每一名干部的本能，故意把邢南方的情况往好里说。这么想过之后，许小珉还是有点不死心，便问："我对邢南方还有一个疑问，不知道王干事方不方便透露？"

"你先把疑问说出来。我能回答你的，尽量回答。"

"邢南方在师俱乐部干得好好的，怎么回团里了呢？"

"这个事情我们问过邢南方本人。他自己说，是他主动要求回到团里的。因为他在俱乐部干过一阵儿后还是觉得，要想在部队有长远发展，还是要先在基层部队待够时间，积累足够的工作经验。邢南方这个人啊，跟你许小珉一样，心挺大的哦。"

"是吗？不瞒王干事您说，我听来的情况，怎么跟你说的不一样呢?"

"怎么不一样了?"

"我听说邢南方是被师里退回来的。"

"这个不可能。我们专门给师俱乐部打电话核实过,那边亲口向我们证实,邢南方确实是主动要回到团里的。不过这也难怪,本来已经去上级机关工作了,又原封不动地回来,任谁都会觉得是他工作没干好,被上级退回来的。不知道谁跟你那么说邢南方的,有的同志就是唯恐天下不乱。看来,上级这一次要求抓好人员思想状况的文件,发的是及时的。"

许小珉听到这里,已经打完的腹稿,从心口一直往下掉,直掉到他最隐秘的心眼儿里。情况和他打听到的出入太大,团里竟然还很重视邢南方呢,这真让他大跌眼镜。不过,既然团里是重视邢南方的,他许小珉可要慎重考虑要不要立即反映邢南方这三天来的情况。

这么一犹豫,许小珉错过了向王干事反映邢南方情况的机会。同样令许小珉大跌眼镜的是,门突然开了,邢南方走了进来。

他竟然真的回来了!

许小珉脑子里一个巨大的感叹号冒了出来。他难掩吃惊地望着邢南方,但他脸上的惊讶转瞬即逝,随后,是一种静观其变的冷静心态,他倒要看看,邢南方接下来如何对自己走了又回的行为自圆其说。

邢南方在门口站了一下,冲王干事敬了个礼,而后往里面走。许小珉的目光一直追随邢南方,与他的预想一致的是,邢南方故意不看许小珉。好在,面对王干事,邢南方还是有点分寸的。

"王干事好!"邢南方甚至是微笑着跟王干事打了个招呼。

许小珉暗自松了一口气。

3

邢南方走出三队大门的时候，除了感受到胸口有一团火焰在烧灼之外，再无其他明晰的感受。他就任由这火焰灼痛着他的心，疾步走着。出了大门，走向操场，他不用回头，都能猜到老兵们正挤在窗口看着他。这样一来，他脚下的操场在他的感觉里，瞬间变成了一个舞台，令他意识到从三队大门到那沙石公路之间那一两百米的距离中，他的步速、步态、行进中的动作，将直接决定他在这些老兵们心目中的未来形象。邢南方的心态变得刻意起来，越刻意他的腿部肌肉越发紧，越发紧他内心中的形势就变得更加严峻。

没有人喊他，请他不要走，他们都在看他的笑话。邢南方对自己说。他忽然有种悲壮的感觉。就在这从操场这一侧穿向另一侧的短短一两分钟的时间里，他在这种悲壮感觉的推动下，回顾了来三队这三天来许小珉对他的种种刁难、老兵们对他的苛责，而这种回顾加剧了他的悲壮感。就这样，邢南方悲壮地走过了操场，来到了沙石路上。

沙石路略微矮于操场，且它与操场之间零星栽有一些半人高的冬青树。一到沙石路上，邢南方就意识到自己摆脱了老兵们观摩的目光。一旦知道自己已经无须顾及自己走动的样子，邢南方就松懈了一下。这种松懈来得迅猛，且是全方位的。确切地说，他的脑子也松懈了。脑子一旦松懈下来，他立即感到理智迅速在他体内集结。这个时候，他才真正意识到，他刚刚把自己放逐到一个抬眼就见悬崖的境地，这才醒觉，冲动是一个多么容易掌控他的魔鬼。

现在怎么办？回过头来往三队走，还是继续往前走，沿着这蜿蜒的公路越走越远，一直走向更大的危机？他到底是怎么回事？原本在老兵们因为他不慎说出的一句话而对他反感之时，他应立即意识到自己的威信处于危机状态，抓紧时间进行危机公关，而不是凭着性情的支配负气走人啊。他太失误了，完全有违一个连队管理者的情智需要。

邢南方就这样边走边埋怨着自己，等走到前方村口处时，他的自我埋怨已经变成一种深刻的后悔和恐慌了。邢南方挟着满脑的后悔和恐慌沿着沙石路往前走，步子开始放慢。前面有一条斜向插入村中的小道，他没费神思考，便拐了个弯，向小道深处走去。小道两边自然是村民们的房屋了。夜色中，这些房屋在邢南方的感觉里，显现出一种拒人千里之外的冷意。个别的房屋敞着门，屋前，有村民在院场上支了个电灯泡，在整理从地里收回来的苞米、红薯、花生，各种各样的粮食。大多数的房屋门窗紧闭，只从窗口淌出几缕灯光。邢南方在一户关着门窗的房屋前站了一会儿，怔怔地望着窗口落下的光的余晖。就这么站了一会儿，他迈开步子向村子的更深处走去了。

最终，邢南方用一种自我安慰的方式缓解了心里的后悔与恐慌感。他想，就当是这三队前面的村子考察地形了。这种自我安慰产生了不错的效果，他真的耐住性子把村子里的一条主干道、几条辅道都从头到尾认真地走了一遍。等把这一遍走完之后，他的心情已经很平静了。这时候，他对自己贸然离开三队的行为，只感到好笑。

怎么办呢？邢南方全身心地开始想起对策来。短短三天不到，他在三队已经面临两个危机了，先头出现的那个危机，目前他已无暇顾及，只有先解决这后一个危机。不赶紧解决，这个危机会扩大，解决的难度会变大。

邢南方正发着愁呢，一个三十来岁、瘦高个儿的男村民盯着他身上的军装作训服和肩上的中尉军衔，忽然叫住了他："你是后面坡上部队的领导吗？"

"我是。"邢南方犹疑地停下步来。

"太好了！"瘦高个儿说，"我这两天正想到你们部队上问问，收不

145

收苞米。正好，我就问问你。我家地里的苞米想出售，我知道你们部队上常年都要进粮食，我这粮食，你们想要吗?"

邢南方激动起来。太好了! 这会儿有一个理由使他可以回去了，而且这理由是那么得体：他是副队长，村子里一个村民要向三队出售苞米，他要马上回去跟大家商量一下要不要收购。

"要! 当然要!"邢南方大声说，"不不不! 要不要现在还不能确定。这样吧，明天你来三队找我，我们具体谈这个事。"

"那行! 如果你们要得多，我也可以帮你们问问别家想不想卖。"

"行。"邢南方说着，就往回走。

现在，邢南方站在许小珉和王干事面前，他的心情竟然是笃定的。这多少让他觉得自己的情绪来得快去得也快。那天，临来三队报到前，政治处副主任说得对："邢南方啊，你这个同志的思想品德，在我们看来没问题。你有问题的，就是人比较……单纯。嗯! 单纯，只是个善良的说法，也是笼统的说法。到底是什么意思，你自己去悟吧。"邢南方现在脑中回荡着政治处副主任的那番话，意识到他是个不懂掩饰情绪的人，这就是"单纯"的题中应有之意吧? 这也正是他与许小珉在个性上的一个巨大区别。许小珉总能恰到好处地掩饰自己的情绪，让人捉摸不透。跟许小珉这样的人搭班子一起工作，他以后得多留意自己的外在情绪表现。

这么一想，邢南方心里就有了些许镇定，继而，他向许小珉直视过去。邢南方直视过来的目光，是浅显而直白的，这就是"单纯"的力量。许小珉猛地遭遇邢南方这样的目光，竟然有点招架不过。只见许小珉飞快地别过头去，将目光落向他对面的王干事。为了掩饰心里的真实情绪，他慢悠悠地掏出两根烟，又故作自然地把它们分别丢向邢南方和王干事，而后按下火机，给王干事点烟，点罢，把火机揣进兜里。

烟雾升到许小珉与王干事之间的空中，又打了个旋儿，向邢南方这边飘过来，最终在高处慢慢散尽了。邢南方捏着许小珉刚才丢过来的烟，对许小珉说："指导员，你和王干事继续聊着，我出去了。"

"我们已经谈完了。"王干事站起来，拿起文件袋，往外走，"倒是你们两个，以后在一起工作的时间还长，该好好交流交流。就不打扰你们了。"

话说完，王干事已经走到门外了，邢南方陪着许小珉将王干事送出大门，直到他上了车，而后许小珉在前，邢南方在后，两个人默默地走过走廊，向相邻着的队部和许小珉的宿舍走去。这段路，也就二十来步的距离，许小珉坚定地保持一种拒人千里之外的沉默姿态，而邢南方一时间也找不到合适的话来破解他的沉默。

"指导员，我刚才在下面的村子里碰到一个村民，他想把自家地里产的苞米卖给我们。我们要买吗？"许小珉的背影快要没入他宿舍时，邢南方抓紧时间问了一句。

许小珉明显愣了一下，接着，他转过身来，用一种研究的目光看了看邢南方。那眼神似乎在说，这就是你给自己找台阶下的方式？邢南方被许小珉看得很不自在。

"你想收购也可以。"许小珉说，"但我们三队的惯例，从不收购村民的粮食。"

这算是许小珉回应了邢南方是否收购那村民的粮食了。也许，这一回应，也兼具着嘲讽邢南方的功能。

4

深秋的孙家沟显得越来越空旷了，站在三队营房前方的操场上，向正前和西北两个方向看过去，大片的庄稼地里，几乎只有裸露的黑土。这些田地上，前几个月主要长着苞谷，在苞米掰掉后，苞谷杆曾经在地里立了一个来月，在此期间慢慢地干枯，等到它们枯得都立不住了，老百姓们就花了几天工夫把它们拔掉，收到自家的院场里去。现在，没有了苞谷杆的田地，只能是空旷的。

三队的人花了几天的时间在操场西北角的那一小片田地搭好了大棚，又在大棚里种了萝卜、芹菜、小白菜等各种蔬菜。接着就开始洁净门窗，洁净完之后，用蓝色的油漆细致地将门窗涂一遍，使他们看上去簇新而亮丽。门窗整饬一新后，大家开始逐一来到每一间宿舍修理高低床，把螺丝拧紧，把局部的锈迹用砂纸打磨掉；床板有开裂的话，就用钢丝把它固定起来，实在裂得厉害，就把这块床板撤掉，从街上买来木工器具和板材，自制一块床板换上去。修理床的同时，大家也把床垫拿出来，放到操场上晾晒。等十几间宿舍里的上百张高低床修完之后，床垫也晒得差不多了，再把它们搬回到宿舍，开始检查，有的床垫的布裂了口，就叫擅长针线活的姚家新和周玉铁缝补。他们补了三天，才把所有床垫上的裂口都补好。而在这三天里，其他的人兵分两路，一路在后勤处的统一安排下，与其他中队的留守人员跟着大卡车去几十公里处的一个蔬菜种得特别好的县里去收购萝卜和白菜；另一路人马，就开始把几头猪从猪圈里逮出来，齐心协力地把它们固定好，宰杀。等两天后，萝卜和白菜收够量了，猪也杀好了，变成了一块块的肉，放到了冰柜里，大家便在饭堂里支开大缸，切萝卜的切萝卜，洗白菜的洗白菜，开始腌制它们。这个工作费时最久，用了整整一周，等做完这个，已经是十一月了。

可以说，这段时间里，三队里大家都是一人分饰着多种角色：油漆工、木匠、屠夫、针线妇、运输工、腌菜师傅……要不怎么说，一个大男人，当几年兵之后，除了生孩子不会之外，什么都会了呢！不一专多能不行啊，到时候新兵来了，哪个地方做得不够好，让这些新兵一入营就有家的感觉的设想就会有缺憾。届时团里开大会总结这段时间各队的工作业绩，还不得当着全团几千新兵的面把大家批死。都是老兵，在新兵面前挨批，太有失尊严了。

邢南方这段时间心里甭提多窝火了。他算是看出来了，眼下这个时段，几乎全是后勤方面的工作。按照后勤由副队长主抓的原则，这些工作全部得由他管。这对邢南方和许小珉之间的关系意味着什么呢？只要许小珉愿意指责邢南方，时时刻刻都能找到机会。这些事全是你副队长负责的啊，如果出错，当然就可能责怪你。而凡事都不可能是完美的，更何况邢南方从来没管过后勤，甚至出身书香门第的他从小连韭菜和麦子的区别都厘不清，所以，他比常人更易出错。没错！许小珉要想责怪邢南方，机会可多了。

事实上，许小珉正是这样干的。每天，他基本上不到现场跟大家一起干活，他只负责偶尔跑过来检查一下。看到问题，他就说。说就说吧，但他不直说，从来都是拐弯抹角，而不论他怎么拐，人人都能听出来，他最终的瞄准点是对着邢南方的。比如有一次，他看到有一扇窗户的油漆刷得不匀，就斥责刷这扇窗的朱军。他是这么说的："但凡我不在旁边监督，你干活就降低标准。"意思很明白：朱军刷得不好是错，但最错的人并不是朱军，而是那个监督不好的人。该谁监督？当然是邢南方了。

邢南方每次在一旁听到许小珉含沙射影地数落他，心里的火就迅速攀升。他有他的道理：虽说后勤方面的工作该副队长管，但说到底，连队工作分工不分家，你指导员就可以撒手不管当前这些个事情了？当然不可以。所以，你许小珉每天只知道背着个手过来检查一下，实在是说不过去。

很奇怪，老兵们从来就不觉得许小珉几乎不到现场跟大家一起干活是不合适的。邢南方就只能佩服许小珉，他已经彻底把这些老兵降服了，人人都向着他。

也还是有一点，是让邢南方感到欣慰的。老兵们干起活来，个个是生力军，一个顶几个。所以，这段时间的工作虽然繁多，但也还有条不紊，而且效率颇高。这从另一方面说明，在干活自觉性如此之高的老兵们面前，邢南方也无所谓是不是这些活儿的组织者。他无非就是跟大家一起干罢了。

要想建立革命友谊，最好的方法就是同甘共苦。邢南方这段时间无疑是在跟老兵们一起同甘共苦了。这么一来，他跟大家的关系，确实融洽些了，不再像他刚来的那两三天里，老兵们都暗中厌嫌着他了。大家也从来没有说起过洗发水的事。这种事解释起来，也许越描越黑。邢南方也不愿解释他当初那个话是无意间伤了大家，而大家也不愿解释他们当初对邢南方那个话的反应为何那么激烈。不是每件事都必须解释来解释去的。

有一点邢南方不知道：许小珉其实是故意的。

对！许小珉故意几乎不与大家一起干活。

往常，不论队长赵志武在与不在的时候，许小珉是一个最以身作则的人，战士们无论去干什么，他必到场，全时段地跟大家一起干。这一段时间，至少许小珉故意要让邢南方受累。他要考验一下邢南方，因为邢南方刚来时候的表现，太让他失望。

能不失望吗？那一次，邢南方最后竟然是用那么一个不堪一击的借口来自圆其说。有村民想出售他家的苞米，所以他回来了？听听！这是多么经不起推敲的借口。村民想出售苞米，正好让你给碰上了？有那么巧的事？最关键的是，三队从来就不收购村民的粮食，怎么会有村民会在路上碰到你邢南方就提出要向三队出售苞米？

许小珉透过这个在他看来质量低下的借口，洞见了邢南方的浅薄和智力上的平庸。这样的洞见，佐证了他一开始对邢南方的判断是正确的。他没有低估邢南方，根本没有。他也没有抵触错他，绝对没有。邢南方太低能，极其缺乏干好连队管理工作的潜力。这样的人在三队，不但会拉许小珉总体职业规划的后腿，而且对三队是一种危险。

不过，道理虽然是这样，但许小珉心里也明白，邢南方人已经来了，赶是不能赶的，也赶不走。任职命令不是儿戏，开过会研究、填过表格，而且要进档案的，哪能说不任就不任。许小珉只能接受这个事实，正视这个事实，然后想想跟这样一个低智的人到底该怎么合作。他想了又想，最终想到了这么一招：让邢南方承受巨大的工作压力，看看在这种情况下，能不能对他有所改造。智商是提升不了了，但也许这种承受重压的生活，能提高他的情商呢；如果真能使邢南方的情商有所提高，那对许小珉来说，多少是个安慰。

这就是许小珉很少亲临工作现场且动不动就当众含沙射影指责邢南方的心理逻辑。

那么，许小珉在暗中刻意向邢南方施压过一段时间后，感受到什么成效了吗？在许小珉本人看来，答案基本上是否定的。

许小珉看到的是邢南方的不争气。不是吗？他竟然认为，许小珉只是为了要刁难他。邢南方甚至有一次对前来探望他的军校同学说，这里是东北人的天下，他一个南方人在这里，只能受欺负。搞笑！那是在欺负他？师里现任训练部部长不也是南方人吗？他下部队的时候，哪个人不是被他非凡的气宇、风趣的谈吐折服？低智的人总能想到低智的说辞来解释他面临的生活困局。

许小珉越来越懒得跟邢南方说话了。不到万不得已，他连正眼看一下邢南方都不会。他只愿意把目光投向那些他所认为的高手。邢南方这种人，不配拥有他的正视。

秋天马上要过去了，气温骤然降了许多。有时候，许小珉走到操场上，眺望操场正前方和西北方向那空旷的农田，心里有种落寞的感觉。这是一种自命为英雄却长久没有遇到对手的落寞感。

邢南方更落寞。除了落寞，他还孤独，那种灼人的孤独感，总是降临到他的身体里。他比许小珉更喜欢站到操场上向远处空旷的田地眺望。在他眼里，那就只是一望无垠的荒凉而已。这荒凉，让他的心常常不自觉地凉透。

偶尔有些傍晚，那么一时半会儿的休息时间里，邢南方会一个人去操场下面那些田地间的土路上独自散步。三队的人有时走出房子，就会看到远处空旷的田地里一个瘦削的身影。那身影当然是邢南方无疑了。如果是许小珉看到了，并且当时身边还有别的战士，许小珉就会摇摇头，用讥讽的口吻对那战士说："副队长喜欢展示他的孤独。"

也有的傍晚，邢南方会去村子里面走一走。也是一个人。而其中的一次，他无意间透过一户人家的院门看到里面有两只缸似曾相识。有这种感觉，那是因为炊事班里没被偷掉的那十来口缸都是这样的外形和大小。

邢南方感觉到一股浊气在他心底慢慢向上升腾，到达胸口之后，怎么就下不去了。邢南方就这样站在这户人家的院门口，看着傍晚微暗的光影下这两只缸一动不动地立在那里，渐渐胸口的浊气就变成一股愤怒了。很显然，他把这段时间以来三队给他带来的憋屈、烦躁、抑郁全部异变为对这户人家的愤怒。

邢南方有一个冲动，要走进去，揪住这户人家的人，质问他们，为什么要偷三队的缸。并且他还有一个担忧，如果今晚不进去质问，万一明天这缸不在这儿了呢？到时候，他如果在三队跟大家说，他发现有人偷了缸，是不会有人相信的，甚至会说他乱胡扯，这种情况不是没有发生过，洗发水的事就是例子。

不过，邢南方到底还是没有马上冲进去，他留了个心眼，虽然这缸跟三队丢失的缸长得一样，万一只是因为它们购自同一个商家呢？这么想过后，邢南方快步离开了。他一步不停地来到炊事班，叫出司务长。

重新来到这户人家的院门口，邢南方轻声吩咐司务长："你去看看，这到底是不是我们的缸。"

司务长悄悄走进去，俯下身子，就着月光围着缸转了一圈，心里有明确的定论了。他带着这个定论蹑手蹑脚走出来，将邢南方拉到院门边，小声而愤懑地跟邢南方耳语："我们队的缸下沿都有记号，就是用油漆画了个小的十字。这两只缸身上都有。"

司务长的话刚说完，邢南方愤然推开他，走进了院门，直向这人家的房子门口走去。来到门口，他毫不犹豫地伸出手，叩响了房门。

"谁呀？"从门里发出一个男人嘶哑的嗓音。

"我！"邢南方的声音里满是怒气，大声说。

5

许小珉沉默地坐在宿舍里。他的对面，坐着埋头抽烟的孙家沟的村长。两侧，分别站着邢南方和司务长。许小珉蓦地开腔了："你们俩也坐下吧！站着干吗？显你们个儿高？也没觉得你俩有那么高啊。"

邢南方和司务长拉过凳子坐了下来。邢南方要说话，被许小珉用手势制止了。

"村长，我琢磨着，这事就跟您说的那样，是个误会。"瞥见邢南方又要说话，许小珉再次用手势制止了他，又把目光掉转向村长，"要不这么着吧，我亲自去那家，当着人家的面，给他们道个歉，请他们原谅我们误会了他们。"

"这个倒不必。"村长笑了，"我只是代那户村民过来跟你们部队上解释一下，希望你们相信，这缸是无缘无故出现在他家院子门口的。他们也没咋多想，又觉得只是两只缸，也不太值钱，就搬进去用了。既然邢副队长和周司务长看出这缸是你们的，他们也愿意物归原主。只是希望你们不要怀疑是他们偷的。我在孙家沟干村长，有九个年头了，我对这户人家的脾气很了解。我以人格担保，这家都是老实人，不会做摸鸡摸狗的事。"

"那还麻烦村长也回去帮我们解释一下，就说，我们部队上的人性子直，看到缸上面有咱部队的记号，就往那方面想了。我们不是有意的。请他们原谅。"

"这个你放心。包我身上了。"村长站了起来，跟许小珉握了握手，往外走，忽又回过身来，"对了！许指导员，有个事，我这两天正想找您。"

"您请说。"

村长欲言又止，好像接下来要说的话，是多么难以启齿似的。

许小珉笑了，"村长，您有啥话，就尽管说。"

"都是要麻烦你们部队上的事，不太好意思说。"村长说，"这些年，多亏你们三队长年隔三岔五派人到村子里巡逻。孙家沟的治安一直特别好。咱孙家沟，离城镇远，多亏了你们长年守护。真是谢谢你们了。哎呀！军拥民，民拥军，军民鱼水情啊，在咱们孙家沟和你们三队之间，体现得太明显了。"

许小珉明白村长的意思了，他是想让三队哪天派人去村里巡逻一下，最好多巡逻几次。部队军容严整、队列整齐地在村路上那么一走，威慑力是不言自明的，对治安特别有好处。村长是一个狡黠的人，这也是他能数届连任孙家沟村长的原因。狡黠的人说话一般要说半句留半句。许小珉深知，要跟孙家沟搞好关系，首先要跟村长搞好关系。要跟村长搞好关系，关键时候要及时配合他的狡黠。许小珉忙说："哎哟，真不好意思，村长，我们最近事儿多，都快有一个月没派人到村子巡逻了吧，抱歉抱歉！我明天就派人。最近几天多派几次。"

"那就谢谢了！"村长满意地推开门，出去了。

许小珉站到门口，看着村长走至走廊尽头，这才回身进屋。他把门关严实，而后一脸肃穆地走了进来，在先前他坐的凳子上坐下，又掏出烟点着了，不动声色地抽了起来。忽地，他眯缝起眼睛来，定定地打量邢南方。邢南方被他的目光弄得浑身起鸡皮疙瘩，他有一种暴风雨即将在这个屋里降临的预感。

"混账！"许小珉毫无过渡地猛地站了起来，声音之大，前所未有。

邢南方不由自主地随了许小珉的这一声断喝站立起来。

"我能说你们的行为很愚蠢吗？"许小珉也站立起来，飞快地扫视了邢南方和司务长一眼，但只这么扫视了一下，立即将目光定格在邢南方脸上。他这么一盯着看，立即让邢南方觉得，"你们"只是一个代指，他真正要说的人，只是他邢南方。果不其然，许小珉就那么盯着邢南方，大声说了起来："你们以为你们是福尔摩斯？因为你们侦破出了缸的去向，很得意是不是？"

"指导员，那缸确实是我们的。"司务长小声地辩解了一句。

许小珉还是盯着邢南方，大声说："那缸当然是我们的。这还用你说吗？不但这样，我还跟你们一样清楚，那家人说的理由非常弱智。不！我比你们更清楚，那家人在用一个极其弱智的理由来挑战我们的智商。缸又没有长脚，咋可能自己跑到他们家院门口去？不可能，当然不可能。所以，当然是他们偷的。"

"既然你跟我们一样深信，缸就是他们偷的，那为什么你还要在村长面前假装认同了那家人的说辞，还替我们向村长道歉呢？我觉得你的道歉，等于是打了我一个耳光。我到现在，都觉得脸上火辣辣的，难受，心里更别提多难受了。"邢南方冷冷地说。

"邢南方，我能给你一句忠告吗？"

"但说无妨。"

"为什么你总是只会片面地去看待一个问题呢？"许小珉不再看邢南方了，他站到了窗口，目光落向操场，再由操场向前延伸，直到它停落

155

在远处那旷远的深秋大地上。这一来，他浑身充满了一种高瞻远瞩的气势。"邢南方啊邢南方，你知道我为啥对你有意见吗？"他转过身来，语气缓和了一些，并且，给邢南方发了一根烟，"因为你的思维太简单了。就拿昨晚发生的你带领司务长跑进村民家里责问人家为什么偷缸这件事来说吧，你冲进去的时候，咋就不想想后果呢？"

"后果？"邢南方忽然有些好奇许小珉到底能说出什么样的道理来。

"对！后果。"许小珉说，"缸一定是那家人偷的。但是，如果像你这样去跑到人家的家里指出他们偷窃的事实，只能使事情变得复杂。为啥这么说？因为，缸的事小，弄清楚是不是那家人偷的，并不重要。最重要的，是军民关系。你那么一弄，就可能把咱们三队和孙家沟老百姓的关系引入一个尴尬的境地。这种尴尬如果不及时制止，会随着时间的推移扩大，变成军民矛盾。咱们三队，从建队至今，跟驻地的这个村子一直保持着良好的关系，就像村长说的，鱼水情谊。咱得清楚，维持这种良好关系非常重要，其他的，都不重要。凡事先过过脑子，往深远的地方想一想。"

邢南方再也不想听许小珉说教了。他甚至认为，许小珉是借机在村民们面前树立他的威信，他总是不忘记寻找任何时机、在任何人面前替自己树立威信，连在跟三队八竿子打不着的孙家沟村民面前，他都要树立威信。为什么指出一个村民明显的偷窃事实就是破坏军民关系了？这简直就是乱扣大帽子。

"你也出去吧！"许小珉失望地望着因邢南方过于用力而颤动的门，对司务长说了这么一句。

司务长快速地出门了。

许小珉端起杯子，喝了一口水。水从他的喉咙里浸漫下去，这竟然带给他一种特别不舒服的感觉。他预想中邢南方会给三队带来危险的情形，终于开头了。而且这个头儿，开在对三队来说最难处理的军民关系上。

孙家沟可不是一般的村,伪满洲国的时候,这里出过不少土匪,民风不可谓不彪悍。另一方面,当年,孙家沟的村民中也出过几位义士,义士们把抗联战士藏在自家地窖里,帮他们躲过敌人的搜剿。什么意思呢?也就是说,彪悍对这村子来说,本身不代表什么。因为它是有双面性的,是一粒长有两条腿的种子,是一个可以自由发展的基因,能去往坏的地方,也能去往好的地方,就看把它往哪里引导。小心经营好军民关系,就是一种好的引导。邢南方不知道这种小心经营多么重要,所以,他未加深思地就进人家的家门里了。这就是邢南方的问题所在。

而且许小珉现在认为,邢南方是无可救药的。看看他摔门而出的愤怒劲儿,说明了什么?说明他不但看不到自己欠缺一个连队干部必须拥有宏观思维的必要性,而且还固执地相信自己没有错。这就是自以为是、故步自封、低智、低能、无知、肤浅。许小珉想起三年前邢南方被刘处长批评后那种情绪化的劲儿,三年过去了,尽管其中有两年邢南方去政治学院接受了专门的管理干部培训,可那种任性劲儿还是没有变。这说明什么?有些东西是培训不出来的,骨子里的东西改不了。许小珉想,这种人带不出来,政治处高估了他许小珉,他也不愿费那个劲儿去做这种无意义的传帮带。

6

即便许小珉凡事总能想得周全,想在前面,但他依然没有想到,村长那天的欲言又止原来是有更重大的原因的。确实是啊,仔细想想,这些年来,村子是从来没有主动向三队提出要帮着去加强巡逻的,因为毕竟三队并没有义务去给村里巡逻。往常,都是三队自觉。这一次,村长那么郑重其事地来提出这个事,原来是村里最近这几天出了点事。什么

157

事呢？村里出流氓了。据几个入夜被骚扰过的姑娘说，这流氓趁黑从人家的墙背后蹿出来，对她们动手动脚，多亏她们逃得快，流氓才没有占着太大的便宜。

三队的人第一次正式去村里巡逻时，村长到底还是把村里出流氓的事跟大家说了，并且很不安地向大家直言，这次大家的巡逻，和往日的巡逻意义有质的区别。往日，也仅仅是个威慑，这次，是真的担负了截获流氓的任务。他又解释，本来应该去报案的，让公安部门来管这个事，但毕竟流氓通常情况下就是本村的村民，真抓到了，对他这个村长也不好，说明他管理村子无方啊。这位村长可在乎自己的乌纱帽了，要是不太在乎了，不把狡黠经常用在点子上，他怎么能连任到现在呢？况且，村长更相信三队，因为驻扎在孙家沟的三队比镇上派出的治安巡逻队更了解孙家沟的地形、人员状况，就执行这个抓捕任务来讲，三队更有执行能力。

大家当即叫村长放心，邱吉儿和冯家民甚至调皮地说，别说一个流氓，就是出一支流氓队，逮住也不在话下。

然而，让三队的人大惑不解的是，等大家第二天去巡逻的时候，他们依稀感觉出了村长态度有变。年龄最长的姚家新，甚至敏感地觉察到，村长表现出要三队的人停止巡逻的意思，只是他不愿意明说。这就怪了。

同样的怪事，在村民身上表现得更明显。三队的人在这第二次以及随后的第三、四次巡逻中，明显感觉到，过路的村民看他们的眼神不太对劲儿。有的村民甚至见他们远远走来，忙着向一旁避让，也有年纪轻一点的男村民，在与三队的人擦肩而过时，故意盯着他们看，眼神里充满了挑衅。

这样的怪事，从前，在三队和村民们之间是没发生过的。多少年来，村民在路上碰到穿军装的人，几乎都会笑着点个头，有年长的村民，还会用友好的话打个招呼。三队的人也经常去村里帮着一些孤寡老人、困难户做一些力所能及的事。现在突然变成了这样，村民们把三队的人当成阶级敌人似的，这到底是怎么回事？

三队参与巡逻的人是大多数，分两拨人，轮流巡逻，一拨由姚家新带队，一拨由周玉铁带队。五天中，巡逻了四次。其间，邢南方参与了一次。许小珉没有亲自参与巡逻。

第四次巡逻结束后，姚家新把最近三次巡逻过程中感受到的怪事向许小珉做了一个详细的汇报。许小珉听罢，心里大体有了一个判断，但他不愿轻易说出他的结论。第五次巡逻的时候，他亲自带队，感受到的果然和姚家新汇报的几乎没有出入。

孙家沟的村民，一定把怀疑的矛头对准了三队的人，而且这种怀疑在蔓延。许小珉仿佛看到一个画面：村民们时不常地聚在一起，先是展开讨论，最终不知他们怎么讨论出这流氓就是部队上的人的。总之，他们对此几乎是确信无疑了。接着下来，他们愤怒地开始在传播这样的结论，直到村中人人都坚信了它。

许小珉不寒而栗。

不消说，三队其他人心里也与许小珉有同样的揣度，只是大家都不愿说破，因为这个太有辱他们的尊严了。

这绝对是一种陷害。许小珉确信，三队没有这样的人。即便他不喜欢的邢南方，也不可能这样。即便他知道，邢南方来三队一个月来，有多个晚上去村子里散过步，他也依然相信邢南方。即便他有时候还是会不甘心地试图从邢南方身上找到他不适合在三队任职的确凿证据，以便向团里打报告，看看能不能退走邢南方，但他也不可能利用眼下这个自己根本不相信的邢南方并不存在的罪据，来驱逐他。因为邢南方虽然冲动，想问题浅，但他的一身正气，是一目了然的。

那么，到底为什么出现了三队的人被大家推论为流氓的局面呢？是因为邢南方上次贸然敲开那户村民家的门指出其偷窃部队物品，从而导致他们怀恨在心，在村里出现流氓的时候，抓住机遇开始散布三队的谣言，以一解心头的怨恨吗？有这个可能。

果真是那样，邢南方真是把三队的清誉带到沟里去了。就如许小珉担心的那样，这个不太具备连队管理者素养的人，才来不久，就给三队带来了一个危机。

许小珉再看邢南方时，目光中有了明确的反感。不过，眼下他也没有太多时间来厌嫌邢南方了。当务之急，是三队面对的这个棘手的问题他该怎么处理；处理得不好，三队的清誉就此毁于一旦。声誉这种东西，一旦毁了，要想再让他死而复生，那太难。而如果处理得好，就万事大吉。那该怎么去处理呢？这简直是挑战许小珉智慧的关键时刻了。从军这么多年，许小珉感觉上从来没有遇到过这么难以处理的事。

想了两天，许小珉想到了一个办法。这也是唯一可行的办法，那就是抓住那个流氓。只要抓住此人，让村民们知道，这一切都是他作为，不利于三队的谣言就不攻自破。

怎么抓住，这是技术问题。像之前那样，大家都军容严整、大摇大摆地从村路上走过去，即便流氓不小心走到眼前，他们也抓不住。

脱下军装，穿上便衣，而且行动要极尽隐蔽。

伪装和隐蔽，这是军人的长项。许小珉觉得，接下来就是时间的问题了。只要他们愿意花足够多的时间，不相信抓不住这个在暗中制造混乱的人。时间也不是问题，队里的事情，可以加班加点干。白天干不完，就晚上干，一晚上干不完，就天天晚上干。

许小珉还有一种紧迫感。新兵入营的时间越来越近了，必须在此之前处理完这个问题。如果在新兵入营后，这个问题还没解决，到时候，新兵们知道了，怎么能有集体荣誉感？军旅生涯的第一步就是新兵连的时光，这一段时间里留下心理阴影，整个军旅生涯都难免灰扑扑的。

就这样，在第六次去孙家沟巡逻前，许小珉让吴良良打开贮藏室，随后大家去自己的包里取出便衣，换穿到身上。为了防止穿便衣也会被有心的村民认出来，许小珉当天上午提前让司务长和炊事班长去镇上买了十几顶帽檐很深的绒线帽，遮耳遮眉地戴到头上。随后，他亲自带队出发了。到了村口，为避免人多引起注意，火速分兵几路，三三两两地钻入村中各个小道。

　　当然不能让村长知道他眼下的行动。为了避免村长疑惑他们为什么突然不巡逻了，许小珉当天下午提前叫吴良良专门去村长家里，向村长道了个歉，说最近事多，暂时只能停止巡逻了。

　　情况不容乐观。连着两个晚上，三队的人分头在村里长时间巡逻，都没有收获。不过，收获是没有，但还是有件事引起了许小珉的注意。那第二个晚上，许小珉携司务长和吴良良经过一条村路某个拐角，看到有几个人聚在一起聊天。许小珉耳朵尖，一下子就听到他们在议论最近村里出流氓的事，便拉司务长、吴良良闪到一旁的墙角偷听。这一听，许小珉听出点儿疑问来了。他的疑问出自一个瘦高个儿的、三十多岁的男人身上。三队的人大多见过此人，他叫孙季蛟，前几天到海南打过工，后来落魄地回到了村里务农，此外，他是个单身汉。孙季蛟爱闲逛，三队的人隔三岔五会看到他从操场前下方的公路上走过，总是吊儿郎当的样子。

　　直接勾起许小珉心里的疑问的，是中间孙季蛟的一句话，他说："我看到过多次，后面山坡上那个部队的一个当官的，晚上到村里来，鬼鬼祟祟。我打听过了，这个当官的，是部队的副队长。我怀疑，到咱村里来使坏的，就是这个副队长。"

　　邢南方怎么可能干那种事？他就是天天晚上到村子里散步，整晚上到村子里散步，也不可能那样干。许小珉依然对此确信无疑。而这个孙季蛟，他偶然遇到邢南方来村里散步，这可以理解，但他专门去打听邢南方的身份，这就不可理喻了。

"这人有问题。"许小珉对司务长和吴良良说。

许小珉的语气很坚决，仿佛内心里对自己的话特别有把握似的。事实上，并非如此，许小珉只是凭着对这男人的一点点疑惑，加上他天生敏锐的直觉，怀疑这个男人有问题。只是怀疑而已。而且，孙季蛟的问题到底在哪儿，许小珉向司务长和吴良良说出那个话时，心里面其实并无明确思考方向。

"我问你，他是不是偷我们缸的那家人？"许小珉小声问司务长。

"不是。"司务长说。

"那更有问题了。"许小珉望着远处依然在跟人说话的那个男人，一字一顿地说。

司务长和吴良良借着星光打量许小珉，不太理解他何故如此笃定。

"咱不要那么毫无目的地在村子里巡逻了。"许小珉说，"从现在开始，咱固定目标侦察，目标当然就是前面这个人。咱安排一组人守在他家附近，另外再安排两组人，在他住处不远处的路口，盯着他的行动。他一出去，咱的人就跟着。"

竟然让许小珉押对注了。在固定盯梢那男人的第四个晚上，三队的人果然当场把孙季蛟抓了个现行：他突然从路边墙的阴影里蹿出来，抱住路过的一个姑娘。埋伏在旁边的姚家新和周玉铁一个箭步冲上前去，一左一右地架住了他。

7

把孙季蛟送交到村部后，许小珉就领着大家回到了三队。路上，老兵们都夸赞许小珉英明，说："如果不是指导员你料事如神地让我们调整捕捉方针，把目光固定在孙季蛟身上，我们哪可能抓得住他。从在村部村长对这人短短的审讯过程来看，他狡猾着呢。"

许小珉一路抽着烟，并不搭老兵们的茬。星光隐约照出他脸上的深沉，看得出来，他在思索着什么。

这个晚上，邢南方走在许小珉身后，几次想走过去，像老兵们一样，半开玩笑地夸赞许小珉两句，但终究觉得这或许会让许小珉感觉突兀，便打消了那样的念头。

邢南方倒不是真的觉得许小珉多么值得夸赞，他只是心里对他有点感激，想用这种方式来表达一下那种感激而已。

为什么邢南方突然对许小珉感激起来了呢？很简单，邢南方没有可能不知道孙季蛟在村民们面前散布他的谣言，而许小珉毫不犹豫地坚信邢南方不可能做出那种事，这个，邢南方也是知道的。邢南方万万没有想到，在这样一种大是大非的问题上，许小珉是那样无条件地相信他。这说明了什么？许小珉虽然从一开始就看不惯他，但不论许小珉怎么看不惯他，都从未怀疑过他的人品。

回到三队，邢南方回了队部，而许小珉则回到了他的宿舍。邢南方和衣躺下，听到隔壁传来老兵们在许小珉的宿舍里说笑，过了一会儿，许小珉说了声"都回去休息吧"，老兵们遂走了。听到隔壁没了动静，邢南方腾地起了床，出去敲响了许小珉宿舍的门。

"指导员，耽误你一点儿休息时间，我想跟你聊会儿天。"邢南方站在门口，用征询的目光看着许小珉。

"进来吧！"许小珉把门打开，先自走了进去。

邢南方进去，掩上门，往里走。许小珉在他的床沿上坐下，又指了指对面的椅子，示意邢南方也坐。邢南方便坐了。但冷不丁如此正式地与许小珉相向而坐，抱定了要正式而友好地谈一次的心态，邢南方多少还是有点不适应。他清了清嗓子，说起来了："指导员，我很感激你在这一次的事件中，对我的人品抱以绝对信任。真的，我特别感激这一点。"

163

许小珉嘴角微微一动，走开去，拿了自己的茶缸和一个备用茶缸，倒了两杯水，分别放到自己和邢南方面前，又平静地看了邢南方一眼，而后重又坐回到自己的床沿。

　　"指导员，我来三队任职一个多月了。"邢南方说，"这一个多月来，你我都知道，我们之间总是磕磕绊绊的。我对这种状况很苦恼，想改变这种局面。今天我过来，主要想向你表达一下我的诚意。我有诚意来努力让这种局面得到一点改善，也希望你跟我一样，也愿意看到这种改善。"

　　有那么一个瞬间，许小珉心潮微微摇曳，那是他被邢南方的话有所感动到的生理反应。邢南方是个多么自我的人啊，三年前，就因为训练处刘处长当众训了他两句，他就不管不顾地闹起了情绪；而现在，他能过来如此诚恳地向自己求和，这是很难得的。许小珉不是铁人，也有感情，无法一点儿感动都不产生，但是许小珉克制住了那种被感动到的情绪，竭力让自己内心平静到没有一丝波澜。对一个有着远大理想的军人来说，相比于理智，感动是轻率的。许小珉需要继续保持理智。那个理智就是，邢南方不适合干三队的队干。那么，还是不要跟邢南方去交心了吧，许小珉想。

　　这么想过后，许小珉将头别开去，点了点头："邢副，不早了，最近这几天为了抓孙季蛟，大家都累坏了，你也不例外，今天太晚了，你先回去休息吧。"

　　邢南方有点失落，他没有往外走。想了想，他忽又说："指导员，你说得对，最近这几天，大家都给那事搞得精神高度紧张，现在没事儿了，我建议明天找个方法让大家放松放松。"

　　"放松？"

　　"对啊！再说了，新兵再过半个来月就入营了，到时候，想放松也没机会了。要不这样，我去跟师俱乐部借套音响过来，让我们三队的人唱唱歌，搞个小联欢？"

许小珉丝毫没有流露出邢南方预想中的那种赞同感，这说明邢南方这个多少带点拍马屁嫌疑的建议，撞到了马腿上了。可不是吗？许小珉非但没有感受到邢南方在用这种方式取悦他，而且立即在心里对邢南方产生了一种反感。许小珉虽然是指导员，但对唱唱跳跳这种事，最厌烦了。军队是干什么的？打仗。唱唱跳跳这玩意儿，要真能提高战斗力，那可就邪了门了。最关键的问题是，许小珉觉得邢南方认为此时应该让大家放松一下，这种念头特别可笑。他竟然真的觉得这事儿完了？可笑，非常可笑；还是他以为自己小有唱唱跳跳的才能，想借此表现一下？那更可笑。

"邢南方，作为一个军人，任何时候，都不应该放松。"许小珉说。说完这个，他意识到这话说得有点太大了，便立即把他想说的意思，往具体里说了一下，"我的意思是，我们现在不应该放松。知道为什么吗？"

"为什么？"邢南方不解地望着许小珉。

"跟你直说了吧，我认为，这事根本就没完。"

"没完？你是说孙季蛟的事？"

许小珉有些失望地看了邢南方一眼，再次想到，邢南方是个看问题蜻蜓点水、思维简单的人。他竟然真的以为孙季蛟的事就这么完了。许小珉说："邢南方，我也先向你道个歉。起先，当村民们谣传咱三队的人是那个在路上对姑娘使坏的人的时候，我的确想过，这有可能是因为你那次的不当行为导致了那户村民对我们三队的人怀恨在心，于是这家人在出现这个事的时候，抓住机会造我们的谣，对我们实施报复。我这么想，是我的狭隘，是不对的。"

邢南方倒是很讶异许小珉曾经这么想过。如果不是许小珉主动说出来，他是想象不出来许小珉这么想过的。

许小珉无视邢南方的讶异，继续说他的话："而且，现在事实证明，

165

那家人没有撒谎。缸，确实是莫名其妙跑到他家门口的。那么，谁让这缸长了脚呢？当然是这个孙季蛟。他为什么要这么干？因为他就是想让咱们三队的人认为，这家村民偷了我们的缸。你明白我的意思了吗？"

邢南方疑惑了："可是，这个孙季蛟为什么要这么干呢？"

许小珉说："他想让我们三队的人反感孙家沟的村民。"

邢南方说："不会吧？他为什么要让我们反感孙家沟的人啊？"

许小珉皱了皱眉头："你这个问题问得奇怪。那我问你，他为什么要用这种自己先耍流氓，然后造谣说耍流氓的人是我们三队的人甚至是你——三队的一名队干——他为什么要玩这个阴谋？他玩这个阴谋行动的目的是什么？"

邢南方说："他想让孙家沟的人反感我们三队的人。"

许小珉说："对啊！他既然会费尽周折要设计让孙家沟的人反感咱三队的人，又为什么不会再设一个计，让咱三队的人反感孙家沟的村民？这不就是一个计谋的并列两个支计谋吗？"

"可是，孙季蛟为什么既要设计让我们反感孙家沟的人，又要设计让孙家沟的人反感我们？"

"这两个'为什么'，如果用同一个目的来对应，就变成一个'为什么'了。"

"怎么讲呢？"

"这两个'为什么'，都可以归结到同一个目的，即，他想破坏我们和孙家沟村民的关系。光让咱们反感孙家沟的村民，这破坏程度只达到百分之五十，同时让孙家沟的村民反感咱们，这破坏力，就是百分之百了。"

"我更加不明白了。"邢南方说，"他图什么？"

"他当然会有所图。"许小珉说，"至于到底图什么，现在还不敢判定。我们完全可以展开想象，去想孙季蛟破坏咱们与孙家沟村民的关系，可以得到什么好处。对一个游手好闲的二流子来说，什么对他诱惑力最大呢？钱！他图钱。也就是说，他如果有效破坏了咱们三队与孙家沟村民的关系之后，能得到钱。对！就是钱。这个孙季蛟，显然心里是有发财梦的，否则他前几年干吗随着全国那股淘金潮去海南打工去了？村子里，也就他一个人去海南那么远的地方打工吧？"

停了一会儿，许小珉接着说："那现在的问题只剩下了一个：谁会给他钱呢？也就是说，谁来收买他干这件事的呢？而这个收买他的人，需要破坏军民关系，其目的又是什么？这就是咱们最后要搞清的问题。"

其实，许小珉在说上面这番话之前，并未产生这段话表述到的中心思路，但说完这段话之后，他脑中明晰并确信了这个思路。正如他所说，接下来，他要弄清楚的是，收买孙季蛟的人为什么要破坏军民关系，其目的到底是什么。

许小珉开始陷入思索，逐渐无视了旁边的邢南方。而在许小珉思索的期间，邢南方渐渐跳出了刚才被许小珉带入的思索路线。等他跳脱出来之后，他在心里哑然失笑。许小珉这么去思考问题，是不是太偏执、太主观了？

仿佛看出了邢南方对他的质疑，许小珉有点生气地盯住邢南方的眼。"你觉得我没必要这么想问题？不该这么想问题？这么想问题是把简单的事情复杂化？"许小珉蓦地发出一声冷笑，"邢南方，你知道我和你的一个最本质区别在哪里吗？在我的意识里，虽然咱们身处和平年代，但危险无处不在、无所不在，只是在形态上，它变得没那么常规而已。我随时提高警惕，所以，我会从最严峻的角度去想问题。而你呢？你相信和平是当今世界的大势所趋，和平主导一切，所以，在你的潜意识里，真正的危险是不可能存在的，就更不用说，那危险就在我们身边了。"

邢南方有点不知道怎么接许小珉的话了。他有点发呆地看着许小珉。

许小珉不看邢南方，再次陷入了自己的思索，他思考片刻，忽然，眼睛一亮，"话就到这里，我想明白了。对！如果我们实在想不到操控孙季蛟的人或组织具体是谁的话，那咱们至少可以给这个人或组织在定义上有一个定位，那就是：敌对势力。对！有敌对势力在操控孙季蛟。对了！就是敌对势力。太对了！绝对是。你刚来咱三队报到第三天，就是你撒气出走那个晚上，政治处王干事不是专门来三队，代表政治处传达过一次上级重要指示精神吗？他说，最近一段时间，国际关系比较复杂，他叫我们这段时间要提高警惕性，对不对？如果不是真有什么情况，政治处会专门派人过来传达这种指示吗？咱现在把王干事的口头通知联系到一起来看这件事，这不就是敌对势力吗？"

邢南方简直被许小珉吓住了。在刚刚过去的许小珉与他不到十分钟的辩论时间里，许小珉沿着一条他设想的路径，逐渐推导出一条清晰的线路，这条线路的终点指向一个叫"敌对势力"的词。是敌对势力在操纵孙季蛟做了那一切。许小珉也太有想象力了吧？

但是邢南方还是愿意配合许小珉，毕竟，他与许小珉的关系有所缓和，这是很难得的，是他盼望了许久的。

邢南方说："指导员，如果确如你说的那样，真有敌对势力在操纵孙季蛟，那这可是天大的事儿不是吗？"

"当然是大事。"

"那面对这件大事，我们该做什么？要去报案吗？"

"不报案。咱们没有证据，只是推论而已。"

"不报案，我们光推论，也没什么意义啊？"

"怎么可能没有意义？"许小珉简直不想再跟邢南方说下去了，他的思维太难与自己同频了。许小珉摇摇头，说："是这样的，只要咱们相信了我刚才那个推论，接下来，去找到证据，这难道不就是意义吗？"

"找证据？怎么找？"

"老办法，盯住孙季蛟的一举一动，一旦发现他与来历不明的人接触，就行动。"

"孙季蛟的流氓行为已经证据在握，公安局说不定明天就会来人把他带走了吧？"

"邢南方，我对你还是那个看法，你看问题太简单。"许小珉难以掩饰眼中对邢南方的失望，"邢南方，你信不信？孙季蛟是不会被公安局带走的，为什么？因为村长很注重自己的乌纱帽，不到万不得已，他不会去报案。这会儿，他肯定满脑子都是，是不是要挨家挨户地去给村民解释呢。当然，如果我们马上去报案，孙季蛟即刻就会被带走。但既然我们现在需要把孙季蛟当成一个诱饵，诱出他背后的敌对势力，我们也暂时不会报案的是不是？所以，孙季蛟怎么可能明天就会被公安局带走呢？他要被公安局带走，也是我们通过他逮住他背后的敌对势力之后啊。"

"那我知道了。"邢南方说，"不管怎么说，我服从你的领导。如果你真的坚信你的推论，我愿意听命你，按你接下来要实施的计划行动。"

"那行！"许小珉不耐烦地说，"你先回去休息吧。就等着我向你通知行动方案和时间吧。"

邢南方走了出去。许小珉遗憾地看着邢南方的背影，心里想，他原以为跟邢南方来这么一次现场推演，多少能点化一下邢南方，现在看来，邢南方是不易被点化的。

8

队长赵志武从浙江的接兵地点打回来一个电话，跟许小珉聊了聊今年的兵源情况。电话里赵志武说几句话声音就变大，不开心得很。要不是许小珉每次及时拿话抚慰他，他很可能在电话里就发起火来了。让赵志武不开心的原因是，今年入伍的战士及家长中，出现了一个往年在他们身上没有明确出现的思潮。在家访的时候，赵志武多次从一些准新兵与家长口中听到这样的回答："我当兵的目的，是为了锻炼锻炼。"

锻炼锻炼？这话听起来还是比较正向的，但让赵志武这一代军人听起来，总感觉不太对劲儿。赵志武想起自己及他们七十年代末入伍的那拨人的当兵目的，那会儿，他们中的很多人，入伍就是为了保家卫国。接兵人员来家访，即便个别人保家卫国的目的不够强烈，但当面对这样的提问的时候，也会有所顾虑地回答："我当兵是为了保卫祖国，是为了保护人民。"

什么时候开始，保家卫国的入伍目的在老百姓心里悄悄地变淡了，而锻炼这种附属目的，倒跃居到前台，成为首要目的了？

许小珉听到赵志武传回来的这个关乎今年新兵的新的思想动向，内心里其实比赵志武更不开心。虽然许小珉入伍时间比赵志武晚了四年，但当时他的入伍动机，跟赵志武他们那届入伍的兵如出一辙，甚至，比赵志武还强烈。为什么？许小珉出身于军人世家，爷爷是老红军，父亲参加过珍宝岛之战，从小到大，他耳濡目染接受的是纯正的军事思想教育、危机教育。这样的许小珉，在得知即将入伍的这批新兵把接受锻炼当成首要入伍动机时，怎么能开心得起来？

因为赵志武带来的这个信息，许小珉接下来的几天里看三队的人时，目光里也多了些揣测。比如，当有一次他看着邢南方时，脑子里冷不丁地冒出了这样一个念头：虽然邢南方跟他许小珉是同一年兵，但邢南方当时入伍的第一动机，是不是就是锻炼锻炼呢？果真是这样，这说明，这样的思潮，其实不是从今年的新兵才开始的，它早就开始了。还有，邢南方之所以不像他许小珉一样抱定危险从来就在身边，是不是正是因了邢南方对军人职责欠缺深入思考，不思考就容易盲目乐观啊。

让许小珉自己都觉得意外的是，对于邢南方这样的揣度，并未增加他对邢南方的失望，却反而使他对邢南方多了一份理解。

而许小珉心里的这些蛛丝马迹，邢南方是看不出来的。这段时间，他在许小珉的安排下，在管好一应后勤事务的同时，每天都带一组人马去孙季蛟家附近踩点。针对孙季蛟的踩点工作，三队是分了两组人的。另一组，由许小珉带队。一组轮一天。

还真让许小珉分析对了。通过几天的踩点，三队的人很快发现，孙季蛟的确有更深层次的问题。一个突出的表现是：他隔一天就会到十里之外的幸福镇邮电局，去拨打电话。打电话的时候，左顾右盼的，看到没人关注他才开始打。孙季蛟这副样子，倒像是电影中的间谍在定时给上线反馈情况。

许小珉专门把三队的人召集起来，开了一次碰头会议，会议的议题主要是要不要马上向公安部门举报发生在孙季蛟身上的不正常现象。针对这个议题，一半人建议举报，一半人不同意举报。不同意的理由很简单，没有证据，大家只是凭着一种猜度在寻找孙季蛟身上的可疑点而已，有没有可能，这种猜度本身放大了大家对孙季蛟的疑问，生搬硬套地把孙季蛟身上并不一定反常的情况主观想成反常呢？比方说，他隔天去邮局打一个电话，有没有可能一直以来就是孙季蛟的习惯，也许他海南有个对象。而以前大家没有跟踪过孙季蛟，不知道他有此习惯而已。

最终，许小珉拿主意：不举报。但要更加严密监控和跟踪孙季蛟，同时，做好一旦发现孙季蛟跟可疑人员接触就一举冲向他们，以便当场抓获证据的准备。

让许小珉欣慰，同时也让邢南方对许小珉有所佩服的是，在三队第一批新兵还差五天就要入营时，孙季蛟果然与两名可疑人员在幸福镇旁边一个隐秘的小树林里接触了。不，严格说，这不止接触那么简单，而是接头。

当天，是邢南方这组人马在场。孙季蛟先在镇上一个小饭馆吃饭，还喝了点儿小酒。酒足饭饱后，一个人向幸福镇的边上走去，一直走到小树林边，他停下来，一副等人的样子。不久，一个男人骑着摩托出现在孙季蛟身后的马路上，摩托上还驮着一个男人。摩托经过孙季蛟身边时，坐在摩托后的人，回头向路边站着的孙季蛟使了个眼色。孙季蛟故作无视这人向他使过来的眼色，等摩托围着小树林外围绕了个圈最终在另一侧停下后，他迅速扔下手里的烟蒂，飞跑向树林深处。

这一切，都被埋伏在路边灌木丛里的邢南方、姚家新等人看得清清楚楚。邢南方这个时候才开始有些相信许小珉的判断了。在此之前，他多少有点不以为意，只是为了执行许小珉的命令而始终在带组行动而已。邢南方带着姚家新、邱吉儿、冯家民，他们四个人悄悄摸向树林。

这是一个冷得让人缩脖的天气，但天空晴朗。邢南方并未如他之前多少想象过的那样，在真的要与一伙可疑人员对垒时会恐惧，不但没有恐惧，他心里还有种莫名的激动。事实上，不仅仅邢南方心里有这样一种激动，一起冲向小树林的姚家新他们三个老兵，心里也有着同样的激动。如果许小珉知道这一点，他多少会感到意外吧。

几分钟后，从树林里传出一声脆亮的枪声。

9

许小珉独自一人站在山顶上，眺望着前方那一片由矮山围合成的海港。这个海港，在近代史上多次成为兵家必争之地。现在，许小珉脑中幻化出一百多年来的那些战争场面。然后，他看到邢南方出现在视野里，挥起手中的枪，向敌军冲了过去。一个敌人挥起武士刀，劈掉了邢南方的头颅。许小珉被自己的悲痛惊醒了。

这几天来，许小珉总是做类似的梦。其间一天，许小珉心慌气短，在屋里坐不住，便离开了三队，去了那山顶。山顶就在三队后面那座小山背后的那座山上。真的站在了这山顶上，他立即感觉到了冷，除此之外，没有其他感受是真切的。向下望去，面前的海港却是平静极了。这平静，与许小珉梦中所见的一切，显得没有任何关联。

孙家沟的冬天往往是从十二月初开始热闹起来的，先是那条沙石路热闹，连着好几天里，每天都有一两辆蒙着绿毡布的大解放从它上面驶过，车上，装满了来自某地的新兵。这些面目稚嫩的孩子们把脸转向车尾敞口方向，好奇地望着沙石路两边一掠而过的石头墙的村舍和因他们的到来而聚集在路边的村民。这些孩子们，在逼仄的车里挤得紧紧的，寄希望于身边战友的体温，能给予他们缓解内心恐慌的力量。沙石路热闹过三五天，该接的新兵都接过来了，于是就轮到三队的营房和操场热闹了。当然，最热闹的，莫过于操场。每天，天还没亮透呢，新兵们就在班排长的带领下迎着寒风在操场上跑开了，一边跑，一边喊着口令，这由几百条年轻的嗓门发出的声音，整齐划一地冲向寒冬的空中，形成了一种气贯长虹的气势。整个白天，操场上时不时地响起这些雄伟的声音，它们与发出这声音的这些年轻的身体交相辉映，挑衅着空气中无所不在的冷。

许小珉和赵志武经常从红色的营房里走出来，来到队列间，监督班排长们的训练，偶尔亲自上前纠正某个新兵的动作。风和寒冷使许小珉的脸比十二月之前的那些个时候多了几道皱纹。在赵志武看来，这些皱纹中的某一道，是邢南方的死给许小珉带来的。

赵志武不认识，甚至从来就没听说过邢南方。免不了的，他会向许小珉打听邢南方，如今，邢南方是三队荣誉室里的一帧照片。邢南方的死，是一桩根本无法与赵志武的感觉真正对应起来的事。他去外地接了两个月的兵，回来的时候，三队多了一个故事，而故事的主角，是一个他从来没见过并且永远无缘见到的人。这对赵志武来说，多少有点接受不了。

面对赵志武的打听，许小珉从来都以沉默回应。虽然许小珉总是对赵志武关乎邢南方的提问抱以沉默，但这并不妨碍他常常去回忆接到邢南方死讯的那个下午。

当时，许小珉就站在队部邢南方的床前，举着电话，满怀着震惊，听着邱吉儿从镇邮电局打来的电话。电话里的邱吉儿语无伦次，用哭腔一次又一次地向许小珉回顾几十分钟前发生在小树林里的事情。

　　"跟孙季蛟接头的那两个男的，他们中的一个，是带了枪的……他们用枪指着冯家民，要我们马上从他们眼前消失，好让他们走。我们偏不走，姚班长还吓唬他们，叫他们放下枪，跟我们去公安局自首。就这样僵持了一会儿，他们大喊大叫，扬言要向冯家民开枪。这个时候，邢副急了，一个箭步冲上去，推开了冯家民，与此同时，那个人就开枪了……"

　　"你是说，邢副去帮冯家民挡枪？"许小珉下意识地追问了一句。

　　"对啊！"邱吉儿大声地说。

　　许小珉忽然意识到自己刚才那个追问十分的不应该。他愣在那里，举着电话，下意识地别过头去，看邢南方的床，床上叠放着并不特别好的被包。许小珉看着这被包，忽然感到紧张，就仿佛那被包是邢南方本人。他在看着许小珉。

　　与许小珉事前的推测几乎完全一致，孙季蛟果然是被两个渗透到这一带的敌对分子收买了的。在随后公安部门的审讯中，这两个人交代，他们在本地收买的类似孙季蛟这样的下线，除了孙季蛟，还有四男一女五个人。当然，作为孙季蛟上线的这两个人，也有自己的上线。他们的上线在国外。也就是说，这是一个规模不小的敌对网络。这个网络存在的终极意义，就是利用一切手段搞破坏：不在乎破坏力度的大小，有所破坏就行；也不在乎破坏的方面，哪方面的破坏都可以。

　　公安部门紧锣密鼓地展开了一系列的行动，最终对这个网络进行了摧毁性的打击。国内的，容易抓的就马上抓起来，不容易抓的尽快抓到；国外的，设法联合国际力量抓捕。

　　那个在接邱吉儿的电话时就下意识间冒出来的疑问，是许小珉在邢南方不在了以后一直压制着不想去想的，因为他觉得，这样的疑问来到心里，怎么都是不应该的。然而，夜里这个疑问常会突如其来地出场，像是非得要让自己在许小珉前面亮亮相，以便观察许小珉的反应似的。它大摇大摆地游弋在黑暗中，让许小珉感到无措。

邢南方怎么在关键时候去给冯家民挡枪了呢？许小珉难以想象当时的画面到底是什么样的。他无法利用自己对邢南方并不多的印象，去组构邢南方彼时的表情和动作。

如果是许小珉自己，在那一刻，他那样去做，这丝毫不值得质疑。许小珉坚信这一点。他许小珉，从入伍那一刻开始，甚至从很小的时候就开始了，就在等待那一刻的到来——说实话，他还有点遗憾，那天不是他带的那一组人去伏击孙季蛟和他的同伙呢。

邢南方，他跟许小珉这种纯正军人血统的人，应该不一样的吧。邢南方竟然也会这样做，竟然真的这样做了，这对许小珉强大的思考能力，是一种很大的挑战。

操课间歇，老兵偶尔会汇集到许小珉身边，冷不丁地，他们会说起不久前发生过的那桩事，说起邢南方。说着说着，个别老兵会抱着一种真诚的敬佩问许小珉："指导员，那个时候，你怎么就断定孙季蛟被人收买了呢？"

许小珉眯起眼睛来，眺望三队的红色营房。他想起这幢营房原来只有房顶是红色的，他来了之后，执意要把墙体也刷成了红色。当时，赵志武在内的三队官兵都不明白这么做的必要性，许小珉也不解释。现在，许小珉也不想解释。

全体新兵到齐后的第一个周五，许小珉坐在那间兼荣誉室和活动室两个功能的阔大房间里，给新兵们上了一堂政治教育课。在此之前的周四，赵志武和许小珉专门讨论了一下，这堂课该给新兵们讲什么。毕竟，这是新兵入伍后的第一堂政治教育课。赵志武很坚决地希望许小珉好好和新兵们梳理一下树立正确的入伍动机这个问题，因为，在他看来，在这一届新兵里面流行着的"锻炼锻炼"的思潮，实在与最正确的入伍动机有偏差。赵志武原以为许小珉会十分赞同他的建议，让他感到意外的是，许小珉用同样坚决的方式，否定了赵志武的提议。

"这个，没有必要梳理，"许小珉淡淡地说，"这帮孩子的入伍动机到底为何，只要不是消极的，就都没有问题。既然他们最终选择来到了军营，就做好了成为一名真正军人的思想准备。我们当队干的，不如给予他们足够的信任。"

许小珉给予赵志武的，是这样的理由。不能不说，许小珉的观点，多少是出乎赵志武意料的。这不太符合他对许小珉的惯常印象。

现在许小珉坐在这个叫作荣誉室抑或活动室的大房间里，让目光轻缓地扫过一动不动端坐的这些孩子们。有那么一个瞬间，他脑中出现了一个不那么正常的冲动，他想找找看，这些孩子中间，有没有人长得特别像邢南方，又有没有人长得特别像他自己。这个念头怎么说都是无厘头的。所以，许小珉最终还是因为它的出现，自嘲地笑了起来。他的笑在新兵们眼里，显得特别没有来由，于是，这些新兵就都紧张地望着他。许小珉清了清嗓子，开始给新兵们上课。窗外，风轻日暖，而这挤满新兵的房间里，邢南方静止在墙上的宣传板里。就这么上着课，许小珉再举头向宣传板上的邢南方望去时，看到的不再是邢南方了，他看到的是邢南方照片后所暗藏的一个深阔世界。那是一个由想象构织的世界，但在许小珉的感觉里，它比现实更真实。

营门望

1

翠萍在营门左侧那棵梧桐树下摆了个鞋摊。修皮鞋，擦皮鞋。修，她并不会；擦，最初也只是将就着干。她是从最穷的乡下上来的，之前连皮鞋都没怎么见过。做皮鞋的职业保姆，难为她了。不过，能不能搞定皮鞋，无关紧要。梧桐树下常年蹲守着七到十个人，有四个人是摆鞋摊的，却唯有金水是合格的鞋匠，其他人都只是拿鞋摊做接应站。他们什么活都可以做，大到建筑工程承包，小到擦桌子抹地板。只要营门里面的人说得到，他们就敢应，而且没有搞不定的。遇到自己不会的活，可以找别人啊，做中介人更有赚头。营门里的人，只要愿意找他们，通常不会以失望收场，"愿意"终究变为习惯。存在即合理，既然这堆人长年以在此蹲守为业，就说明这是块能养活人的地。

金水是这堆人的中流砥柱。权威的确立，主要是由于他们中的多半是跟着他过来的；亦有一个原因，是金水的一专多能。他还是个精通开锁、撬锁的家伙。翠萍的伪鞋摊办事处开张后第二天，金水带她进了一次营门。一个军官的钥匙掉了，进不了家门。遇到这种事，他们都习惯找金水。金水骑着自行车慢悠悠地跟在军官一侧，翠萍跟在金水身后，七拐八拐就进了一幢楼。三两分钟，金水就让军官进了门。完事后，军官给金水交上两块钱，威严地关上了门。金水站在这一户的门外，转过身来，一边抹汗一边冲翠萍笑。他里面有颗牙掉了半截，让翠萍觉得这人有点滑稽。"你带我进来做什么的呀？"翠萍随嘴抛出一个问题。金水说："熟悉情况哟！多进来转转，有助于掌握市场动向，军分区院子就是我们的市场，当兵的就是我们的主要客户群，多跑，多接触，往后你生意才好做嘛！"翠萍有点敬佩地看了金水一眼，先自往楼下走。走到另一单元，金水突然示意翠萍跟过来，他自己两级楼梯一步地上了三楼。翠萍还没搞明白怎么回事，金水已经弄开门，把她拽了进去。

"怎么？你……"翠萍理所当然地意识到这是擅自闯入，因而害怕地大声诘问，又迅速警觉地把嗓门压低，"你……你在干什么？"

金水猛地把手按在翠萍胸上，笼统地搓了一下。"干什么？你说呢？"

翠萍虽然已经二十六岁了，但别说给男人碰那个地方，连手都没被摸过。她气得浑身发抖，情急间去拉锁握，要逃出去。金水却嬉笑着扯脱她的手，将她推到离门更远的沙发边，比猴子还敏捷地反锁住了门。翠萍这才意识到上了金水的套。回想昨天上午，她刚走到梧桐树下金水主动过来跟她攀谈的情形，他现在的行为更好解释了。

翠萍是昨天才从乡下来到市里的。家里人觉得她是个老姑娘了，萝卜白菜什么都不区分地瞎请媒人给她找婆家，正好她早就想去城里闯一闯见见世面，就索性来了个离家出走。像她这种初来乍到的姑娘，很容易被说服。金水昨天没费几滴口水就使她相信营门口是块宝地，当天就在此安营扎寨。现在看来，她太轻率了。

"你别出声哦。让外面人听到，就是大事情了哟！"金水弯下腰来，抑制地咳嗽了两声，摇头晃脑地吓唬她。

他不无道理。翠萍这才进一步意识到自己给逼到了绝路上。眼下她这不是跟着在违法犯罪吗？万一给人发现她未经允许就进了人家的门，这可如何收场？真是！她确实不能叫。可是，不对啊，这人怎么知道这家主人不在？太奇怪了。翠萍脑子突然就乱了，什么也不能想，只能任凭金水大摇大摆凑到她身边来。

"妹儿！跟你讲哦，昨天一看到你，哥就爱上你啦。就从了哥吧。快点！咱得快点！不然主人回来了给撞见了，就坏事啦。我看看，十一点三十五了，他们十二点下班，快来！"

翠萍眼泪一下子流了下来，觉得今生就要在此刻毁掉，千悔万怨涌成一脸的可怜相。她抽泣着，哀声道："饶了我吧。求你了。"

形势竟急转直下，金水忽然正经起来，急声说："别哭妹儿，快别哭了，哥逗你玩儿的。咱不是那种人。哥就觉着你讨喜，吓你一下的。"

翠萍把眼珠子瞪大，搞不清金水是在使诈还是真心话。"那你快把门打开，让我出去。快点！"

金水还真依了她。不多久他们双双退出门。刚走到楼下，金水就埋怨起她来。

"你看这家里面装修得多好啊，你住过这样的房子吗？在里面多待一会儿又怎么了？你个妹儿也真是的，杠头杠脑。我经常去里面看电视的，有时候晚上还睡觉呢。"

翠萍猛地站住了，瞪了金水一眼，又深吸气，抬头打量周遭。这是一九八三年六月十二号。之所以这个日子被记得如此准确，是因为它的后三分之二与她未来儿子的生日吻合。这一天被戏弄的翠萍相当讨厌金水。他却还在她身后喋喋不休，对她的厌烦置之不理。

"我跟你讲吧，这家没人住的。听说主人是一个首长的女儿，可她一家子户口全不在这儿，都在北京。不然，我敢在里面睡觉？"

翠萍想到，她之所以今天被戏耍成功，是因为金水对这个院子有透彻的了解，而她对它完全是雾里看花。她突然产生一个念头，要进入这个院子的核心世界。

当然，她有此企望，还因为她喜欢它。昨天第一次站到那营门口，只向里望了几眼，她的心就给勾去了。要不然她也不会马上决定在此营生。她远不是个傻瓜蛋。

2

当时，翠萍，这个"逃婚"出来的姑娘迎着军分区的二号营门，站在烈日下马路边的树荫里。她的背后几十米处，与这马路交错着另一条更大的马路，那里车来人往，叫嚣不断。翠萍有种错觉，自己正站在两个世界的交界处：身后是俗世的喧嚣；前方，那高耸的营门之后，是安宁，更是……其实就只是安宁，别无其他。但这安宁，太令她折服了。它像一汪深不可测的湖，濡湿着她心里那些并不明晰的念想，使她胸口发胀。

后来当她一整个白天都待在营门口时，会经常把第一次与这院子对视的记忆调动出来，与当时的感觉比照。她发现二者永远一致。对视之后，从来都是使她看到安宁。为什么会这样呢？有几次，她试着为那感受找寻缘由。一下子就找到了。就只是视觉的震撼造成的罢了。这营门委实雄伟，高大、宽阔、坚实。越过营门看过去，是深幽和辽远。长而开阔的水泥路缓缓扎入这院子的中部，在一座汉白玉质地的毛主席像脚下戛然。路的两侧，是间隔有序的榉树。

原本在翠萍看来，营门两侧荷枪站立的年轻男孩已经够英武了，可当某天下午一长溜儿男人奔涌出营门时，她才觉得见识了真正的男子气。他们是出来越野跑的。正当一年中最热的时节，他们的上身全光着。其实，下面，也就穿着条军绿色大裤衩而已。那股气，男子气，像

181

夏日阵雨突降炙热尘土里冒出的气息，浓烈、丰盛，呛得翠萍惊慌失措。就是在那天下午，她卑怯地想，要是能嫁给一个军人，该有多好。随便从他们中拎一个出来，她都愿意嫁。真的，她当时就是这么想的。这可不是什么够不着的梦。有可行性。无数次，她移步离开鞋摊，远远地站到与营门旁边那架整容镜的对面，她发觉自己长得不错。来这儿的第三天，就是金水带她进院子的次日，她轻而易举地就独自进了院子。原则上，进去可是要经过严格审定的。军事禁地，外人莫入。真要进，不但里面要有人邀请，还得在传达室详细登记。梧桐树下的这堆人，除了金水，其他人一般情形下都进不去。金水能进，全因了他在这儿待了好几年，跟里面几乎每个人都熟。那天翠萍只是在门卫拦住她时突然手足无措地羞红了脸，仰起脸的同时眼睫毛扑闪了两下，门卫就笑笑放行了。

　　进出自如的翠萍一有空闲就会去军分区院子里面溜达。她假装目不斜视，眼睛的余光却在耳朵的配合下看得到身后。一旦有个男军人走到她身后，她甚至能依据他们的脚步声看到他们的心理活动。可是，都两三个月过去了，她始终没能碰到一个突然在她身后放慢脚步的男军人。可能她的穿着太土，乡下人的身份太明显了。那个时候，城镇户口与农村户口间巨大的差异所指，使得找对象极其讲究户籍对应。男军官根本不会找农村姑娘，男志愿兵不到万不得已，也不做这种选择。翠萍又不可能嫁义务兵，一来他们太小，二来部队根本不让他们在驻地谈恋爱。可道理上这样讲，凡事就没有个例外吗？翠萍还是不甘心罢了那个念头。她还在等。等啊等，都快急死了。有一次，焦急把她搞糊涂了，她竟然趁着月黑风高跑到主席像下面去烧香。刚点上，身后就传来急促的脚步声。"把火灭了！干什么？不许动！"

　　翠萍给吓得一蹦老高。地那么平坦，她却给自己绊倒了。一个大趴，俯卧在地，却正好压灭了香火。

　　"我什么也没干，没干！就是没干！"翠萍爬将起来，望了望在她身

182

边站定的瘦高挑个子的纠察，又望望地面，见那炷香早压成了碎末，更加放心了。"我崇拜毛主席，过来磕头的。"

纠察是个新兵，特敬业，明明见着火光的，这姑娘还抵赖，保不准她就是敌特分子，不可大意。"你跟我走！快点！"他抖动电棍，指挥翠萍。

给带到纠察队，翠萍早就吓木了。盘问过几句，见问不出眉目，小纠察出去把他们的队长喊了过来。真是神奇，待那队长一出现，机灵劲儿就回到了翠萍身上。这是个长相远远超过院中人均水准的军官，看着比翠萍大六七岁，高鼻子、阔嘴、长身、厚背，腿把裤管子撑得紧绷绷的，叫置身险境的翠萍身体细胞全活了。都不用刻意，她身体深处鲜有的那点儿媚气全迸发出来了，从眼睛到唇齿间，尽是灵动，当然还有羞涩、怯懦和无助。"我真的什么也没做。"翠萍望着那队长，像猫咪望着主人。她念过初中，看过几本小说，因此能意识到自己刹那间对这青年军官产生了爱情。可经验告诉她，这爱情也太错误了，倏忽之间，她强令自己把它杀死在了襁褓里。

"门口擦鞋的吧？"这个英武得该挨枪子儿的军官，认出了翠萍。

翠萍说："嗯。"

"好。没事了。你走吧！"

翠萍突然羞愤难当，冲了出去。挨枪子儿去吧！她一边在路上走，一边在心里骂，同时意识到竟然在骂这个好心释放她的军官。这让她觉得自己哪根弦出了问题，于是她再把这话骂了一次，这回她是骂自己。

这年秋收时节，翠萍带着赚到的几百多块钱回老家过农忙，那些钱使她受到了家人的尊重，不再像从前那样逼她去相亲，但是翠萍却主动去相了一次亲。她主动，是因为男方在外省当志愿兵。这人比翠萍大三岁。不知怎的，她觉得他长得不对劲。反正她看不出他跟她看到过的那些军人有哪里像。她都怀疑他是个假军人。无奈翠萍的心早给军人收服

183

了，这人再不符合她意愿，她也愿意。这人倒不嫌弃翠萍的农村户口，也想跟她谈，真叫她感激。他探亲假不长，二十来天吧，翠萍很配合地和他处着。临走前一天，他把她带到他家，睡了她。等翠萍回到那营门口一个来月后，噩梦来了，他来了信，决绝地说：咱俩不合适。翠萍病了五天。

这桩令翠萍受辱的短促恋爱史，让她突然对军人的爱慕里渗进了恨。再坐到自己的鞋摊上，她心情不好的时候就用最劣质的油给院子里的男人们擦鞋。一次补鞋，她故意把针眼缝得里面大外面小。有近乎一个月里，她一次都不进入这院子。就只在某天，金水请她协助他去院里给人家打扫卫生，她跟着去了。

给那家打扫完出来，他们又经过那个单元口。金水故伎重演，很有所指地问翠萍要不要去那屋子里待上那么一小会儿。翠萍猛地站住了，由浅入深地打量金水。突然她就冷笑了一声："去就去！怕你？"

金水夸张地咳了一声，向她做鬼脸。

翠萍就是在那一刻拿定主意的，她要接受金水。那么些天过去后，她看出来了，金水是真心喜欢她的。他又未婚，脾气虽然怪了点，但好在是个挺逗的人。嫁他，还真是行得通。再说了，无论如何她是没法不喜欢与这院子朝夕相处的感觉的。看起来金水是抱定在营门口干一辈子了，嫁金水就意味着她能永远得到那种感觉。要是他们结了婚，每年在这院门口挣比一个军官还多的钱，然后拿回去让村子里的人眼红，想来这日子挺有奔头。

这样零零落落地想着，翠萍已经和金水睡完了。对于她已经不是处女，金水倒不深究。这更证明金水骨子里是个善良而大度的男人。他们两个人，躺在这别人家的房子里，后面又睡了一次，倒是彼此越来越体恤、珍惜。后来金水很郑重地求婚。翠萍没犹豫就答应了。一九八四年春节，他们领了结婚证。

就是回老家结婚那几天，翠萍无意间听说，先前那个志愿兵就是假的。按派出所掌握的资料看，这混蛋的劣迹里，像翠萍这样被玩弄的姑娘，竟然高达九人。这迟来的坏消息，虽使翠萍郁闷了几日，但并未令她对婚姻产生悔意。金水果然是个好男人，他这人表面滑头，暗里却是个情种，还是个调情的高手，聪明能干这方面更是不在话下。翠萍觉得自己命真好。只是有些时候，再望向那营门，视野落在某个进出的男军人身上时，她心里有种莫须有的愧意，这愧意使她自卑，对这营门里的一切比初来时加倍地心怀敬意。

有天早上，翠萍刚把鞋摊在原地支好，忽然看到一辆吉普穿出营门，快速向外驶去。车窗敞着，纠察队队长笔挺挺坐在里面。翠萍竟然一阵愣怔。作为一个正派的已婚妇人，她愣怔，并无太大深意，仅只因为她心里有愧。在对军人心怀恨意的那一年半载里，她竟然把这队长置于怨恨漩涡的中心。可这男人却从来不到门口来擦鞋，使她后来从未得到机会安抚心里的那股愧意。往后好几年，翠萍再没见过这人。后来她隐约听说，他被选派去边境参加了一场自卫战争。那天早上，军分区派车送他去上级作战部门报到。再后来翠萍又听里面的人偶尔说起从前这里的某个纠察队长，在战争中受了伤，却无大碍，回来后提前晋级去了军分区下面的一个旅当上了军务科科长。他们说的显然就是他。翠萍不懂部队里面的事，只是惋惜于她的那股愧疚也许此生再无法释放掉，只能任其沉滞在心。她唯有在心里让自己对军人的敬意变得更加广泛化，去爱护每一个需要她服务的军人。她像一个军分区的编外职工，在内心里那些幽寂思绪的陪伴下，生活在营门口。她与这座多河地区最高级别的军营大院相依为命，亲密但又疏离。就是这样，一年又一年过去了。

3

在二十世纪八十年代后来的那些年，以及整个九十年代，军分区二号营门口梧桐树下的人换了又换，这个女人和他的男人却始终在那里。那棵法国梧桐树的树冠扩大了一轮，但日日端坐在它下方的她看不出来，沧海桑田会变，但一个人内心的某些感觉却从不更改。这些微茫的感觉，一旦来到人的内心，就可以凝固成永恒。譬如翠萍日日与营门对视之后获得的安宁感，就永远和第一次一样。

翠萍的面相老了许多，不再是最初那个一脸饱洁的姑娘。她身后的那个世界，与营门正对着跑开去的马路之外的马路、楼群，却一天比一天新异、年轻。它们就像一群打了激素的小伙子，叫翠萍时而心慌时而烦躁。翠萍越来越弄不懂它们。她既爱它们，又在心里抗拒它们与她亲近。很多次，她把身子转过去，打开视野，慌乱就会迅猛地逼入她的内心。她就赶紧转回身，眺望那高大营门，以及营门后深幽、辽阔的院落，马上就心定了。这大大的院子，就像她的老情人，忠实于她，予以她自我慰藉的捷径，而她，亦坚定地挚爱着它。门口站岗的卫兵年年换，但永远都是同样年轻的面容、挺拔的身姿。军人们还换过一次军装，但衣服虽换，人还是先前的精神气。据说这个院子里还有过几次整编，但翠萍丝毫没有感觉出来。翠萍认定，这院子，就是永恒的一种。她选择生活在这里，是福。

翠萍和金水的儿子叫向军。从一开始他们就把他寄放在乡下，长大，上学，再长大。他们的户籍不在这里，不方便让向军在此就学。遇到寒暑假，他们才把向军接过来玩几天。向军是个沉默的孩子，对他们一直不亲。唯有翠萍带他去院子里耍玩的时候，这孩子的嘴巴才会甜那么一时半刻。那些时候，向军像院子里的军人子弟一样，在操场上奔跑，去树林里逗蝴蝶，欢笑、歌唱，孩子的天性显露无遗。

就有一次，向军看到三个军人家的半大孩子在篮球场上蹦跳，他雀跃着跑上去跟他们抢球。那天也不知道怎么回事，三个孩子把向军揍了一顿。此后，向军再不愿到这院里去。我不喜欢这里！这个越来越大的孩子不断向父母表达这个意思，语气决绝。那场孩子间的纷争，在即将结束的时候，翠萍也到了场。她不觉得那三个孩子的行为有何深意。他们肯定不知道向军不属于这个院子，所以他们的行为并不是因为鄙薄的驱使。翠萍想，自己这个孩子，可能遗传了她的自卑吧。一个并不存在的理由，使向军不再喜欢军营。可是，孩子嘛，不长性的，翠萍揣度，向军终究会像她一样爱上这里的。其实吧，是她自己需要儿子在心里建立这种爱。打从向军出生的一九八五年，翠萍就暗自给他订了唯一的人生方案：当兵。必须的！

翠萍打了很大的提前量，为了儿子最终能当上兵，早在九十年代初，她就开始有步骤地运作此事。她看准了一个渠道。这条道儿的中心点上，站立着早前的那个纠察队队长。他果然是男人中男人、军人中的军人。调离军分区十来年后，他以全新身份折返回这院子。先是军务部部长，几年后是军分区副司令，到了新世纪，他已经是这个院子的最高军事长官了：军分区司令。他姓厉。厉司令。翠萍从他干军务部部长的时候，就有意去接触他。她机会很少，几年才有一次。最初的一次，是他家卧室里一个木质窗子需要换成铝合金的，他派通信员出来找接活的人。她自告奋勇。那次，她获得了他家的军线电话，此后，她每次回老家都会带些粗粮上来，去营门口传达室打他家的电话，接着专程把这些东西送到他家去。东西不值钱，但饱含真情和诚意。前纠察队长为人处世方面是个简单却有点反世俗的人，这个朴实的妇人挺让他感动。慢慢地他把她和金水当成了朋友，每次家里换号码都会告知他们。他始终是同龄男人中长得最像样的那种男人：威武、壮实，走起路来虎虎生风，说话干脆、果决，办事光明磊落。翠萍激赏他。早先那点朦胧的爱意，早就优化为敬重，这敬重在岁月中愈见坚实。有时候，翠萍觉得，他就是她的偶像，她心里的神。

向军学习方面很争气，一向成绩很好。高考预考，他的成绩进入全县前十名。老师们都认为这个六岁就上小学、中途还跳过一次级的孩子有实力报考清华，但翠萍把自己的意志强加给向军，逼促他考军校。向军起先不愿意，最终还是妥协了。军校有什么不好呢？一切费用全免。想来并无太大不妥。向军如翠萍之愿考上了一所指挥类军事院校。那真是再好不过了，翠萍经常想，这样，她就可以只求她的偶像一次，就是在向军毕业后，请他帮忙分到这个院子里来。

翠萍与这院子的关系，就这样一步步地更加紧密了。再在院子里溜达时，她更感笃定。她觉得自己天生就属于这里。不是吗？就算眼下住在这院子里的人，也都是频繁调动，铁打的营盘流水的兵，只有她是立地生根的桩子，这么多年了始终蹲守在此，她的"院龄"比很多人都长。这种笃定，让她每次跟这院子里的人照面时，都心情淡定。有些时候，她去某户人家的房子里做事，遇到那些军嫂，一点儿都不会自卑。她跟她们随意交谈。她的淡定，倒也让军嫂们更加喜欢她。大约在向军快从军校毕业的某一天，翠萍去了那套先前她和金水定下终身的房子。现在这房子换主人了。新司令上任后大力整肃住房问题，被非法占用的房子收回，给该住的现单位人员住。这回住在里面的是一个三十来岁的机关干部一家子。

甫一走进这突然真正为家庭生活所用的房子，翠萍脑子有点跟不上来。恍惚间她忆起和金水私入此地的种种情形。金水和她，眼见着都老了。并且金水时常咳嗽，身体愈见虚弱，似乎得了某种病。翠萍把一声叹息咽进肚里，就跟在房子的新女主人后面做事去了。那天翠萍是去给这家做饭的，她菜做得极可口。女主人来了几位女朋友，要在家吃一次，自己又不会做，翠萍就充当了钟点工。女主人及她的朋友都是重礼节的人，见翠萍讨喜，等她搞定一桌菜便请她一起吃。翠萍倒不扭捏，便吃了。让翠萍洞见某些生活隐意的事，是在饭后发生的。当时，女朋友们陆续告辞，翠萍也跟着往外走。临到出门，女主人突然唤她："哎！你好！请等一下！麻烦你帮我把这几袋垃圾拎到下面去。"

翠萍暮地心中一凛。也许是她到更年期了，容易神经过敏，但这种过敏一上来就无法遣散。翠萍想，为什么偏叫她拎，那么多女朋友，她却不叫。她这次是给请来做饭的，可不包含倒垃圾的任务。她把头够向屋子中央，却见女主人表情正常得很。显然，她觉得这个使唤是再正常不过了。那么，是什么样的心理，促使女主人把一件不够正常的事视作正常呢？翠萍脑中忽然闪过一个念想，紧接着她的心抽了两下，冷到极点。

她未被认为是跟她们一样的人。就是的，翠萍明白，这就是内中隐意。

翠萍拎着垃圾走下去。这一天，竟然心情极度恶劣。她一定，一定要让向军名正言顺地成为这院子里的一员，同时，她也成为真正属于它的人。这个念头，在那一天，比任何时候都要清晰地盘踞在她脑海里。夜里她再深想下去，发现它早就存在了，只是先前她善于把它从脑袋里赶出去。现在，她优质的儿子，使她无力驱逐它了。

就是在这一天不久后，金水被查出晚期肺癌，只一个月后就撒手归西。翠萍伤心地回顾金水的种种好，却也只能听从命运安排。临终前，金水抓住翠萍的手，虚弱地摇，似有重要的话要讲。翠萍把耳朵支过去，听到金水游弋在两个世界边缘的絮语：

……乖萍……好妹儿……听哥说，别太……了……别太……

"别太"什么，只能成为一个秘密，但翠萍却相信自己知道金水想提示她什么。这个好男人，聪明了一世，她心里是什么光景，他怎能不清楚呢？翠萍不能向他承诺什么，只是流泪、点头，却又知道自己什么都没听进去。

4

说话间，向军就要毕业了，翠萍兴冲冲地往厉司令家去了一趟。二十几年了，她持之以恒地臣服于他，今天终于要让他回报一次了。翠萍脚步飞快，心如脱兔，仿似第一次去见他。见了面，她弯都不拐一个，一口气把准备了很多年的请求说了出来，得到的却是最坏的结果。

"怎么可以？我怎么可以帮你这个忙？"厉司令突然就把眼睛瞪了起来，勃然大怒，一点都不去想他与她之间悬殊的地位，需要他保持威严。"他一个刚毕业的学员，你让我给弄进军分区机关，这到底是害他，还是帮他？你搞清楚没有？年轻人，你不让他摸爬滚打几年，一出道就进机关，他会成为一个正常孩子吗？基层锻炼人，他得先去基层。至于以后能不能进机关，全看他表现。"

这不是废话吗？要靠表现还在找你干吗？翠萍没听他讲完就甩袖走了。人家这么大的首长，她一点儿面子都不给他。为什么要给？她苦苦规划了二十几年，到头来等到一副银样镴枪头，还叫她给他面子？她翠萍虽是个底层妇人，但也是有脾气、有尊严的。去死吧！翠萍走出厉司令家就开声骂，还把追上前来的勤务兵塞给她的一袋水果稀里哗啦扔到地上。她永远不要再见到他。

回到租住的小屋子，翠萍脑子清醒了点。她想到，这人不帮她，并不是把她区别对待了。他要真是个爱区别的人，她这样地位的人哪进得了他家的门。他只是坚持自己的风格而已。翠萍早就听说过了，院子里的这位现任司令，是个铁面无私的人。长期以来她期许于他，只是因为她不相信这传言。谁相信这时代里还真有这种人。所以，她明知如此还

190

是去了。现在看来，传言都是真的。这么一想，翠萍竟迅速理解和原谅了他。他今天的表现，其实很符合她对他的一贯认识啊，一个高大、笔直、干净、有力的人。夜里，她躺在床上，对他的敬畏竟深了一层，只是她觉得愧对自己的儿子。她要向他道歉。

隔日她打通了儿子的手机，一五一十地说完，她哭了起来："孩子！就靠你自己了。"

岂料向军似乎早已料定今日，还火上浇油："你以为你是谁？别说我怪你。你把我害了。"

翠萍抽泣："你这孩子，怎么说话的？"

向军冷笑："虽然是你给我选的这条路，但我认了。就不信，老子凭本事，进不了军分区。妈！你别管我了。分哪儿是哪儿，一步一步来。"

翠萍破涕为笑。这孩子，性子随她，脑子随父亲，不错。说得好。她相信他。

向军果然是好样儿的。他毕业后分配到多河地区一个岛上的海防连，在那儿才干了一年，就调到了团部，仅过了半年，他又给选调进了这个军分区机关。正式调来的这天，是二〇〇九年八月四日。厉司令在上一年提前退休。就在那天，翠萍平生第一次喝了一杯酒。一下子把自己弄醉了，她糊里糊涂地跟亡夫金水表白。她说："金水，我熬到头了。"

虽则说了如此怨尤的话，翠萍还是那个喜欢站在营门口与这大院对视的人。现在，再站在营门口，那种举目皆是的安宁感，不但叫翠萍立刻能静下来，还令她感到幸福。就是幸福哦。这种暖而充盈的平静感，不就是幸福吗？她丁翠萍，活到五十二岁，才真正感受到幸福。这并不迟。她从此要在这院子里好好活，用力地活，安宁地度过余生，唔！安宁。

翠萍撤掉了摊子，把出租屋退掉，搬到院子里住了。作为院子里一个军官的体面的母亲，她再不便于蹲守在营门外。向军运气不错，刚调

191

进来，就赶上军分区一轮经济适用房分配，很多中高级军官搬去了院外的经济适用房，院子里一时空下许多旧公房。那套给予过翠萍隆重记忆的公房，也空了下来。翠萍敦促向军把这套房子协调到手，母子俩在这年的深冬，搬了进去。

现在，翠萍能够以女主人的身份，站在这院子的一套房子里，站在窗户里面，撩开窗帘，长时间地眺望这院子里的景致了，她想站多久就多久，想看多久都行，再用不着为此不安。只是，她很快发觉，有什么东西不见了。原本那东西始终在她心里，很多年来都如是。如今，它像一只被母鸡下掉的蛋，没影儿了。

向军每次回到家里，都会跟翠萍讲些单位里的事。谁要升迁，谁是靠关系调上来的，哪个人又是特别爱背后捣鼓拱事的人。翠萍听得瞳孔发光，耳根发紧。她不爱听这些，真的，压根儿不想听。可是，到她家来做客的向军的同事，都爱讲这些。这表明不是向军独好这些话题。这里面的人，跟外面的人一样，同样喜欢关注那些无聊的事。

一日，向军和她谈到，厉司令去世了。竟然和金水一样，这个强壮的男人，也是说没就没了，同样是癌。翠萍真是惆怅。她深更半夜的，穿着睡衣站到窗口，望着寂寒的夜空，心里难受。更让她难受的是，向军又一日带回的一个传闻。据说，这位前任司令，在人们看来太过刚愎自用，他的癌，说不定是个意外。说是，他太廉洁，退休了一身空空，轮到分给他的新房要装修，却拿不出几个钱来。组织上派人给他去装修，被委派者恰是个曾被他"制裁"过的人，用最劣质的材料装他的房子。他住进去，就得了骨癌。

翠萍深信，这是故意往上凑。金水从来没住过用劣质材料装修的房子，他怎么得了肺癌呢？她想。只是命吧，命该如此。这么一想，她就觉得这传言太恶毒了。而这恶毒，却被人们如此踊跃地使用，这让她体悟到更多。她不愿做这些体悟，倒宁愿什么都不知道。

再一天，向军重复这个话题时，翠萍怒了。她像个泼妇一样，举着扫把，在房子里追打向军。末了，她用一种确定的语气警告向军："你以后什么都别跟我说了。"

向军撇嘴："说说又怎么了？你在怕什么？说说，也不代表什么。既然是这种时代，哪里都免不了那什么什么的。要真什么都没有，人就不是人，日子就不是日子。就说你，挺和善一个老太太，可偶尔不也冒鬼火吗？人无完人，物无完物。既然有瑕疵，还不兴咱说一下、分析一下？说了，也不代表什么噻。你活这么大了，连这道理都不懂。真是的。"

翠萍一屁股坐到旁边的凳子上，浑身直抖。她气急败坏，语无伦次，自己也不知道想表达什么。"是……我不懂……我老太太怎么了？嫌弃我？赶我走啊……就你懂……"

向军说："Fuck！你鬼上身了。"

5

翠萍又在原地恢复了她的鞋摊，她让自己重新变成了一个蹲守在营门口的人。这是接着到来的新一年的一天。她其实并没有想太多，主要是觉得在家里闲得慌。那些闲，使她怀念从前的日子。她早就想出来重操旧业了，住进去不到一个月就开始想，只是怕向军恼，不让，就没敢提。那天向军"教训"她，正好给了她"离家出走"的理由。

一坐到梧桐树下，翠萍竟然有种失而复得的激动感。那是早上，八九点来钟的样子，她把鞋摊摆好后，站了起来，围着它转了一圈，接着四顾望去。这天没有风，天气好，天空比平日要高，要亮。翠萍顾盼了一阵子，目光就定在了那营门上。营门高高，水泥路宽广、沉静，榉树苍翠。地久天长。她长时间地与这营门对视，末了深悉那种熟得不能再熟的感觉还在。这让她大为放心、激昂、幸福。对的，幸福还在。她回身坐下来，低下头，享受被那种感觉裹卷的时刻，眼泪止不住就掉了下来。有个军官走过来，坐到她面前，把鞋亮给她，同时认出她是向参谋的母亲，笑着调侃她。她不作声，只顾擦鞋，仔细地清洁、上油、抛光……

当晚回去，向军就向她提出警告，不许她再出去做这件事。翠萍振振有词："不行！这是我的事业。"事业？这个词翠萍让心里一抖。她从未想过，这么上得了台面的词，竟被她理直气壮地拿来用了。向军摊开手，又缩回去，再摊开，最终也只是来了句"Fuck"。

他们为这事吵了不下五回，终于，在这年春节即将到来的一天，向军忍无可忍了。他找了两个兵，自己在前头领着，连走带跑地扑向翠萍的鞋摊。不容翠萍反应过来，他们已经拎起她的杂物包、修鞋机，向营门相反的方向走去。翠萍站起来，大呼小叫着追："给我站住。放下！放下我的东西。"见他们跟她拉的距离越来越大，她急中生智，冲着马路上川流不息的人，高喊："抢劫！抢劫啊！抓住他们！"

向军和两个兵不得已停了步。行人立即拥过来看热闹。翠萍追到跟前，就抢她的那些工具。向军突然冲她来了一声大吼："你不要脸！我还要脸呢！"

这天的翠萍简直给这个专断的儿子气晕了，她什么也不管不顾了，就只想拿回她的东西，坐回到她想坐的地方。人一晕，说话就没谱："我不要脸，对！我就不要脸。有种别喊我妈！"

向军警觉地向营门那里张望，有一队出来越野跑的官兵，正拥出营门，他突然就软了下来，嗓门压得极低："妈！你别这样。还要不要我在这儿干了？快别闹了……别让我变成军分区的笑话……"

翠萍正欲反驳，发现那队人已经奔到跟前，呼啦啦穿过她身边，很多人都扭过头回望她和向军。她突然意识到此刻真的在犯蠢，整个人就呆住了，大气都不敢出。

去意难决

梯形脸的男人耷拉着头，有气无力地靠在墙壁上，一看就知道他喝蒙了。开门前伍夏已经火冒三丈，正琢磨着该不该骂人，看他这副样子，立刻原谅了他的深夜骚扰。

"给我开门。"

那男人仿佛肺里灌满了铅，声音小得让人怀疑他是不是已经病入膏肓。伍夏温和而谦逊地问："开门？你的意思是？"

"给我去开一下门。"

伍夏明白他的意思了。他一定是进不了自己的屋，过来向他求助。这个人伍夏认识，他经常进出这幢直板楼，无疑也是这幢楼的住户。虽说夜已经很深了，但帮别人一点小忙，伍夏还是乐意的。都是在生活的洪流中摸爬滚打的人，谁没有遇到尴尬的时候，有点素质的人都应该相互体恤，可伍夏不知道他住哪个房间。这楼的住户太杂，尽管他已经在这里住了三年，但总是竭力避免跟邻居打得火热。"你的房间在哪儿？"

梯脸男人的确接近人事不醒了。他失去了回应一个简单提问的能力，只知道下意识地胡言乱语。他一定误把墙壁当成了自家的床，脸来回蹭着墙面，还是用那种细若游丝的声音，对伍夏说："赵处长是我哥。"

伍夏皱了皱眉头。"我在问，你的房间在哪儿？这样吧，你领我去帮你开。"

"赵处长是我哥。"那人不折不挠地重复。

伍夏突然放弃了帮助他的念头，他无疑遇到了一个愣货。伍夏不知道赵处长到底是哪路神仙，在这个大院里，处长级别的人一抓一大把。关键在于，伍夏不是个趋炎附势的人，就算面对部长、司令，他也不至于惊诧。这个神志不清的醉鬼竟然在向伍夏展示他的心理优势，用"赵处长是我哥，所以你去给我开一下门"这种下流逻辑对他发号施令，真是好笑透顶。伍夏突然把眼睛瞪了起来，用老兵训斥新兵的语气，厉声说："我问你房间在哪儿？"

这一招是有效的。梯脸男人快速让身体脱离依傍，变为立正姿势望着伍夏，讷讷答道："我住楼上。"

伍夏太清楚怎么对付某种类型的蠢货了，门口这个人显然是这类蠢货中的一个。这类人原本是社会上的无业人员，一般来自穷乡僻壤。他们出现在这个部队大院，前提是这里有一个"赵处长"这样的亲戚。那亲戚在他们眼里总是威风八面的，他们也自作主张地跟着牛了起来，一副有人撑腰无所畏惧的愣样。跟这种人谦虚，他还真会把你当成他亲戚手下的兵，马上把尾巴翘起来。对付他们的办法是耍凶斗狠，利用他们对部队的一知半解，引导他们意识到眼前这个人"来头不小"，他们会马上变乖。

伍夏叱道："你住楼上自己走上去不就得了？"

那人慌忙走了起来，一迭声地说："对不起对不起！打搅了。"一步两级楼梯地爬上去了。

伍夏用力关了门。那醉鬼刚才在门外是突然敲起门来的，敲门声之大，让伍夏还以为地震了。这会儿他的脑袋还在突突地跳，刚才突然受到的惊吓挥之不去。拿闹钟一看，三点多。本来睡眠就不好，这一醒估计再难睡着。顺手取了遥控器摁开电视。一个台在重播国际新闻，无非是些老生常谈的话题，以及世界某地某个突发事件，甚至花边新闻：伊拉克北部一军营遭袭、尼日利亚发生恶性交通事故、巴格达东部汽车炸弹爆炸、美国最冷的州迎来最性感的州长……没什么特别值得关注的，关了。打个电话给魏婕吧。夜深人静的这个时候，还真想她。

给远在上海的魏婕打通座机，她一如他刚才被那醉鬼闹醒时一样烦躁。一句话没说完，她就急着要挂电话。不得已，伍夏开始甜言蜜语，她这才合作了。听得出来，她把听筒挂在耳朵边，在沙发上躺了下来。很可能伍夏这边说着说着她就睡过去了，以往她没少这样，她白天的工作并不轻松。"没事就先说到这儿吧，老公！我实在是太困了。"她向他告饶。

伍夏忽然想起了白天发生的事。尽管这事眼下没边没影，他自己对此也不太上心，但他还是想跟魏婕探讨一下。他说："亲爱的！你不是成天嚷嚷着要我离开部队跟你到一起去吗？现在机会来了。"

魏婕机警地答道："我可没那么说过。你的事我从不干涉。"

她说的是事实。作为一对婚后五年来一直分居着的恩爱夫妻，他们两个不想过朝夕相处的生活，那是胡扯。但魏婕的确没有动员过他离队。不是她的思想境界高，是她觉得夫妻间应该给对方多留点空间，特别是各自的事业，最好互不干涉。但现在她听出伍夏话里有话，不由催他讲清楚一点。

伍夏却突然不想说了，岔开了话题。

深夜里就给吵醒，白天却不感到累。这是个奇迹。放在往常，夜里睡不够，白天一定无精打采。看来昨天邵总突然伸出来的橄榄枝把伍夏这潭死水搅活了。生活是缺少变数的，这决定了它的沉闷习气。一旦生活中出现了某个变化的迹象，且这种迹象明显是挟着万丈光明蓬勃而来，兴奋就由不了自己。

一上午伍夏都在寻找和邵总聊天的机会，但愣是没挨着他的边。从八点钟匆匆赶到世贸中心，他一直跟在那个讲话慢条斯理的副市长身后。作为市里向部队直接点名借调来参加这次外事活动的一名优秀的印度语翻译，伍夏须臾不敢马虎。他很怕自己一个走神，使语译的准确度打折。但无论怎么克制，某些倏忽之间，他脑子里还是闪过了昨天下午邵总邀请他退役加盟他集团公司的那几句话。这是印中经贸洽谈会的一个小插曲：因 N 市与印度的贸易合作与国内其他城市相比稍多，按计划安排，洽谈会在快结束之际把全体会议成员带到 N 市来，进行为期两天的考察或休憩。这一行人是昨天上午到的，今天下午就得走。伍夏得抓紧机会和邵总详谈一次。

中午的时候，会议团的车队回到了下榻的福海大酒店，饭至中途，伍夏跟那副市长告了个假，直奔邵总所在的饭桌。按伍夏的揣测，他想和邵总聊的事不适合在饭桌上公开谈，他只是过来和他加深一下感情，好吃完饭后去他房间详聊。邵总倒爽快，伍夏甫一落座，他无遮无掩地主动说起了那个话题。他笑着问伍夏："想好了没有？你要愿意的话，今天下午直接跟我回浙江算了。"

后半段话当然是玩笑话，但前半段证实了这个来自伍夏老家的总裁昨天没跟他闹着玩。

昨天下午有一个小时的时间里，会议团去市郊的一个旅游点参观。其间，伍夏看到几个印度团员大概因为连日来会议劳顿，无所事事地站在一幅壁画前闲聊，他就好意走过去，跟他们介绍起这个景点来。正好邵总站在这几人旁边。大概伍夏的热情以及非凡的专业水准吸引了他，等伍夏离开这堆印度客人，邵总主动走过来，和他攀谈。一聊竟然是老乡，一下子大家都很开心。然后就是邵总突然发出的邀请。他当时是这么说的："小老乡！有没有兴趣回老家来跟我干？"

伍夏当时压根儿没去思考对方到底在说什么，只是按客套的需要立刻装作很激动的样子说："好啊好啊！"

邵总快速地说："我说的可是真的。你考虑一下。"

伍夏愣住了。截至邵总说这句话的时候为止，他还从来未认真琢磨过离开部队的事。

这一上午，他之所以总想寻机接近邵总，并不是因为他多么想成为邵总的手下。他主要是好奇，他有那么大的魅力值得一个跨国公司的老总三言两语间就欲将他收入麾下吗？如果邵总不是开玩笑，这的确这是件挺让人骄傲的事，谁都知道，有些转业军官是被地方企、事业单位当成累赘推来推去的，很多情况下，地方单位都是被强制执行接收那些退役军人。除开为了满足内心的虚荣需要，说实话伍夏也有点蠢蠢欲动。一个机会跳入眼帘，不管怎样都有一定的吸引力，这是人之常性。

他集中精神好好地看了邵总一眼。一旦确定邵总是认真的，他突然有点不知所措了。

邵总把胳膊伸过来，在他肩膀上搂了一下，这使他们不像在如此高规格的国际会议的饭局上，倒像是故友重逢，或许邵总是个特别亲和、随意的人吧。邵总把胳膊放下来，说："你去我们那呢，开始工资也不会太高。"他把头往上抬了抬，欲给伍夏一个准确的工资数目。"大概月薪也就万把块钱左右。但后面会提高的，一般都是这样的。反正你考虑一下，可能这月薪数不见得比你们部队高多少。"

伍夏心里嗵嗵直跳，一万这个数目远远超出他的预料。他不明白邵总真不知道还是假不知道，像伍夏这个级别的人，副团刚调不到一年，今年七月份之前工资还没涨时，他也就拿一千九百多，七月后部队工资多年难遇地大涨了一次，但现在他也不过拿三千多点零头，这跟"一万"相距甚远。

从这个时候起，伍夏就开始把眼下的情形当成人生的一大转机了。

一种无法抵制的诱惑令他对邵总热情备至。不管等他静下心来做何决定，现在他必得要表现出特别想加入邵总麾下的样子。先把机会从半空中拽下来，握到手心里再说。要不要这个机会，再从长计议。

陪完团回到宿舍，已经是傍晚时分。顾不得坐下来歇会儿，他就打了魏婕的手机。魏婕在一个国际物流公司工作，通常一个班得十二个小时，上一天休息一天，现在她正在班上。伍夏怕她太忙没工夫和他说话，一接通手机，就兴奋而言简意赅地说："跟你商量个事。你说我今年转业怎么样？不对，是自主择业。"

从五年前开始，部队干部退役多了个选择，除了转业，还可以自主择业。所谓的自主择业，是指自退役那天起按月领取抚恤金，人员关系不再列入任何单位，退役者完全变成自由人。但因为多数军官都会选择转业这条老路，觉得还是它更有保障，所以习惯上大家一说到退役就叫转业。

魏婕说"好啊"。她那头很吵，显得特别忙乱。她说"你等一下"。过了一会儿她的声音又出现了。"你是问我的意见吗？你自己的事还是自己做主吧，主要是你自己更清楚你的状况。"

伍夏说："我拿不定主意，想听听你的意见。现在有个单位挺想叫我过去的，一进去月薪就有一万，而且在老家。要是我愿意去的话，咱俩以后就差不多在一块了。你知道我的级别已经符合自主择业的条件了。退役后拿着一份稳定的抚恤金，再拿一份高额的月薪，从经济角度讲，生活会提升一大截——"

"那你还犹豫？"

"我也说不清，反正我是很犹豫。"

"你犹豫还跟我说什么？"魏婕不耐烦了。这个射手座的女人天性率意而为，一般情况下，在事情突然到来时，她说话比较随意，但过后也许会去透彻思考。她笑着大声说："你还是自己拿主意吧，别跟我说。我

201

提醒你两点：第一，是不是你想走人就能走？单位放不放？第二，你确信离开部队就很好吗？是！一万月薪，但它只不过是钱而已，还要考虑其他指标吧。反正你自己好好考虑。挂了。"

伍夏放下电话，在逼仄的屋里呆坐了半晌。他打这个电话确实不是想听魏婕的意见，而只是想把心里的兴奋和犹豫在第一时间宣泄一番。魏婕说得没错，这个事情的抉择，还是他在于他自己。

右隔壁突然传来一阵摔摔打打的声音。想必前志愿兵那一家又在吵架了。伍夏忽然很烦躁。他站起来，环视眼前的这间宿舍。就这间十平方米的小破单间，他还是费尽周折住进来的。先前的几年，他一直在一些几人一套的集体宿舍间搬进搬出，仅住的问题自始至终都在折腾着他。毫无疑问，直至三十六岁的现在，他的生活质量依旧动荡且差。假设他不考虑退役，这种生活状况不知道要持续到何时。每想至此，他心里便会掠过一丝寒意。现在那股寒意又在心头倏地闪过。他打开房门，站到走廊里，四下里打量这个破旧的、乱糟糟的直板楼，很奇怪，那种犹豫感依然顽强地横亘在心头。尽管一种相对富足的生活唾手可得，但他还是感到有股难以言说的感觉在拽着他，命令他原地踏步。

惠丰银桌上摆着张字根表，嘴里念叨着那些字根，正对着新买的手提电脑练习打字。这个广西人年近六旬，大校牌已经挂了六年，正处于由技术副师向正师进军的漫长阶段。他原先在一个军事学院搞学术，但认识他的人都认为他更适合做一个社会活动家，群众的眼睛是雪亮的，惠丰银五十岁的时候突然意识到自己搞了一辈子学术一点名堂都没搞出来，于是调离了那个学院。他是冲着一个副部长的位置调到这个大院来的，谁也搞不清怎么回事，他却没竞争上。本来首长们是建议他转业的，但他想在部队待到退休，最后就安排他当了名义上的领导：由机关几个小分队合成的一个中心的主任。最近几年，惠丰银变成了一个以过好生活每一天为主要行事指针的人，他现在特别喜欢往那些比他年纪还小的首长办公室跑，这使他想办什么事也比较容易。就在不久前的一天，他说服了首长给他配了一台手提电脑。这两天这个电脑盲正沉迷于电脑的某些入门训练。

伍夏敲了敲门，走进惠丰银的办公室，说："电脑玩得怎么样了？惠首长。"

惠丰银哼了半句小曲，趴着的身体挺起来，椅子转向伍夏。"还挺好玩的。活都干完了？"

"完事了。过来就是跟你汇报这个的。"

通常情况下，伍夏比较照顾惠丰银的情绪，喜欢给他戴高帽，言必"首长""汇报"之类。主要是这个老同志对这种浅表性尊重特别特别在乎。在一次单位聚餐时，平常不太用心揣摩酒场规矩的伍夏不小心抢在惠丰银的前头给首长敬酒，几分钟后当场被惠丰银见机呵斥了一句。但平心而论，惠丰银仍然不算坏人。他那些虚荣习气，对一个上了年纪的老同志来说，也在所难免。

伍夏概要地把这两天受命参加市里活动的情况说完后，突然有股冲动，想把地方企业力邀他加盟的事向惠丰银说上一说。没有更多的目的，只是想看看惠丰银的反应。尽管按他们相处的经验，他知道向惠丰银坦陈内心的喜悦，对方并不爱听，而且做人有一大忌——事情还没怎么着，就到处宣扬。伍夏说："首长我跟你商量个事。这事我也不好跟别人说，但我又想跟人商量，只好跟你说了，因为你最了解我的情况。"

惠丰银把手完全从电脑上拿开，目不转睛地看着伍夏。他的样子凝重而警惕。

"你说我今年自主择业怎么样？"

伍夏盯着惠丰银的脸。昨晚他打电话给爱人，声称跟她商量人生大事，虽然也不是真正想从她那里得到有建设性的意见，但心态和眼下还是完全不同。此际，伍夏感觉自己有点阴暗。不过他之所以这么干，也并非没有前因。伍夏现在是翻译办的翻译，去年整完编后，翻译办和机关其他几个小分队合成了一个由惠丰银负责的中心，这个中心分属于另一个稍大一点的部门。从前年夏天开始，管辖着本中心的那个部门换了一个性格古怪的新主官，那人就是看伍夏不习惯。近两年来，伍夏难免遭遇那人对他的不公对待。为此，伍夏烦透了。有几次，伍夏试图跟惠丰银说说这种烦躁，刚发两句牢骚，惠丰银就开始给他上课。言下之意，做人那么难，受点委屈就又叫又喊，那是太不成熟了。伍夏最反感惠丰银的就是这一点。他总爱摆个老资格，碰到机会就教育人。伍夏觉得，他们是一个中心的人，对彼此的个性是了解的，惠丰银应该知道伍夏不是个刺头，他发牢骚肯定有他的道理。面对那个主官，惠丰银应该和他站在同一个战壕上，至少安慰他几句，而不是时时处处装模作样。

惠丰银没吭声，把头低下来。伍夏继续道："昨天我遇到一个老总，他叫我去他那儿做，月薪有一万。你说我去还是不去？"

"喊！"惠丰银不屑地撇了撇嘴，"那不会是个骗子吧？天上不会掉馅儿饼。听起来特别好的事，没准儿是个大陷阱。布莱尔要给萨达姆买别墅，这符合情理吗？"

伍夏知趣地住了嘴。面前这个人，年纪上大他两轮，但要论真本事，他是什么都不会。惠丰银完全是个混生活的人，而伍夏靠真本事吃饭。他认为做哪一行就要做到这一行的最顶尖，所以他对印度语的钻研早超出了普通的专业要求。除开印度语，通过这几年的自学，伍夏还熟稔英语、日语、印尼语，特别是他的英语水准，绝不亚于专门的英语翻译。在这小城市，一遇有重大外事活动，政府就会想到向部队借调他，那还是缘于他的超凡实力。伍夏很不认可惠丰银的生存方式。他们往别处扯了两句，伍夏心情复杂地离开了惠丰银的办公室。

在门口，他回过头，看到惠丰银正转过去的背影。一瞬间，他莫可名状地心酸无比。他遥望着惠丰银谢了一半的头顶，突然意识到，不管他现在多么自信，其实他很可能会成为另一个惠丰银，如果他愿意一直在这幢房子里待下去的话。

　　下班回到宿舍，伍夏的脑子里挥不去惠丰银的秃头顶。那个突如其来的人生机遇令他这两天有点魂不守舍。他打开电视，看凤凰台两个军事专家分析身陷伊拉克问题的美军在即将到来的下一年对伊朗动武的可能性，一边看一边盯着手机里的电话簿，想着找一个更合适的人来说说心里的事。魏婕的电话来了。这个不记事的女人早忘了昨天伍夏正儿八经地跟他探讨过的那桩人生大事。没轮到伍夏说话，她就单方面向他宣布了一个消息。她说，元旦公司放一天假，正好之后的一天轮到她休息，她打算到他这儿来，往返机票十分钟前刚订好。这个消息让伍夏很激动。放下电话他就跳了起来，把别的都抛到了九霄云外，一门心思地想着为一星期后的这趟鹊桥相会做准备去了。能不激动吗？别的不说，就说那事，他已经生疏了好几个月。

　　正好第三天是周六，伍夏准备上街进行一趟史无前例的大采购。这回是七月份涨工资后，魏婕第一次来队。先前因为工资太可怜，她每次来队，受到的招待都十分不尽如人意。都是钱给闹的，那些时候伍夏扮演了一个抠门的小男人角色，说难听点，就算是安全套，他也能不买就不买。他一直心存愧疚。七月份的工资增长，对这些底层的军官来说，简直是雪中送炭。每个月多了千把块钱，手头一下子松多了。伍夏下定决心，这回一定要给魏婕一次体面的招待。

　　周六早上一起床，他就给骆晨宇打了个电话，让他找两个兵过来帮他的忙。骆晨宇和伍夏同一年从地方院校加入军队，一起参加入伍训练，睡在同一间宿舍里，接着还在装备部直属的同一个基层部队干了几年，加上性格合拍，十余年来他们早就成了金不换的铁杆。骆晨宇眼下

205

在司令部当参谋，手下有兵，不像伍夏这种搞专业的人，管好了自己就是管好了一切。伍夏打算把吃的用的配备充足之后，再去家具市场买张真正的床。现在的这张床是几年前配发的，有两条腿早已脱臼，稍微动静大点，就得赶紧下床把床腿扶正。一个人睡还凑合，要把它当成某种战场，就很勉为其难。以往魏婕来队，埋怨得最多的就是这张床。

折腾了一天，把该买的买完，伍夏肚子饿得咕咕叫。正好骆晨宇的爱人许娜打电话过来问他要不要去她家吃晚饭，他来不及换下脏衣服就去了。他不是正想找个合适的人说说那个心事吗？骆晨宇是再合适不过的人了。在某些方面，伍夏和骆晨宇应该是灵犀相通的，他们相同的从军史，接近的年龄、级别，使他们无法不具有类似的心理状态。

许娜做了一锅酸菜鱼，炒了一个花螺，外加两个素菜。她的手艺委实不怎么样。这一家三口人现在过得很节俭。节俭的原因是几个月前他们迫于风起云涌的购房潮的催逼，分期付款买了一套房。这小城环境氛围那么差，但房价却高得很不符合它的末流城市身份。现在这对军人有一屁股债要还，每月还得按时交两千块钱月供，孩子从今夏起已经开始上小学了，又是一笔固定的花费，其他固定的开销自不必说。就算涨了工资的现在，他们也得省着花。通常情况下，骆晨宇和许娜都在单位食堂吃免费的自助餐，孩子中午在学校吃，早晚在街上吃快餐，家里开伙的机会一星期也就两三次。厨艺拙劣的原因大约便在于此。

喝了一些啤酒，伍夏变得神采奕奕，酒醉话多，现在他要开始他的倾诉了。就算没喝酒，那些话当然也留不住的。他概要地把那个唾手可得的机遇跟这夫妻二人说了说，末了沉思片刻，跟他们剖析起他的那种犹豫。他说："不知道怎么回事，我一想到可能马上要离开部队了，心里头就堵得慌。明知道离开部队至少经济上会提高一个档次，但我还是狠不下心来离开。昨天夜里我躺在床上分析，这是种什么心态，后来我想明白了。这可能是种军人情结。在部队待久了，日久生情，又习惯了这种生活，怕改变。"

骆晨宇点头称是。他拿起酒来，示意伍夏多喝点。气氛突然有点文艺化了，这是俗气生活中昙花一现的动情时刻。

伍夏说："或许这也是人的一种惰性。懒得去做某种改变，怕折腾。凭良心说，现在工资涨了，我们的生活也过得去。不一定要过多么富足的生活吧！再说了，人总是不满足的，把富足当成追求的话，总有更富足的生活在前头，所以你可能总会觉得不如意。月薪一万和月薪三千，两者所导致的生活，说白了还是在一个范围之内。又何必折腾呢？"

骆晨宇说："我理解你说的。反正这个事，看你自己怎么看待。"

伍夏笑了。如果说之前他跟魏婕讨论这件事，是为了宣泄某种珍稀的情绪，跟惠丰银说是因了某种不便曝光的阴暗心理，这回他是真真正正地在请骆晨宇助他一臂之力。伍夏其实认识得很全面很透彻，并不需要别人出谋划策，他最需要的可能是一种外力的推动。

"说是没有必须折腾的必要，可我还是放不下。"伍夏又说，"有时候人就是这样的。打个比方，面前有一个大西瓜和一个小西瓜，任人挑。谁不想去挑那个大的呢？这是人的自然禀性啊。"

许娜突然揶揄起伍夏来："我看你这个人有毛病。让我说，很简单，哪儿好、哪儿实惠就去哪儿。想那么多，你想得过来吗？再说你和魏婕也该要个孩子了。"

骆晨宇把手掌拢她的后脖颈上，掐了她一把。"别乱说！老伍刚才说得很实在，你又不是没听见。说话怎么跟个老百姓似的？一点领悟力都没有。他拿不定主意是有道理的，将心比心，换了你去试试。"

许娜贫嘴道："我才不想那么多。我吃了睡睡了吃。"又正式道："呵！我咋没听明白？我是怕人家伍小伙成天想七想八把脑子想坏了，提醒他呢。"

又喝了一个小时，彻底醉了。三个副团级军人开始回顾从军十余年来的那些记忆深刻的片断，把许娜说得眼泪汪汪。人总是这样，会不由自主地往前聊过去，这是每一次聚会的必然。这大概是每一个当兵久了的人的通病。伍夏先前说到的那个缠绕他的军人情结从何而来呢？大概它首先是由那些远离故土的营区经历铸成的，接着是诸如这场因回想往事而弥漫出来的苍凉、滞重、悠长、忧伤的氛围，加强了某种感觉的印记，于是便有了那奇怪而不可抗拒的情结。十二年前伍夏刚刚从地方大学生变成一个准尉时，常会遇到一些面目冷峻、不苟言笑的重回部队的前老军人，他们每每说及部队便现出一脸眷顾的表情，伍夏当时不太理解。现在他才三十六岁，不过隐隐碰到了退役的黄线，就情难自已了，可见那种情结力量之强悍。伍夏现在深深预想到，当退役真正到来那天，人就像面对一婚变，无法不悲从中来。

第二天伍夏把门大敞着，给宿舍大扫除。左右邻居经过他门口，免不了和他寒暄。左隔壁的刘国新稀里哗啦地奔过来，大声问他要不要帮忙，接着站在伍夏身边东拉西扯。前士官刘国新原来在演出队说相声，上一年刚退伍，去了本市一个工会工作，合同工，工资才一千来块，他一时买不起房，那工会又不提供住处，便还赖在这栋直板楼里。伍夏深谙这个半专业相声演员的风格，你若真觉得他想过来帮忙那是大错特错了，他不过是好奇心重，想借机打听伍夏为何今天要大动干戈地清洁房间，此外还想瞄两眼伍夏的房间面貌。

正如早先所说的那样，这直板楼住的人员太杂，军官、士官、志愿兵制度还使用时的早年退伍的志愿兵、那些人的老婆和孩子、"赵处长"之类人的某个亲属。这楼的营房编制属单身干部宿舍楼，却住得如此庞杂而琐碎，那实在是俗生活中难以避免的一种不规则。伍夏对这楼里的任何人都没有偏见，他只是讨厌这种没有章法的住宿局面。一般情况下，他长年累月地门窗紧闭，尽可能把自己隔绝在这个杂居楼里。对这幢楼的其他住户，特别是这层楼里那五六户人家，伍夏这间房或许是神秘的。事实上，前士官刘国新一家起始对伍夏曾抱以汹涌的热情，他们表现出极想和伍夏交朋友的样子，经常请伍夏去他们家吃饭。曾有一些时候，刘国新无业的老婆达玛，那个蒙古女人，总是站在楼梯口，一碰到伍夏就寒暄个不停，甚至那个不知道什么来头的常来找达玛玩的她的女友胡晓丽，每次来探访达玛都故意大声说话，有意识地站到伍夏房间门口，见了他扑闪着那双明显割出来的双眼皮猛烈地盯着他。对这一家的频频示好，他装作看不见。

伍夏，这个已婚但因为夫妻两地分居不得不被视为"单干"的副团级军官，一点都不想和这幢楼里的任何人打得火热。一想到熟络的结果是不得不和那些碎嘴的女人站在走廊里成天寒暄，他就觉得别扭。他喜欢有序而干净的生活。那种很可能坠入的生活，太拉拉杂杂了，不干净，更不纯粹，他不要。

刘国新在他旁边站了会儿，突然鬼五神六地故作高深，用力拉住伍夏的胳膊，把嘴凑近他的耳朵，又用手一指侧前方向，小声说："听说新单干楼下个月就搞完了。你可以搬过去了。"

伍夏抬头看了一眼。刘国新所指的那幢楼的确快竣工了。搬过去又怎么样？他厌恶的是那种混杂的局面，并非是住处的新旧、大小。私人活动范围的大小才是他最计较的。此外，他希望凡事更条理更规范，单干楼就住单干，营干楼就住营级干部，士官楼就住士官，别在每幢楼里都掺入人情和关系，煮成大锅饭，甚至于离谱到某些来历不明的地方老百姓都有资格来分一杯羹。按他对营房部门一贯作风的了解，他相信就算搬进那即将竣工的新楼，可能开始一段时间住户的组成单一些，但早晚有一天会融入整个大院的那种混乱的住房局面。伍夏对刘国新讪笑了一下，什么也没说，干他的活。

刘国新听起来很由衷地感叹说："那新楼好啊。老早就说住公寓住公寓，这回你是真的要住公寓了。真羡慕你。"

伍夏赶紧说："羡慕我干吗啊，我还羡慕你呢。"

他实际想说的是，羡慕我？我还羡慕司令和政委呢。士官和军官之间的关系很微妙，他极怕这个前士官认为他有军衔偏见，但内心里说他没军衔偏见，那似乎太虚伪。说实话，他认为军官就应该比士官住得好。军官和士官作为身份的两个级别，是一系列规则决定出来的。大家都公平地面对着那规则，士官没有成为军官，那只能怪他没有驯服那规则的实力。司令还住着别墅呢，连级干部能说司令不和官兵实行"五同"？人家姚明还在富豪榜上名列前茅呢，那些名不见经传的小运动员能为此愤愤不平吗？但伍夏不能把这种念头说出来，有些想法大家明知道合情合理，但就是不兴说出来。你若说出来便触怒了那些并不一定理智的自尊心，诸多的道德理论会轻而易举地被大家拿来唾弃直言者有歧视心理。

刘国新说："操！羡慕我干吗？瞧你们活得多潇洒。咱们过的，简直不像人。"

伍夏说："你怎么不像人了？我看你比谁都像。"

下意识地就对刘国新虚与委蛇了。他感觉他们现在正在进行的聊天，就不是他所喜欢的一种聊天方式。可能，他所向往的，是更文雅的一种交流方式，用不着不停交流生活中的琐碎，并且耳朵根子上少听到那些特别粗俗的词汇，比如"操"。

刘国新手一撑，一屁股在水泥栅栏上坐了下来。看来他这个周日的上午无事可做了。伍夏就不太喜欢那些把聊天当成消遣的人，他希望刘国新走开。刘国新延续了那个"羡慕"的话题，说个没完没了。他说："我下辈子投胎一定也要变成一个军官，省得到最后都奔四了还到处奔波。"

伍夏觉得他在用一种他熟习的自欺欺人的造句习惯把谈话引向一个与他无关的领域。或许他所指的生活领域也和刘国新无关。他们本来就不是一路人，就像他和惠丰银不是一路人一样。伍夏猛地脱口而出一句话，说完后他自己都吓一大跳。

"你以为军官就很好？我都想退役了。"

刘国新立即展示出一个半专业演员的临场表演功力。他夸张地把嘴张成喇叭状，大声反问："退役？"那神情好像是突然听说本·拉登现形了，美军终于从伊拉克撤离了，日本军国主义者结伴去南京集体下跪。他又压低嗓门，极小声地说："你现在不挺好的吗？干吗要退役？"

伍夏突然意识到他在做一件多么有悬念的事了。跟刘国新这样的人散布一件事，无疑是向全天下发通告。刘国新的嘴就像一个最具传染性的电脑病毒，一分钟前刚知道的事，一分钟后他绝对有办法告诉第二个人。连伍夏自己都对刚才突然表现出的极不理智的坦诚感到不解。他想干什么？这多么危险啊。就好比一个婚姻中的人突然向全世界宣告他的离婚宣言，等待他的是什么？就算他最终不想离婚，婚姻生活也必会受到影响。

"反正我想退役了。不想干了。"

他竟然还在用力地向刘国新强调，刚才他不是在说胡话。

刘国新用足以将一层楼的邻居都吸引过来的声音高喊道："你是转业还是自主择业？"

果然，右隔壁前志愿兵的老婆从屋里探出头来，接着走出门与刘国新比肩站在伍夏面前。一男一女开始用一种看起来极其关切的语气讨论人生的艰难性，请伍夏三思而后行。他们的话让伍夏应接不暇。本来正在楼下操场上玩耍的这幢楼里的一群孩子抬头看到这儿热闹，前赴后继地奔上楼，一股脑儿地涌到了这里。刘国新那个调皮捣蛋的孩子试探着向伍夏的房间里迈进一步，见主人没好意思流露出阻止的意思，腿撒着欢地奔进屋去了，其他孩子见状奋勇扑进。孩子们很快以伍夏的新床为中心散布在床上床下，打闹成一片。刘国新、前志愿兵的老婆，以及其他闻讯而来的年轻母亲和父亲很快进屋去阻止，一时间伍夏的屋子炸开了锅。伍夏不得不强作笑颜，故作大度。然而他清晰地感知到一种厌恶。这个冬天的上午，他似乎比先前的任何时候都讨厌这幢破旧的直板楼。他觉得，十二年来，他自始至终都在委屈自己。换句话说，他自入伍的第一天起，就在为了国家的有序、人民的安康做着某种更隐秘的奉献。

魏婕坐的是十二月三十一号晚上的飞机。一把她接到宿舍，伍夏就风驰电掣般把房门关紧，二人在新买的床上好一顿放纵。伍夏盘算好了，魏婕满打满算在这里待两天两夜，他从她进屋的一刻起，就得抓住任何时机填补几个月来的亏空。都很疯狂。由这种疯劲，以及刚一接触时的一点点迟钝，可以感觉得出魏婕在上海独守空房的日子里是个把持得住自己的女人。

两个人又穿好衣服出门去吃了点夜宵，回来后开着电视，又似是而非地做了一会儿。电视里好几个台都在重播前一日中午绞死萨达姆的实况录像，他们却在那儿事不关己地行夫妻之事，对国际要闻如此冷漠，这说起来有点自私。可普遍的事实就是这样，老百姓们都是拘泥于眼前的生活的。后来他们交颈躺下，对着屋顶有一句没一句地说话。久别重逢带来的无与伦比的内心充实感，令伍夏忽然觉得夫妻朝夕相处生活之于人生的重要。魏婕是不可能来这个小城的，这一点早在他们结婚的第一年就已经确定。她到这里来，从工作的角度说，就把自己给废了。这小城工作选择面不大，与现代社会瞬息万变的风格不太吻合，在大上海可不同，她可以时刻与时俱进，生存能力永远不会减弱。万一她跟伍夏来这里，突然有一天他被迫离开部队，她再回去能干什么？伍夏又养不起她，所以她必须郑重地对待自己的工作，这种郑重其实是一对平凡的现代夫妻不得已而为之的共同选择。

这个夜晚伍夏觉得自己必须直面他们的共同生活了。魏婕不可能跟他过来，唯一的途径就是奔她而去。他该立即奔向她吗？伍夏把台灯扭向魏婕，使之更逼真地照亮她的脸。她长得不错，又充满活力，这种女人不会没有男人勾引的。他蓦地对魏婕在上海的生活有点好奇，且生出一些疑虑。他突然想到达玛的那个女朋友胡晓丽经常在他房门前卖弄风情，难道那不是勾引他的一种表现？所幸胡晓丽不是他喜欢的类型，可万一这个卖弄风情的女人正合他的胃口呢？会不会早已引出一桩婚外事故？伍夏迅速推己及人，想到婚外情的诱惑其实时刻蛰伏在魏婕的脚下，在他们看似稳定的婚姻生活面前。他一阵惶恐。

他和魏婕提起了那天在电话里跟她探讨过的退役想法。魏婕还是那个态度，你的事，我不管。她就这样应付式地和他交流了两句，眼睛再也没睁开过。伍夏过一会儿推她一下，以便使她不睡过去。十几分钟后，她还是轻轻地打起鼾来。伍夏忽然感慨万千，心想，还是魏婕这样的性格比较好，不刻意，坚决不往心里装事。

看来有时候人表现出超高的境界，完全是因了其个性上的不以为然。具体到魏婕，在丈夫遭逢与命运休戚相关的艰难抉择时，她的怠慢和麻木完全是缘于她凡事不刻意的天性。在眼下，伍夏要是魏婕就好了。他最致命的弱点是，凡事想得太全面太深入。或许这也正是他的优点。

他们一觉睡到第二天中午。起床前免不了又是一番亲热。接着他们打算早、中两顿饭并在一起，出去好好地吃一顿。洗完漱伍夏打开手机，突然有人打过来电话，仿佛那人一直在拨着他的电话似的。电话接通，那人让伍夏好一顿猜谜，弄得伍夏都快上火了，他还不依不饶地一定要伍夏说出他的名字。伍夏比较烦这种不明事理的人。谁能记得清那么多人？若不是特别铁的哥们儿，一个最近这些年来几乎从没听到过的声音，谁能猜出他是谁？有些人的自我意识就是那么强，好像别人想不起他就犯了滔天大罪似的。

是伍夏七年前参加一个军种集训时的同班同学。说实话，就算那次集训期间，伍夏也没怎么和这个人热乎过，几年后的他早把这个姓周的同学忘光了。

周同学说，那次集训后回到部队，他就变成了一个退位老首长的秘书，这几年一直跟着老首长。老首长每到冬天都爱来南方走走，这回他陪着老首长来到了这里。他叫伍夏接完这个电话就跑步到第一招待所去找他。跑步过去！这是大家开玩笑时较为常用的一个词，但现在出现在伍夏耳边，他很烦躁地想到了某些他一贯抵触的部队习气。

本来夫妇二人可以耳鬓厮磨地清静地度过新年第一天，看来要被这个不速之客搅乱了。不去会见他，也不是伍夏的为人。只好按他要求的去见他。约莫中午十二点半时，伍夏夫妇见了周同学，接着三人一起离开招待所，坐进了一家潮州菜馆。

自始至终都几乎只是这个人在说话。他意气风发，说自己已在那个有名的海滨城市拥有三套房子，每年又有机会跟着老首长去各个部队转，顺便阅尽祖国大好河山，言下之意，他现在十分成功。这个人热衷于证明自己高人一等，这让伍夏很不舒服。就这样被周同学莫名其妙地刺激着，伍夏慢慢就来情绪了。在终于抢到机会说话的某个时候，他突然抖搂出了半个月前受到老总高薪邀请的事。下意识地，他将一万提高到了一万五。当然，为掩饰他此际被调动起的争斗心态，他还是坦陈了自己的犹豫。

周同学刚听白他的意思后，用一种见怪不怪的武断语气高声道："那么好的事，还犹豫啥？不是我说你，你还是不成熟。成熟的人是什么做事风格知道吗？少说多干。说那么多废话有什么用？该干的，就直接去干，一句话都别说。不该干的，就别去干，就怎么简单。都有啥好说的？去干吧，没什么好说的。"

伍夏打量这个当了多年秘书的人，总结出他身上一个特点，就是他不自觉地沾染了首长的习性，变成了一个很容易以非首长的身份用首长腔调说话的人。推及那种腔调，特征之一是免不了会指挥别人。而在伍夏看来，这种特征是部队气的某种缩影。伍夏通过周同学一下子推而广之地看到了一个与他如影随影的局面，即某种令他不适的习气多年来一直陪伴在他左右。就冲这点，他也不该有那么多的犹豫。伍夏突然很生气，对自己也是对面前这个胡说八道的人。他一时变得十分好斗。

"你懂什么？"伍夏不客气地说，"要有你说得那么简单，我还会在这儿跟你说吗？"

"不简单？你倒是说说看，怎么就不简单了？"

周同学竟然兴致大发，把身体向前靠了靠。看来他的自我吹嘘和不着边际的说教是无意的。也许他数年如一日跟在一个威严的大人物身后，太压抑、太寂寞了。遇到"故人"，机会难得，便放任自己去信口开河。现在他是个有点不入常规的人。常规的人碰到争执就迂回而去，他不是，他迎难而上，并以此为乐。形式上看，他在激怒伍夏。而伍夏，因为这连贯的刺激，突然就理顺了思路，发现了自己先前没有发现的他自己的某些行为动机。

"我告诉你我为什么要说出来。我说出来是为了给自己制造压力。你想，一旦所有人都知道你要退役了，到时候你不退说得过去吗？"

他说着说着，终于恍然大悟，认清了自己的某些混沌意识。他跟魏婕说，跟惠丰银说，跟骆晨宇和许娜说，一部分的原因，就是试图促使他们听完后给他施加压力，但事与愿违，从他们那里他没有得到任何的推动力，最后他饥不择食了，站在直板楼的楼道里抓住了刘国新这个救急方略，试图通过这个爱传播小道消息的人，来广泛获得一种可以逼他退役的舆论。在个人的性格阻止自己去做决策的时候，只有借助外力。这便是伍夏所有的行为动机。

伍夏以一种茅塞顿开的兴奋劲大声说："我就是想让全世界的人都知道我想退役，到时我不退的话，脸就没地方搁。就是这么回事。亏你还是当兵的，不知道战术吗？这是一种战术。战术——你搞明白了没有？"

"不明白。"同学周哈哈大笑，"还兵不厌诈呢。可万一你走不了呢？单位不放你，怎么办？"

伍夏迟疑了一刹那。"不放就不走呗。那就不怪我了。"

"不怪你了？什么意思？不明白。你搞翻译把脑子搞坏了吧？想法有点变态。"

那种受刺激的感觉还在持续，看来有的人是该删除的，他的存在就是让你不舒服。伍夏刚刚还沉浸在因加强了自我认识而产生的愉悦之中，片刻间他又愤懑了。他一向讨厌颐指气使的人，而这个当秘书的人尽管明知这是同学聚会，但下意识中总免不了把自己当成伍夏的上级，因而居高临下。他再度推而广之，觉得部队等级森严，他若是还待在部队，这种拥有心理强势的人他随时都会遇到。他再也坐不下去了，用极不讲情面的语气快速说了个必须离开的借口，呼三喝四地埋了单，拉起魏婕就往外走。魏婕迅速提醒他这样做是不妥的。他没理会她。才走出潮州菜馆的大门，他就关掉手机，让自己和这个预期会在这里待两天的人跟他完全绝缘。

同一天晚上，伍夏把所有能请到的朋友都请到了，包括骆晨宇夫妇、本部门两个要好的同龄同事，以及这里几个惯常在一起行动的朋友，一行人在饭店狠狠地坐了一坐。这次请客的背后动机，是伍夏要对舆论进行一次正式而隆重的引导。他豁出去了，一定要设法让全世界都来推动他。整个晚上，伍夏不失时机地把话题往他想退役这件事上引。现在他言词凿凿，很明确地对大家说，他要离开部队了，就在不久后。他的点卡得很好，眼下正是各级各部门上报离队干部名单的关键时候。

216

第二天晚上，伍夏跟惠丰银请了个假，假称要送魏婕回上海，和魏婕一起上了飞机。把魏婕送到了上海，在上海魏婕的公寓里住了半夜，一早他就坐上高速列车，去往跟上海相隔仅两个来小时的邵总所在的城市。他现在要做的，是先把邵总的邀约正式确定下来。不管怎样，稳妥还是要的。

　　邵总在办公室里迎见了伍夏。坐下不到五分钟，不过谈了几句话，伍夏就心有余悸地发现，先前他把事情想简单了。邵总说："跟你透个底，实话说，我们要人也不是随便就要的。现在本科生月薪八百块的情况，多得是。我们这里，也不是谁想来就能来。不说别人，就说你们这些部队上的人吧，每年我们都会在固定时间去人才市场转一下，很多你们部队自主择业出来的干部，很想到我们这里来，但都给拒之门外。现在我们公司的平均学历是研究生，公司中高层干部的平均年龄是二十七点五岁。哈！其实你的年纪已经算大的了。"

　　伍夏瞪着这个曾经在重要的公开场合跟他勾肩搭背的人，凛然觉得自己先前幼稚了。他忽略了一个基本的情况：一个规模并不小的企业总裁，做事一定是深谋远虑的，而伍夏却压根儿没去研究过这个人的心思，仅凭表面上几个热络的表情、几句动人的言词就断定人生转机的到来，他想得确实太单一、肤浅了。部队有个术语：简单粗暴。这是军事工作中经常提到的要注意克服的毛病。伍夏还以为自己多年置身机关，会比基层干部入世些，没想到面对一个身经百战的企业老总，他还是成了一个最没见过世面的真正的傻大兵。看来地方跟部队比，确实诡谲多了。在和平得越来越久的年代，人心就是战场，最莫测的战场已不在军队，而在错综复杂的市场经济大潮中。伍夏的情绪正欲低落，邵总忽然话锋一转。

　　"但我那次说要你，可不是信口开河。我这边确实特别需要你这样的人才。在我看来，你是部队干部中罕见的一个人才。"

罕见？伍夏下意识拽紧拳头，感觉一下子被一支蜜箭击中，要变成一摊水，瘫倒在地。这个评语来自一个满世界跑的见多识广的人——在伍夏眼里，他称得上是个大人物。这么多年了，他在部队还从来没听到任何一个人这样夸过他。就算把这个词打五折，变成"少见"，后者也从未落到过他头上。那个目前管着他的姓钟的主官，还总是试图引导整个部门的人把伍夏当成一个废物，而如今有几个人不是琢磨着领导的口风决定行事方针的？于是，慢慢部门里没几个人把伍夏当回事。可伍夏自己，私下里又是多么孤芳自赏啊。那种总是不被欣赏的感觉，使他心里的某个空间这么多年来一直空落落的。伍夏想离开部队的一个原因，除了那份高过部队两倍多的月薪，还有一些更隐秘难言的深层原因，其中之一是他在现时的环境中不被人欣赏，他因此常看不到自己的价值所在。

士为知己者死，就冲邵总那两个字，伍夏也要加入他旗下，如果他要的话。他要吗？看他现在的语气，刚才不过在综述某种实情，并不是想拒绝他。伍夏以前确实是想得简单了，但并没有把鸡毛当成令箭。

邵总说："别看我那两天跟你嘻嘻哈哈的，其实我一直在有意识地观察你。因为当时我刚好手下有个翻译要走，我正在物色人——你也别担心，就算我自己身边的翻译位置不空缺，我们这儿也容得下你——我想跟你说的是：我很欣赏你。首先，印度语翻译在国内本来就稀缺，你对印度语甚至印度的了解又非一般这个语种的翻译所能比拟。其次，我还发现你英语水平相当了得。你的综合素质，也非常出众。像你这样的人才，哈！我能不要？"

来了一个电话，打断了他。接完电话后，他有些偏离了刚才的话题。"我上次跟你说过，起先月薪一万，后面视情增加。再跟你透个底，我们公司员工总数有九千，其实干部的平均工资也就两千五。我给你开那个数，是把你当成特殊人才——哈！你这次来，是想好了要到我这里来吗?"

伍夏用一种生怕自己一耽搁就不会再把话说出来的争分夺秒的激动语气,大声说:"我想好了,回去就打退役申请。很快就可以过来。"

他产生一个新的感受:在单位里,有时他会因为部门人对自己的不屑,自省地想,自己是不是有点自负了,他并没有太多过人之处吧?!邵总的一席话忽然令他觉得,他没有自负过,反而,他的价值比他原先自认为的或许还要大。这么多年来他在那个相对封闭的环境里始终抵触交际和应酬,几乎把所有的时间都用于学习,也许他现在的武艺确实非一般人可以望其项背。看来封闭的环境不仅仅会导致人自以为是,也可能使人容易自谦,总之是容易使人不够准确地认识自己在整个社会格局中的位置。这种新感受令伍夏充实无比。

邵总亲自请伍夏吃了顿饭,陪同吃饭的是公司一个负责人事的小伙子。邵总边吃边跟他交代接下来多和伍夏沟通,以便最顺利、最快捷地促成伍夏的到来。吃完饭,邵总似开玩笑非开玩笑地问伍夏,愿不愿意跟他去一趟吉隆坡,后天他要去那里进行一个谈判。伍夏理所当然地婉拒了,现役军人不能自行出国,违反条令条例的事,他是不会做的,再说,他也办不了签证。

但邵总这句随意的邀请,却使伍夏心潮难平。回部队后,他有整整一个晚上因这句邀请浮想联翩。他脑中浮现出周同学向他炫耀走遍中国名山大川时的得意劲儿,便想到,如果现在就退役,从明年开始他就可能在很短的几年里走遍世界各个角落,那种游历的经验,无疑也是人生的一种收获。就在这个月,他已经三十七岁了。这么多年来他几乎一直蛰居于营区大院,最多去周边小城、镇走动一下,国内的那些地方,他都没怎么去过。对于昙花一现的生命来说,他过着一种多么令人惋惜的生活啊。为何不趁着还算年轻的时候,赶紧对人生这个部位的缺憾去做些弥补呢?现在弥补还来得及,等四十了、五十了,再弥补似乎已经意义不大了。

右隔壁发生了一场大战，就在伍夏回来的当天晚上。前志愿兵的老婆捉住她十四岁女儿的胳膊，照着那小姑娘就是几个大耳光，小姑娘尖叫着、哭喊着、蹦跳着，用本地土话叽里呱啦地和母亲不断辩论。伍夏听不懂。前志愿兵的老婆毫不松懈地持续地骂，间或掐拧、抽打女儿身体的其他部位，她高亢有力的声音远远盖过那个童声未褪的细嗓门。伍夏和蜂拥而至的直板楼的其他邻居站在那家的门口，部分目睹了母女之战的经过。让伍夏惊奇的是，这三口之家的房间最醒目处，摆着一架高低床。想必这青春期已到的女儿睡上铺，夫妻俩睡下铺。伍夏还第一次看到这家的格局。那张床令他伤感。可房间只有十平方米，不这么住怎么住？

前志愿兵不知道到哪里去了。伍夏想到，他住在这家隔壁三年，好像从来没听到过那男人的声音，难道他因为无力使这个家庭住上宽敞的房子而内疚成了一个哑巴？前志愿兵九年前就地转业在本市，去了一个事业单位的食堂当厨师。但如同前士官刘国新一样，他家的存款数永远跟不上不停上涨的房价，于是都过去九年了，他家三口人还赖在这直板楼上。说起来住在这个名义上叫作单干楼的人，除了名副其实的十余名单干外，其他的人，包括那个自称是"赵处长"弟弟的梯形脸男人，大家都几乎是不得已才住在这里的。可以说，这直板楼是底层生活的一个缩影。它由为数不多的部队底层军官和一些城市最底层的小市民混杂而成。

伍夏不知道前志愿兵的老婆为什么会如此暴虐地对待自己的女儿，而那女儿的反应为何如此的神经质。有一会儿他想到了达尔文的进化论。环境会决定许多情形的，他想，这对母女的不睦，极可能是过分充塞的空间导致的。那么他呢？他难道不该迅速去往一个更适合他的环境吗？每个人都应该到更适合他的环境中去——从社会学角度说，这也是一种有机利用。一个军人成天想着脱离部队，并不见得就是大逆不道；如果相对于部队，这个人更适合地方，去往地方又有什么不对？往大里说，每个人都是推动整个社会进程的一分子，利于自己做出更大贡献的地方，是最该去的地方。

再没有值得犹豫的了不是吗？伍夏这几天就要抓紧时间把退役报告拟出来。

惠丰银捏着几粒鱼食，正躬着背专注地给那条热带鱼喂食，口中哼着一支老掉牙的慢节奏歌曲。这条鱼是去年他去某个首长办公室拉呱儿时，那首长送给他的。若干年来，惠丰银养成了一切向首长看齐的习惯，连首长的个人喜好也照搬照抄。如今惠老同志的办公室里摆满了充满个人趣味的东西，它们分别是一些花花草草、石头疙瘩、字画，以及个别突然在社会上流行起来的小动物。坐在惠丰银的办公室里，可以将这整个大院里所有首长的生活意趣纵览无遗。现在伍夏从窗口窥视他与一条热带鱼交头接耳的画面，陡然间觉得时间凝固了。他在想惠丰银年轻时是什么样子呢？他另类过吗？偏执过吗？挣扎过吗？是不是早在几十年前就是现在这一副安于现状的样子，而时间总是这样一点一滴地流逝了。

惠丰银直起身，伍夏连忙闪身举步走进惠丰银的办公室。他的手插在军裤口袋里，手心里抓着上午刚拟好的申请报告。他最好今天就把它交上去，趁他现在心意较为坚决。给谁？当然正常情况下应该给直管他的那个叫钟文达的人，但周全考虑的话，最好由惠丰银转交给钟文达，惠丰银虽然不是他的领导，但他是沉迷于领导地位的，跳过他不好。再说自打钟文达上任后，伍夏就从来没直接面对过他。惠丰银一转脸看到他，随意地说："来来来！坐下！正好有件事要告诉你。"

伍夏让那申请留在裤兜里，把手抽了出来。"首长你那条热带鱼看着很名贵。"

"听说是这样。家里怎么样？一路上还顺利？"

"挺好的。首长要跟我说什么事？"

惠丰银正了正神色，仓促瞟了伍夏一眼，眼神有点怪异。他又迅速恢复一贯的中庸表情。"你上次不是说今年想走，有个公司要你吗？估计钟文达也挺了解你的，前天处里报转业名单，他就把你报上去了。"他的语气轻描淡写。

微笑僵在伍夏的脸上。"我没跟他说我要转业啊？他报我为什么不先找我谈话？"

"你不是正好想走吗？谈不谈话也就是个形式。"

"那不一样。"一股愤怒来得如此迅猛，突然就沿着脚后背直蹿上头顶，伍夏的脸涨得通红。"我想走那是我主动要走，他不跟我谈就把我报上去，那是他逼我走。"

"一回事嘛。"惠丰银的嘴里开始出现打圆场的话，这说明他知道更详细的情况，只不过不便于跟伍夏细说。果然，下面他的话隐约证实了伍夏这个直觉。惠丰银道："实话跟你说，他前天报名单前，跟我提过想让你走。虽然你也跟我透露过要走的意思，但你知道我是不同意的。我跟他说你不能走，但他决意要你走。他跟我提前说一下，也只是给我面子，让我预先知道他的想法而已。我现在是这么想的：要是他没报你，我坚决制止你走；现在他报都已经报了，正好你也早就想走了，那就别啰唆什么了。走就走呗。当成一个教训吧。以后到地方，别整天只知道埋头干你那点专业，把人际关系打理好很重要。"

伍夏沸腾的脑袋稍微沉静了点。他把手伸进裤兜，张开五指把那张申请揉进手心里，发着狠似的暗自蹂躏着它。现在他发现自己是多么的自以为是。背地里，他早已被列为今年的退役人员了，他自己却还在那里沉迷于那些繁杂而琐碎的犹豫不决。他想到为了迫使自己最终选择离去，而费尽心机地给制造舆论压力，那真是种比小孩子过家家还弱智的把戏，这年头大家都活得那么累，谁会在意你在说什么？就说那个钟文达，那"舆论"没准儿根本没传到他耳朵里。如此说来伍夏的那些"自我设计"是多么的莫须有啊。突然他就觉得受了伤害，大声抗议起来：

"他凭什么要报我？我工作干得比谁差了？为什么不报别人报我？太欺负人了。不！我不走了！他叫我走我就走？不可能。坚决不走。"

"你跟我说不走没用。别说气话了，反正你早就想走的，走就走吧。你上回跟我说的那个工作，很不错的。没必要逞一时之气。原来怎么想就怎么去做吧，别太在意细节了，总在意的话，你在意得过来吗？理智点，别说话不动脑子似的。"

伍夏不吭声了，在那里坐着。惠丰银再说什么他听不到。他在反思自己。后来他陡然站了起来，高声说："就是不走！我没有理由走！坚决不走！"

这时，他已经发现，他说不走根本不是因为负气。他是真的不想走了。这非常奇怪，但他自己却压根没有因这种一百八十度的心理大转弯而惊奇，仿佛他料定自己最终会这么抉择似的。现在清楚了，于心底的最深处，他是根本不想走的，他制造舆论压力，表面看是试图得到坦然离去的内心依据，反过来想呢？难道他不是想把这些舆论传到诸如钟文达这类不器重他的领导的耳朵里，从而意识到他是个人才，增加一点对他的赏识，出面挽留他，他再顺水接舟地留下来不走？其实他是在精心树立可以令自己毅然抗拒诱惑、坚守部队的理由啊。令人遗憾的是，他所有的设计最终都被证实是他的一厢情愿。

但庆幸的是，事件的发展与他的设计殊途同归，巧合地吻合了他的意愿：有人赶他走，他因此走了的话，就太不是男人了。他终于获得了坚守部队的坚定立场。他突然狂笑起来，感觉此际无比地轻松，连日来心里那些混乱的思绪轰轰然烟消云散，他精神抖擞，充满斗志，失声狂笑。

惠丰银狐疑地看着他，把脸拉长，不悦地说："你没什么毛病吧?"

伍夏咬牙切齿。"想叫我走? 没门。"

钟文达要他走，那也只是他的一厢情愿而已。论才情，论工作表现，伍夏怎么都不至于被勒令退役。退役是要一级级审批的。伍夏要去更高一级的责任部门据理力争。

傍晚，伍夏回到直板楼，给魏婕打电话，告诉她一个新的决定——他今年不退役了。这一次魏婕的表态竟十分明确。她说："这才对嘛。我本来就不太同意你回地方。你没在地方干过，不知道地方有多难。你是这山看着那山高。当初你要不是个军人，哪怕你年薪百万，我都不见得会找你做老公。军人有军人的好。我们是没有钱，但也没穷成哪样。安心待着吧。"

看来魏婕当初的不予置评，并非全是她的不想事。伍夏回味着魏婕的话，觉得她的话适用于她自己，并不太适用于他的生活，虽则如此，他还是觉得她说到了点子上，隐约触及了某些精神命题。他拿定主意，去找比钟文达更上一级的人去理论。

翌日，伍夏坐在办公室里，盘算着找哪个首长更合适一些，一坐就是一上午。快中午的时候，营房部门的助理欧阳方打他手机，叫他务必在二十分钟之内赶到新盖的单干楼前面去。难道这么快那楼就可以住人了? 机关的办事效率怎么突然变得这么高了? 更重要的是，那新楼的公寓也有他的份?

赶到新楼前，伍夏看到欧阳助理手里拿着一份名单，正被一群职务普遍在正营级上下的军官围在中间。伍夏凑过去。欧阳助理看了他一眼，推开身边众人，站到人群前，挥着手里的名单说，现在人都来齐了。大家按排名顺序来选房间吧。

这简直是伍夏入伍以来遭逢的最令他啧啧称奇的中午了，从前那些年，住房分配的不讲规矩，几乎是这个大院的一大特色，为此伍夏一度在数个多人混居的房间里流离多年。现在居然如此严格地把大家的各项指标列到一处，综合排出名次，让大家按名次选房，这太不一般了。以后住房分配会永远这么上规矩吗？这次仅是个偶然和意外？比方讲因某个首长亲自督办，营房部门不得不铁面无私？不想也罢，碰到好事先乐着再说吧。

伍夏怀着激动的心情选到了四楼一套还算不错的房。随后欧阳助理打开一套房，请所有人进去参观。房子很小，比先前直板楼的单间的面积大不了多少，但独门独户，二十多平方米吧，一室一厅，带厨房和卫生间。伍夏极为满意。他要的就是一个完全私人的空间，并不在乎这空间的大小。此后，他夏天再也不用担心那不得不打开的窗户外伸进一只手，撩开他的窗帘，使睡梦中近乎裸露的他猛地暴露在某双陌生的眼睛下；不用担心深夜里梯脸佬之类的酒鬼狂敲他的门；也不用担心因为长期排斥与鱼龙混杂的邻居们打交道而可能沦为邻居们口中的怪物。等欧阳助理把钥匙交到每个人手里，伍夏迫不及待地打开四〇六自己的房间，很满足地站在屋中间深深吸了一口气。

欧阳助理末了吩咐大家，尽量在春节前搬进来，把原先的房子按规定上交。他宣布完这个，却单独把伍夏叫到一边，用商量的口吻问伍夏能不能今天中午，也就是三个小时后就把家搬完，因为另有别人今天就想住进他原来那个房间。

伍夏诧异了一刹那，就不悦了。有鉴于他刚刚从钟文达那里遭受不公对待，他难以避免地对那些办事部门做事的行为动机产生了怀疑。他心想那么多人你干吗非得就找我商量？难道我脸上写着好欺负？再说他本来这两天就不可能有心思搬房子，三个小时就搬完？他屋里的东西连整理都没有呢，这不是扯淡吗？他阴沉着脸没吭声。欧阳助理露出了为难至极的神情，他好言好语地和伍夏解释了不下十分钟，伍夏服软不服硬，最终还是痛快地答应了他。

南方的冬天，也常常出现穿单衣的天气。通常情况这是南方的优势，但如果在这种天气里搬家，就难免让人大汗淋漓，叫人烦躁了。伍夏照例请骆晨宇给他安排了几个兵，来帮他搬东西。给骆参谋打电话的时候，伍夏顺便说了说他改变主意，今年不打算退役的想法。他没把钟文达擅自报他的事说出来。骆晨宇还在那里盘问了伍夏半天，想知道他突然改弦易辙的详情，并因他这种变化无常而对他现时的心理状态表示担忧。伍夏后来不愿说下去了，挂了电话。

刚把直板楼里的东西全运到新公寓，正脱了上衣趴在旧楼这边的水龙头下用毛巾擦拭身上的汗，有个女的在楼下喊他。伍夏穿回衣服走出门，看到楼下站着那个素来打扮轻佻的胡晓丽，喊他的人正是她。伍夏看到她身后停着一辆大解放，车子的后面装着拉拉杂杂的一堆家什。伍夏讶异地想，难道是着急要搬进他这房间的是胡晓丽？

他猜对了。胡晓丽站在楼下的操场上，用一种挑逗的语气问伍夏把房间腾出来了没有，她可不可以现在就往里搬，伍夏有点懵头懵脑地站在上边给她肯定的答复，接着这个女人在下面吆喝着，开始往上搬东西了。

一个奇怪的现象是紧接着出现的：三楼那个梯脸男人竟然从解放车的副驾驶室跳下来，突然出现在胡晓丽的身侧，很快成为搬东西的主力。这一男一女以一种紧密联系的形式，蓦地出现在伍夏眼前，令他觉得不可思议。胡晓丽显然是个令人生疑的女人。关于她的来历，普遍的说法是，她和刘国新的老婆达玛来自同一个家乡，她是跟着达玛来这个所谓的南方闯天下的。可她却不是蒙古族的，这真让人迷惑不解。伍夏一贯不会把脑力用在这幢楼上，对胡晓丽从未做过深思。这个下午，胡晓丽以一个严格说与部队毫无关系的无业游民的身份，住进了这个大院

226

的旧单干楼，这一事实让他意识到她身上藏有很多故事，至于故事的具体内容，他无法洞悉，也懒得去深究。

那梯脸男人勤快地搬着一张旧沙发健步如飞第一个进了房间。伍夏与他四目相对，梯脸男人愣劲十足地向他笑了笑。伍夏一直靠在水泥栅栏上观摩着他们的进进出出。某个时候，他看到梯脸男人在楼梯的转角处停了一下，胡晓丽刚才拿着一个垃圾篓与他错身而过。那男人迅猛、有力地抓了把胡晓丽的乳房，接着无声地涎笑着快速奔下去了。

伍夏目瞪口呆地站在那里，猛地意识到，这幢楼的复杂远远超过他原先的想象。他原先其实与这幢楼是格格不入的，对它的复杂知之甚少。他暗自庆幸着自己终于离开了这样一个是非之地。忽而他又给自己提了这样一个设问：如果他必须在这幢楼住下去，住到不知何年何月，他是不是会不顾一切地离开部队？

在走下这幢他寄居了三年的直板楼前，伍夏沿着楼道心绪不宁地走了一圈。他遇见了多数日常照会的邻居。邻居们无一因他住进新楼而祝福他，并因他们没有资格入住那样的房子而对伍夏心生羡慕。在伍夏看来，他或多或少地遭到了嫉妒。如果他从来没跟他们住在一起过，他们会嫉妒吗？走下楼站在操场上，他回头往上看了一眼。他竟然看到达玛、前志愿兵的老婆，以及好几个女人，都或抱着孩子，或独立站在自家门前的水泥栅栏上，眺望着他。那一刻，他觉得这些女人是那么无所事事。慢慢地，这幢楼在他的感觉里都变得怪异而讨厌了。他快步走远了去。

伍夏决定去找那个姓廖的首长。找他而不找别的首长的原因，是他跟这个廖首长下过一次部队，最主要的是他觉得廖首长最容易接近一些。他不会去直面钟文达的，既然他从来没有直接和他交流过什么，就永远不要去四目相对了，他们之间不会碰撞出有益于他的火花，都那么隔阂了。伍夏客观分析钟文达对他的所作所为，他不愿意把这归为权力的霸道，他愿意认为，这仅是人与人之间的矛盾恶果。在这件事上，伍夏不是没有问题，钟文达是他的顶头上司，为什么他从来不去主动和他交流一下呢？难道让领导主动来找你？你又不是什么电影明星、政界要人。你这不是在领导面前自命清高吗？

可是，他为什么不可以清高？作为一个绝对一流的人才，他没有资格清高吗？仅仅因为清高就可以让人忽略他的出色，而被剔到队列的末尾，时机一到就被咔嚓一刀切掉？伍夏还是觉得钟文达过分了，他不能够理解钟文达对他所做的这一切。

廖首长在打电话。伍夏由秘书引进屋后，忽然感觉特别不自在。这几乎是他入伍十多年来第一次单独迈入首长的办公室了。他没料到自己会变得这么紧张。他有些手足无措地站在门与沙发中间，与廖首长的办公室遥隔七八米的距离。廖首长的电话很长，伍夏无事可做，只好竖起耳朵聆听充斥这个房间的廖首长的声音，并故作沉静地观察这个温言细语的将军的言行举止。

他说话的方式、语气、对着电话听筒说话的每一个表情和动作，都迥异于那些伍夏素常接触的人。他日理万事的工作状态，使他与那些来自影视剧的大人物的标准形象别无二致。在这一间房里，他形成一股强大的气场。陡然地，伍夏意识到了自己的渺小而卑微。他素来觉得自己极善于揣测别人，但此际，他觉得自己与这个五十开外的人远隔万水千山，以他的琐小，根本无法洞穿他一分一厘。伍夏突然觉得，自己站在这儿是那么的无知无畏，两个级别相差太大的人，根本不应该面对面站到一起。他暗暗觉得发生在自己身上的事是那么微不足道，他走又怎么样呢？不走又怎么样呢？整个部队的大局都不会因为他的走留而受影响。他不明白何以突然变得这么自卑。那种决定他突然变得萎缩的隐秘力量，简直太神秘和霸道了。他有些惶恐，想撤。幸好廖首长的电话结束了，他用一种衔接得特别快的速度，对伍夏说："给你五分钟！说吧。"

说出来的话都逼似台词的简约和精到。伍夏觉得思路有点跟不上。他再次意识到自己是渺小的。打了一个顿，错过了开口的时机。电话铃又响了，接着廖首长一直在接电话。

在因那些电话的到来而使伍夏变得无所事事的近乎二十分钟的时间里，伍夏竟慢慢适应了这个房间，并感觉到那种逼他退缩和自贬的暗力渐渐退隐而去，终于变成了一贯的自己。他开始考虑该怎么在五分钟时间里把话说完说好。

中间某段时间，他听到廖首长似乎在和一个人讨论干部调动的事。这类事的办理程序，听起来和伍夏正面临的事异曲同工。伍夏不由集中精力听着，不漏过每一个字。某个时刻，他听到廖首长说了这么一句话："团已经报到了基地？那又怎么样？没到最后一级，谁也不能肯定调动完成了。"

伍夏的脑子高速运转，他竭力想把廖首长的这句话套用到自己身上。他想，钟文达把他报上去了又怎么样呢？那并不是结果，决定结果还需更多的程序。而他的出色是藏不住的，这些程序总会在某个部位突然停下来，认真仔细地打量他。单单某一个人决定不了一切。出类拔萃的事物也许会在局部某个小范围里被熟视无睹，但按照视觉原理，在透明的天空下，他不可能被一个广大的范围熟视无睹。伍夏在心里游说着自己，想，既然他相信自己是出众的，那权且也相信自己是醒目的吧。再说了，他又没亲耳听到钟文达报他，万一那仅仅只是钟文达想透过惠丰银的嘴予以他警示呢？总之，一个结果的产生，绝不会那么容易。

终于，来电间出现了空隙，廖首长把先前那句话重复了一次，只不过他将前后两个短句调换了一下位置。"说吧！给你五分钟。"

伍夏已经不想说了，觉得他原本就没有站在这里的必要。他在廖首长直视过来的目光中，忽地脑子一片空白。他支吾了起来，满脸通红，无奈而适时地扮演了一个在首长面前乱了方寸的基层小干部的可爱形象。廖首长似乎笑了一下，站了起来，"想好了再来跟我说。回去吧。"

手才搁到门把上，突然传来廖首长的声音："我知道你！中心的翻译对不对？叫——小伍！"

伍夏表现出真诚的受宠若惊，躬身称是。带上门，一阵风似的跑出了首长楼。他沿着机关几幢楼之间的林荫道低着头走了几圈，半个小时后，他胸怀一腔莫可名状的充实感，站到了大院西门旁的足球场边。离春节还有个把月，冬日明媚的阳光包围住他，令他昏昏欲睡。他站在这个操场的角落里，眺望整个大院的全景。那些熟悉的楼、树，一切令他感到踏实又怅然若失。他无法想象此情此景从生活中永久消失的情景。

他在饭堂匆匆扒了几口饭，出了营门，漫无目的地去步行街散了几十分钟的步。步行街人来人往，互不干涉地迎面走过。在如此平常的一个傍晚，这种被人流淹没的感觉令伍夏再度觉察到自己的渺小。天快黑的时候，他决定去骆晨宁家小坐一下。

骆晨宇一家三口人正围坐在茶几旁啃甘蔗。大人小孩一声不吭，只顾用牙齿撕咬着蔗棒。电视声音开得老大。见伍夏过来，许娜赶紧从方便兜里抽出一截削过皮的甘蔗叫伍夏同吃。伍夏接过甘蔗，眼睛下意识地盯着许娜不停嚼动的嘴，以及她嘴角的一粒甘蔗渣。一定是因伍夏的注视意识到了自己的不雅，许娜猛地停止咀嚼，鼓着腮帮子低头看了看自己，又看看骆晨宇，突然她举起手里啃得七零八落的那截甘蔗，指着骆晨宇放声大笑起来。骆晨宇迅速左右环视了两眼，紧接着也抹着嘴角大笑。不由自主地，伍夏也跟着大笑不已。

这是俗气生活中突如其来的快乐时刻，伍夏抓住机遇赶紧大口呼吸着，刻意地多笑了好几声。太有效了，就是这几声大笑，把他胸间滞存了大半天的某种说不清的积郁之气，全笑掉了。他用力扭了扭脖子，在心里大声要求自己去充分享受脑袋空空的此时此刻。他陷进沙发里，和这一家人一起，边啃甘蔗边有一搭没一搭地看着电视上的新闻综述。

正播到萨达姆同父异母的两个兄弟当日凌晨被处决的消息，接下来是别的老生常谈的国际时事、某些战事新动向，纷扰不断的阿富汗、总是以老大自居的美国、欧盟轶闻，伊拉克武装冲突至少造成二十六人死亡……因刚才那顿笑而弥漫出的快乐氛围依然延续在屋子里，三个说老不老、说嫩不嫩的军人和一个懵懂无知的孩子、一堆甘蔗渣，加上作为配角的电视画面，似有关联似无关联地铺陈在时光的小径上，自得其乐。

一次归队（创作谈）

我的军旅生涯中止于二〇一二年，现在已经是二〇一七年，我的军装仍然挂在衣橱一打开门就能看到的地方，上面的军衔、领花、资历章、军种标志等配饰一如既往地各就各位。这很像小说中的一个细节：一个人为了怀念他人生中一段重要时光，将作为这段时光最好见证的某件物品小心供奉在他触手可及、与他的生活最息息相关的一个私密地带。

　　每一个写小说的人或多或少都有这样的体验，就是当我们刚刚写完一个细节后，我们的目光停在了这个细节的字里行间，不舍得离开。我们被自己创造的这个细节打动了。一个连作者本人都能被打动的细节，一定能更大程度地打动读者，仅仅这种想象本身，就能让我们感到成功的喜悦，让我们更加热爱我们的写作事业。但紧接着，我们或许会感到失落。这种失落是因为我们深知，当我们为了遵从小说的意愿合格地扮演了一个过滤器，提炼、萃取出一个我们认为最熠熠生辉的细节交付出去的同时，我们却也只能眼睁睁地看着更多同样曾经在我们心里盘亘过的细节成为被淘汰者，沉没到无尽黑暗里去。可如果是它们中的任何一个被我们选中，代表我们去叩问阅读者的心灵，我们与阅读者所碰撞出来的火花或将迸发成另外一番情致。

　　得知我敬重的朱向前老师把已经不再是军人的我列为这套军旅小说家丛书的候选者时，我愣了一下，等醒觉过来，竟发现自己上体保持立正姿势端坐在我的书房里。我的脑海里认出一个画面：一个早已离开战场的老兵，某一天突然得到一道神圣的指令要他归队，这样的一道指令，让他心灵失去依傍的生活发出了铿锵有力的一声巨响。可以想见，在我心里，参与这套丛书，意义是不那么寻常的。我应该趁此机会好好跟大家说说我离开部队后的感受，这是我下意识产生的一个念头。可我该拿出哪些感受来与大家分享呢？我第一个想到的是那件五年如一日挂在我衣橱里的军装。虽然这五年来我的生活中发生了很多事，但在这样一个同类军旅小说家隆重集结的时刻，我最想拿出来向大家倾诉的，是我对军旅生涯的怀念……

从写小说的第一天起，我就既写以军旅为背景的小说，也写跟"军旅"二字毫无关联的小说。收录在这本书里的小说，绝大多可以区分为军旅小说。它们来自于我创作生涯的各个时期。它们是我写过的大量军旅小说中我相对偏爱的，但愿它们不会浪费你的宝贵时间。

我的军旅生涯结束了，但我的写作生涯会持续下去。我一生中最富有活力的年华都交付给了军营，这意味着如果我放弃创作军旅小说，我对军旅生涯的怀念、伤感，就无处安放，无法落到实处，所以我会一直写军旅小说，一直写下去。

王棵

江苏南通人，1991 年入伍，在海军部队服役十七年，2012 年转业。
中国作家协会会员。作家、编剧。
曾获《小说选刊》2003-2006 年全国优秀小说奖、《十月》2007 年度新锐人物奖、
《解放军文艺》"读者最喜爱的作家"奖、第七届巴金文学院茅台文学奖等。

代表作品

长篇小说
《动女情史》
《幸福打在头上》
《间歇性 ED》
短篇小说集
《守礁关键词》
中篇小说集
《再生》
中短篇小说集
《河之唇》

北岳好书房

向前——新锐军旅小说家丛书·营门望

丛书主编｜朱向前
主编助理｜徐艺嘉
出 品 人｜续小强
策划统筹｜刘文飞
责任编辑｜刘文飞
书籍设计｜张永文
责任印制｜巩　璠

投稿邮箱｜liuwenfei0223@163.com

微博｜http://weibo.com/beiyuewenyichubanshe
微信公共账号｜bywycbs1984